Not His Princess. Seine Liebe ist Gift

Michiru Elf hat schon als Kind gerne Geschichten und Songtexte verfasst. Neben dem Schreiben liest sie gerne Liebesromane oder zeichnet. Sie hat zwei Kinder, die sie über alles liebt, und einen fürsorglichen, liebevollen Mann. Michiru schreibt hauptsächlich, um die Leser zu fesseln und zu unterhalten.

MICHIRU ELF

Not His Princess.
Seine Liebe ist Gift

Für minderjährige Leser nicht geeignet!

Jeder Teil ist in sich abgeschlossen und kann für sich gelesen werden.

Vorkenntnisse aus Band 1 sind nicht zwingend erforderlich, für das vollständige Verständnis der Geschichte aber notwendig.

Personen und Handlungen sind frei erfunden. Ähnlichkeiten mit real existierenden Menschen sind rein zufällig und nicht beabsichtigt.

Für meinen Mann und meine Kinder.
Ich liebe euch über alles.

Musik, die mich inspiriert hat:

Laylas Playlist
Moments
Colors of the Mind
Grieving Times
A Simple Melody
https://www.youtube.com/watch?v=Bmc8-ir8xsU
(Jacob's Piano)

Ivorys Playlist
Jeanette Biedermann – She's the Winner
Meghan Trainor – Workin' On It
Billie Eilish – No Time To Die
Folded Dragons, AKACIA & Ethanuno – Would You
Let Me

Prolog

Hi. Ich bin's, Ivory.

Bevor du mit dem Lesen beginnst, sei gewarnt.

Verlieb dich bloß nicht in Michio!

Erstens:

Ich bin sehr besitzergreifend und kann ihn nicht teilen.

Und zweitens:

Er ist pures Gift.

Zunächst einmal ist die Wirkung berauschend und das Verlangen nach mehr wächst ins Unermessliche. Es wird deinen Verstand vernebeln und deinen Körper schwächen.

Du wirst glauben, du seist im Paradies.

Doch vergiss eins dabei nicht:

Je mehr du von dem Gift zu dir nimmst, desto größer ist die Wahrscheinlichkeit, dass es dich umbringen wird …

Bist du bereit, dich zu vergiften?

Kapitel 1

Ich brauche Wein. Ganz viel Wein.

6 *Monate später*

Es ist vorbei. Endgültig.

Melton und ich meiden den Kontakt und haben seit unserer Scheidung nicht mehr miteinander gesprochen.

Wir haben es schnell und schmerzlos durchgezogen. Ohne Rosenkrieg. Ohne viele Worte. Ohne Vorwürfe. Doch seine kalten Blicke im Gerichtsverfahren trafen mich mitten ins Herz.

Ich kann es nachvollziehen, dass er mir von nun an aus dem Weg geht. Er ist verletzt und enttäuscht.

Niemand von uns konnte ahnen, dass es ausgerechnet sein Stiefbruder ist, in den ich mich verliebt habe. Bis zum Schluss.

Nun trage ich die Konsequenzen.

Natürlich stelle ich mir Fragen: Was ist schiefgelaufen? Wie konnte es dazu kommen? War das alles nur ein reiner Selbstbetrug? Habe ich Melton in Wirklichkeit gar nicht geliebt oder war ich der Meinung, dass ich seine Liebe nicht verdiene?

Und was Michio betrifft … Die Wahrheit ist, dass er mir einen Spiegel vorgehalten hat. Ich habe mich selbst in ihm gesehen. Vielleicht wollte ich ihn gar nicht retten. Vielleicht wollte ich mich eher mit seinen Problemen von meinen eigenen ablenken …

Trotz allem bereue ich meine Entscheidung nicht. Ich

gebe zu, es ist nicht leicht. Der Gedanke daran, Melton für immer verloren zu haben, macht mich fertig. Er ist mein Retter gewesen. Mein einziger Halt.

Mit zittrigen Händen halte ich meine heiße Tasse Kaffee. Meine kläglichen Versuche, etwas Wärme zu erhaschen, scheitern.

»Deine Wohnung gefällt mir«, sagt Gina anerkennend, während sie sich zwei Löffel Zucker in den Kaffeebecher schaufelt und dabei kräftig rührt. Wir sitzen schon seit etwa einer halben Stunde in meiner kleinen Küche und unterhalten uns über Gott und die Welt. »Zwar nicht so toll wie das Penthouse. Aber trotz allem lässt es sich hier leben.«

»Ich fühle mich hier wohl. In dem Penthouse habe ich mich immer verloren gefühlt.« Ich schlürfe etwas von dem Kaffee.

»Wie auch immer, ich muss zugeben, dass du mir gefehlt hast«, Gina wirft mir ein aufrichtiges Lächeln zu und ich erwidere es.

»Geht mir genauso«, gebe ich ehrlich zu. Sie ist meine einzige Freundin. Ich könnte es nicht verkraften, auch sie noch zu verlieren.

Sechs Monate habe ich ohne sie verbracht und ihre Anrufe ignoriert. Irgendwann habe ich meinen Stolz beiseitegeschoben und mich mit ihr getroffen. Über diese Entscheidung bin ich sehr froh.

»Weißt du, was ich mich allerdings frage«, sie schaut etwas skeptisch zu mir rüber, »wieso wohnst du nicht bei Michio? Wollte er dich nicht in seiner Wohnung haben?«

Ich schließe qualvoll meine Augen und versuche, den

schmerzhaften Erinnerungen keinen Vortritt zu gewähren. Doch vergeblich.

»Wir haben bis vor Kurzem zusammen gelebt«, seufze ich und öffne wieder meine Augenlider, um die Reaktion meiner Freundin abzuschätzen, »aber es hat mich innerlich zerrissen.«

Gina runzelt verwirrt die Stirn. »Genauer, Ivory«, fordert sie, »lass dir bitte nicht alles aus der Nase ziehen.«

»Was glaubst du, wie ich mich dabei gefühlt habe, während ich oben in seiner Wohnung lag und er unten im Host Club mit anderen Frauen geflirtet hat?«

»Das konntest du nicht verkraften«, ergänzt meine Freundin und schlürft ihren Kaffee.

»Ja«, ich stelle meinen Kaffeebecher auf dem Tisch ab und stehe auf, »das ist der Grund, weshalb ich mir eine eigene Wohnung gesucht habe.«

Langsam bewege ich mich auf das Fenster zu und schiebe die Gardinen beiseite, um mir einen Blick nach draußen zu verschaffen. Die Dunkelheit draußen wird durch die Scheinwerfer der vorbeifahrenden Autos beleuchtet. Die Wohngegend gefällt mir.

Es ist genau das Richtige für mich.

Die lauten Geräusche der stark befahrenen Straße schrecken die meisten Menschen ab. Aber nicht mich. Das ist genau das, was ich brauche. Die Ruhe macht mich nervös. Ich brauche das Leben anderer um mich herum. Ich brauche den Lärm. Ich brauche die Lebendigkeit der anderen.

Um mein eigenes Leben zu spüren.

Der Host Club hat schon geöffnet und Michio unterhält sich bestimmt mit Frauen, die ihn gebucht haben. Ein schmerzhafter Gedanke, der kurz auftaucht und mich zu erdrücken versucht. Ich werde ihn beiseite werfen und mich auf das Wesentliche fokussieren.

Meine Freundin ist gerade bei mir zu Besuch. Das ist, was zählt. Ihre Anwesenheit beruhigt mich und ich fühle mich nicht mehr so einsam.

»Meinst du nicht, dass die Geschichte, die du mit Melton erlebt hast, sich mit Michio wiederholt?« Ginas Worte lassen mich leicht aufzucken.

»Wie kommst du darauf?«, meine volle Aufmerksamkeit ist wieder auf sie gerichtet.

»Du hattest mit Melton doch nur Eheprobleme aufgrund seiner Arbeit. Mit Michio scheint sich das alles zu wiederholen. Findest du nicht auch?«, Gina schiebt ihren Stuhl nach hinten und steht ebenfalls auf.

»Das kannst du nicht vergleichen«, widerspreche ich, »Michio schenkt mir Aufmerksamkeit. Er findet trotz seiner Arbeit immer Zeit für mich. Das hat Melton nicht getan. Er teilt mit mir seine Sorgen und hört sich meine an.«

»Wenn das so ist«, Gina gesellt sich neben mich und richtet ihren Blick ebenfalls nach draußen. »Ich kann trotzdem nicht verstehen, wie du *das hier* gegen dein vorheriges Leben mit Melton austauschen konntest. Gefällt es dir hier wirklich? Vermisst du denn überhaupt nicht das Penthouse?«

»Nein, das tu ich tatsächlich nicht.«

Die Wahrheit ist: Das Penthouse war nie wirklich mein Zuhause. Es war ein Käfig. Ich fühlte mich eingesperrt, wie ein Vogel im goldenen Käfig. Aber das ist zum Glück vorbei.

Scheiß auf Geld! Scheiß auf das Penthouse! Ich wollte das alles nicht. Ich wollte das nie. Es war nie mein Ziel, ein wohlhabendes Leben zu führen. Tief in meinem Inneren war mir schon immer bewusst, dass mich das nicht glücklich machen kann.

»Und was ist mit Melton?«, meine Freundin sieht mich erwartungsvoll an und ich senke traurig meinen Blick, als wolle ich meinen Gefühlen entfliehen. Mir nicht eingestehen, dass er mir fehlt.

»Du vermisst ihn, was?«, hakt Gina noch einmal nach und ich nicke nur, um nicht in Tränen auszubrechen. Ich kann es nicht leugnen, dass er mir ans Herz gewachsen ist und dass es weh tut, dass er mich nun vollkommen ignoriert. Als hätte ich nie existiert.

»Er ist so ein toller Mann, Ivory. Wie konntest du ihn bloß gegen Michio austauschen?« Ihre Worte sind hart und ich kann gut nachvollziehen, dass sie meine Entscheidung nicht verstehen kann. Wir beide sind einfach zu verschieden. Sie ist ein Kopfmensch und ich dagegen lasse immer mein Herz entscheiden.

»Ich liebe Michio.« Das ist die Antwort. Die Antwort und Erklärung auf alles.

Ich schiebe die Gardinen wieder zurück und bewege mich langsam aus der Küche. »Und ich liebe diese kleine Wohnung.«

Gina folgt mir.

Ich deute auf das Wohnzimmer. »Sieh nur, das ist doch kein Vergleich zu dem Penthouse! Hier ist es gemütlich und sieht nach Leben aus. Ich hasse es, wenn die Räume viel zu groß sind. Alles wirkt dann kahl und trostlos. Ich habe mich dort verloren gefühlt.«

»Du bist so dumm«, seufzt Gina wehmütig, »ich habe das Penthouse so geliebt. Du bist einfach nur dumm, Ivory.«

»Kann sein«, ich werfe mich auf das graue Sofa aus Stoff und schließe für einen kurzen Augenblick die Augen. »Weißt du, was an der ganzen Geschichte so richtig abgefuckt ist?«

Gina nimmt neben mir Platz ein. »Was denn?«

»Dass die beiden Brüder sind.«

»WAS?!«, kreischt sie entsetzt und springt wieder vom Sofa auf. Sie fuchtelt aufgeregt mit ihren Händen. »Wer? IVORY! Wen zum Teufel meinst du?!«

Ich blicke in das besorgte Gesicht meiner Freundin und bekomme aus heiterem Himmel einen Lachanfall. Mein Versuch, das Lachen zu unterdrücken, scheitert gänzlich.

Gina nimmt ein Kissen, das auf dem Sofa liegt, und schmeißt es nach mir. »Du Dummerchen! Hör auf, mich so zu verarschen! Mir ist fast das Herz stehen geblieben! Ich dachte, du meinst Melton und Michio. Du Verrückte! Solche Scherze sind nun wirklich nicht lustig!«

Ich schnappe mir das Kissen, das sie nach mir geworfen hat, drücke es mir an den Bauch und gluckse vor mich hin. Kann mich kaum noch einkriegen. Einerseits ist es so tragisch und gleichzeitig ist es absolut absurd, dass ich einfach nur darüber lachen muss.

Das Lachen überkommt mich und ich kann es nicht

mehr kontrollieren. Und so lachen Gina und ich zusammen. Kichern vor uns hin, während ich das Kissen verzweifelt unter meinen Nägeln fest an mich kralle.

Was bin ich nur für ein Scherzkeks! Die Ironie dessen ist mir bewusst. Was zum Teufel versuche ich hier eigentlich zu vermitteln? Verstecke ich mich etwa vor der Wahrheit?

Verdammt!

Und schon fließen die ersten Tränen, die ich so lange zurückgehalten habe. Sie kullern einfach an meinen Wangen entlang und ich rede mir ein, dass es vor Lachen ist.

Eine Lüge.

Eine verfluchte Lüge ist es!

Verzweifelt schluchze ich auf und versuche, die Kontrolle über mein skurriles Verhalten zu gewinnen. Aber ich bin machtlos. So was von machtlos.

Gina verstummt nun auch und schaut mich besorgt an.

»Hey, Ivory«, sie fasst mich sanft an meiner Schulter und kniet sich neben mich hin. »Das war kein Scherz, oder?«

Ich schüttele träge den Kopf, während ich mir die Tränen mit dem Handrücken abwische – die andere Hand befindet sich immer noch festgekrallt an dem Kissen.

Ich muss mich beruhigen.

Im Leben passieren eben unvorhersehbare Dinge. Letztendlich liegt die Verantwortung nicht nur bei mir alleine. Wir sind alle drei daran beteiligt und teilen die Schuld.

»Nein«, entgegne ich schließlich mit kratziger Stimme, »das war kein Scherz. Melton und Michio sind Brüder. Genauer gesagt, Stiefbrüder.«

»Ach du … Scheiße«, flüstert Gina entsetzt, »wie lange weißt du das schon? Und wie hast du es herausgefunden?«

»An dem Abend, an dem ich mich für Michio entschieden habe.«

Und so erzähle ich Gina die ganze Geschichte, die sie verpasst hat. Mit offenem Mund sitzt sie nun da und schüttelt fassungslos den Kopf, während sie meiner Story lauscht.

Einige Details erwähne ich nicht. Es tut einfach nichts zur Sache.

Gina muss nichts über Michios selbstverletzendes Verhalten wissen, genauso wenig über Layla, seine ehemalige große Liebe.

Ich erzähle nur das Wesentliche.

»Was ist mit dir?«, frage ich Gina, als ich mit dem Erzählen fertig bin. »Was gibt es bei dir Neues?«

Sie erhebt sich und zupft nervös an ihrem Pullover. Ich hebe erwartungsvoll die Brauen und warte darauf, ihre Antwort zu hören.

»Nun«, räuspert sie sich, »beruflich hat sich so einiges geändert. Ich bin nicht mehr als Escort-Girl tätig, sondern arbeite jetzt als Putzkraft.«

Ich bin etwas überrascht, da ich weiß, wie wichtig ein gutes Gehalt für Gina ist. »Ach wirklich? Wo bist du denn eingestellt?«

»Du bist aber ganz schön neugierig«, sie schaut mich verlegen an und ich kann ihre Nervosität spüren, die ich mir nicht genauer erklären kann.

»Ich kenne dich gut genug, Gina, um zu wissen, dass dir ein guter Verdienst wichtig ist. Deshalb wundert es mich etwas, dass du einen anderen Weg eingeschlagen hast.«

»Das Gute ist ja, dass ich als Putzkraft trotzdem genauso viel bekomme wie als Escort-Girl«, erklärt sie mir lächelnd.

»Das ist ja wunderbar«, staune ich, »doch wer bezahlt dir denn so viel?«

»Jemand, der genug Geld hat. Ich mache bei ihm zu Hause sauber«, meine Freundin wirft einen nervösen Blick auf die Wanduhr. »Hast du mich nun genug ausgefragt?«

»Hast du denn heute noch etwas vor?«, ich folge ihrem Blick und merke, dass es schon ziemlich spät ist.

Was wohl Michio inzwischen macht? Wer gerade jetzt bei ihm ist? Etwas bedrückt senke ich meinen Kopf. Die Sehnsucht nach ihm macht mich so schwach.

»Lass uns in den Host Club gehen«, Gina umfasst mich am Handgelenk und zieht mich hoch. Ich erhebe mich von dem Sofa und streiche meinen Oversize-Pullover glatt.

»Ich weiß nicht, ob das eine gute Idee ist«, entgegne ich kleinlaut.

»Die Idee ist super und das weißt du ganz genau! Ich sehe es dir doch an, wie du Michio vermisst. Was hält dich also davon ab, ihn zu besuchen?«

Irgendwie hat sie recht. Ich habe schon genug gelitten, während ich nachts schlaflos zu Hause blieb, mit dem Wissen, dass Michio genau in diesem Augenblick andere Frauen bespaßt.

Und so langsam übersteigt das schon mein Toleranzvermögen.

»Na gut. Gehen wir hin«, bin ich einverstanden.

Wird schon schiefgehen.

Gina holt ihr Smartphone, wählt die Nummer von dem Host Club und ich höre, wie sie die Termine für heute vereinbart.

»Michio und Black sind leider schon ausgebucht. Wir haben heute andere Männer. Lass uns trotzdem das Beste draus machen«, verkündet sie nach einer Weile, als sie auflegt und ihr Handy wieder in die Tasche steckt.

Das Beste draus machen? Na, Gina hat gut reden! Es wird mich fertig machen, Michio dabei zu beobachten, wie er mit anderen Frauen flirtet.

»Ich brauche Wein. Ganz viel Wein.« Mit den Nerven am Ende marschiere ich zurück in die Küche, um mir Wein einzuschenken.

Diesen Abend kann ich nur mit Alkohol im Blut überstehen.

Kapitel 2

Auf dich, Michio.

Die Straßen sind dunkel und ein frostiger Nebel liegt in der Luft, als Gina und ich an dem Park der Grünewald Gasse vorbeischreiten.

Dieser Dezember scheint besonders grausam zu sein. Ich wickele die Arme um meinen Körper, um der eisigen Kälte zu entkommen. Mein weißer Pelzmantel versagt nämlich seine Aufgabe vollkommen.

»Du bist zu dünn, deshalb frierst du auch so schnell. Etwas mehr auf den Rippen würde dir nicht schaden.« Ginas schnippischer Kommentar verleitet mich lediglich dazu, genervt die Augen zu verdrehen.

»Ich habe eine Scheidung hinter mir. Das hat mich nicht nur Nerven, sondern auch ein paar Kilos gekostet.«

»Ach was, Ivy«, Gina zieht hastig ihren Schal aus und reicht ihn an mich weiter, »du warst schon immer so dünn. Benutze deine Scheidung nicht als eine Ausrede.«

Dankend nehme ich den Schal an und wickele ihn um meinen Hals. Wie kann es denn so verdammt kalt sein?! Vielleicht hätte ich mehr Wein trinken sollen.

Als wir dann endlich vor dem Host Club stehen, spüre ich das vertraute Kribbeln im Bauch und die Aufregung.

Und mir wird klar: Ich habe diesen Ort tatsächlich vermisst. Es war eine Zeit lang mein zweites Zuhause gewesen. So etwas geht nicht spurlos an jemandem vorbei. Dieser Ort hat mich durch meine schwerste Zeit im Leben begleitet.

Mich vor der Depression gerettet und gleichzeitig aber auch in den Abgrund gezogen.

Gina schaut mich nachdenklich an, während ich versuche, ruhig zu bleiben und mir meine Unsicherheit nicht anmerken zu lassen. Dann nicke ich ihr entschlossen zu und Gina öffnet die Eingangstür.

»Bereit?« Sie nimmt meine Hand und zusammen betreten wir den Raum.

An der Garderobe ziehe ich meinen Mantel aus und hänge ihn ordentlich am Kleiderbügel auf. Auch Gina befreit sich aus ihrer dicken Daunenjacke. Den Schal stecke ich in den Ärmel von dem Mantel.

Ich weiß, dass George nicht erfreut sein wird, mich hier wieder begrüßen zu dürfen. Aber das ist mir egal.

Und ich weiß, dass er mich gerade dabei beobachtet, während ich seine bohrenden Blicke gekonnt ausblende und versuche mir nichts anmerken zu lassen.

Nervös streiche ich meinen Mantel glatt, dann drehe ich mich um und erblicke sein verärgertes Gesicht.

»Grüße euch«, George starrt mich an. Wortwörtlich. »Ivory. Lang nicht mehr gesehen.«

»George«, entgegne ich bissig und bewege mich auf ihn zu. Wir beide werden wohl niemals Freunde.

»Hi. Wir haben hier einen Termin mit Adrian und Nelio.« Gina gesellt sich neben mich.

»Wie lange bleibt ihr hier?«, er holt seinen Taschenrechner, um den zu zahlenden Betrag auszurechnen.

»Zwei Stunden«, entgegne ich und suche auf dem Plakat Nelio. Wer ist es und wie sieht er eigentlich aus?

Reine Neugier, die mich übermannt. Früher ist er mir nie aufgefallen.

Gina bemerkt es anscheinend, denn sie stupst mich leicht an und deutet auf ein Foto auf dem Plakat, auf dem die Männer aufgelistet sind.

Und da sehe ich ihn. Platz 3. Die Haare etwas länger und pechschwarz. Grüne Augen. Mega Ausstrahlung.

Ist er neu hier?

»Nelio wird euch mehr kosten. Adrian ist günstiger.« Nach Georges Bemerkung fällt mir wieder ein, dass ich nicht gerade viel Geld zur Verfügung habe.

Seit ich alleine auf mich gestellt bin und nicht mehr von Melton abhängig, sieht es bei mir finanziell nicht gerade berauschend aus.

Nach der Scheidung von Melton habe ich mich geweigert, Unterhalt von ihm zu bekommen. Ich schulde ihm ohnehin so viel mehr, als ich es je abbezahlen könnte. Wie könnte ich also noch mehr Geld von ihm annehmen – nach all dem, was ich ihm angetan habe? Und seiner Reaktion damals nach zu urteilen, wollte er eh nichts mehr mit mir zu tun haben.

»Ich nehme Adrian«, entscheide ich mich. Ob Adrian, den ich eh schon kenne, oder Nelio. Für mich spielt es keine Rolle.

Ich möchte einfach nur Michio sehen. Das ist alles. Nur deshalb bin ich hier. Andere Männer interessieren mich nicht im Geringsten.

»Oh mein Gott, Nelio ist so attraktiv«, schwärmt meine Freundin, während wir bezahlen.

»Einer meiner besten Mitarbeiter«, stimmt ihr George zu, während er das Geld durchzählt, »ihr kennt bereits den Weg zu dem Hauptbereich. Viel Spaß!«

»Den langen schmalen Flur entlang …«, sage ich nachdenklich und viele Erinnerungen werden wach, dringen in meinen Verstand ein und versuchen mich zu zerfetzen. Erfolgreich.

Gina schnappt sich meine Hand und zieht mich mit sich.

»Hör auf zu träumen«, flüstert sie mir zu, »was ist nur los mit dir?«

»Einfach nur lange nicht mehr hier gewesen. Das ist alles.«

»Danke übrigens, dass du mir Nelio überlassen hast«, kichert Gina aufgeregt, während wir in dem schwach beleuchteten Flur voranschreiten.

»Ich bin doch sowieso nur wegen Michio hier«, zucke ich leicht mit den Achseln.

»Michio ist natürlich auch heiß«, gibt sie zu.

»Der heißeste von allen. Der Beste. Ein Star«, seufze ich wehmütig. Wie sehr ich ihn vermisst habe! Wir haben uns seit zwei Wochen nicht mehr gesehen. Er war viel zu beschäftigt und ich wollte nicht so anhänglich wirken. So habe ich ihm seinen Freiraum gelassen.

»Aber inzwischen ist wohl Michio unbezahlbar für dich«, Ginas Worte lassen mich kurz innehalten.

Abrupt bleibe ich stehen und schaue meine Freundin verärgert an. »Wie meinst du das?«

»Nun ja …«, sie schaut mich mit unschuldiger Miene an, »früher konntest du dir seine Gesellschaft dank dem Gehalt von Melton leisten. Jetzt wohl nicht mehr.«

»Michio und ich sind ein Paar. Ich muss doch nicht dafür bezahlen, um ihn zu sehen!«, fahre ich sie entsetzt an.

Schuldbewusst verzieht sie ihr Gesicht. »Tut mir leid. Kam wohl falsch rüber.«

»Schon okay. Gehen wir einfach rein.«

Wir betreten den großen Raum und die Musik umfängt uns. Die Leichtigkeit, die ich hier empfinde, ergreift mich. Die bekannten Gerüche von Alkohol und Energy Drinks vernebeln meinen Kopf.

»Ich bin so aufgeregt«, flüstere ich Gina zu.

»Und ich erst! Ich lerne heute einen attraktiven Mann kennen«, kichert sie und zwinkert mir zu. »Ich glaube übrigens, dass er kommt.«

Tatsächlich. Der Mann, der sich auf uns zubewegt, scheint wohl Nelio zu sein. Die langen schwarzen Haare umschmeicheln seine markanten Gesichtszüge. Er ist attraktiv, keine Frage. Doch er könnte es niemals mit Michio aufnehmen.

»Hi. Ich bin Nelio«, begrüßt er uns, als er dann vor uns steht. »Und ihr seid?«

»Ich bin Gina und das ist meine Freundin Ivory.«

Nelio schaut mich an. Lange und intensiv. Es ist mir unangenehm, also wende ich meinen Blick von ihm ab.

Was war denn das? Warum hat er mich so angeschaut?

»Und wer von euch möchte heute die Zeit mit mir verbringen?«

»Das bin ich«, japst meine Freundin aufgewühlt.

Nelio nickt. »Dann lass uns ein ungestörtes Plätzchen suchen.«

Gina hakt sich bei ihm ein und sie gehen beide davon. Aus den Augenwinkeln beobachte ich, wie er sich noch einmal umdreht und mir neugierige Blicke zuwirft.

Merkwürdig. Was hat er denn?

Jemand tippt mir ganz leicht auf die Schulter und ich weiche benommen zurück.

»Ivory. Ich wollte dich nicht erschrecken, sorry. Schön, dich hier wieder zu sehen.« Ich habe Adrian nicht kommen sehen und bin etwas verwundert, wie leise er sich herangeschlichen hat. »Ich hätte nie damit gerechnet, dass du wiederkommst.«

»So sieht man sich wieder«, murmele ich immer noch etwas perplex. »Ist der neu hier?« Mit dem Kopfnicken deute ich auf Nelio.

»Ja, er ist neu und hat es ziemlich schnell auf den dritten Platz geschafft. Aber wie es aussieht, kann er Michio nicht leiden.« Adrian zuckt lässig mit den Achseln. »Konkurrenz und so. Lass uns erst einmal hinsetzen.«

»Einverstanden.« Wir suchen uns freie Plätze und machen es uns auf den kühlen Ledersesseln bequem.

Die gedämpften Wandleuchten über uns üben einen täuschend echten Kerzeneffekt aus. Alles ist so vertraut und immer noch genau so, wie ich es in Erinnerung habe.

»Was kann ich dir zum Trinken anbieten?«, erkundigt sich Adrian.

»Cappuccino.« Ich weiß, dass diese Entscheidung etwas ungewohnt klingen mag. Doch auf einmal fühle ich mich so beflügelt und leicht, dass ich nicht einmal das Bedürfnis verspüre, noch mehr Alkohol zu trinken.

»Habe ich es richtig gehört? Du möchtest ernsthaft Cappuccino?«

»Ja.«

Adrian starrt mich mit weit aufgerissenen Augen an. »Ist es immer noch die gleiche Ivory, die ich kenne? Du bestellst dir doch sonst immer nur alkoholische Getränke.«

»Ich weiß«, entgegne ich ruhig, »heute ist mir aber nicht danach. Außerdem habe ich schon zu Hause Wein getrunken.«

»Dann hole ich uns Cappuccino.«

Während Adrian zu der Bar eilt, halte ich Ausschau nach Michio. Der Host Club ist überfüllt mit vielen Gästen, so habe ich Schwierigkeiten, ihn auf Anhieb zu finden.

Ich entdecke Michio erst dann, als Adrian bereits wieder zurück ist.

Und es verschlägt mir die Sprache.

Er sitzt zusammen mit Denise, ganz weit am anderen Ende des Raumes. Ich erkenne *sie* sofort. Die Ähnlichkeit zwischen ihr und Layla ist nun einmal nicht zu übersehen. Besucht sie ihn etwa neulich öfters und diesmal wohl ohne ihre Freundinnen?

Ich nehme an, die Flasche Champagner, die sie da auf dem Tisch stehen haben, ist schon inzwischen leer.

Und er ist definitiv betrunken.

Adrian fällt auf, dass ich Michio beobachte. Er stellt unsere Getränke auf den massiven Holztisch ab und rückt etwas näher an mich heran. »Du bist wegen Michio hier, nicht wahr?«

»Nein. Ich bin wegen dir hier«, ich schenke ihm ein warmes Lächeln. Diese Lüge wird er mir wohl niemals abkaufen. Aber einen Versuch ist es wert.

Michio möchte spielen? Von mir aus! Ich werde genau das Gleiche tun, was er macht. Cappuccino war wohl doch die falsche Wahl. Fuck!

»Hör mal, Ivory«, beginnt Adrian und klopft nervös mit den Fingerspitzen auf den Tisch, »hier wissen inzwischen schon fast alle, dass ihr beiden zusammen seid. Mir kannst du nichts vormachen. Du hast bis vor Kurzem sogar hier oben bei ihm gelebt. Also, warum versteckst du immer noch deine Gefühle und möchtest mir weismachen, dass du wegen mir hier bist?«

Darauf sage ich nichts, sondern nehme mir erst einmal etwas von der schaumigen Masse aus meiner Tasse und lecke den Löffel genüßlich ab, während mein Blick immer noch auf Michio gerichtet ist.

Oh ja, er ist so was von betrunken! Das ist nicht zu übersehen. Verflucht, Michio, warum tust du mir das an?

Seine Hand umfasst die Hüfte von Denise, während sie zusammen lachen. Sein Gesicht streift beinahe ihre Wange. Es entgeht mir nicht, dass er offensichtlich mit ihr flirtet.

Ich fixiere ihn mit meinen Blicken, in der Hoffnung, dass er mich hier entdeckt. Doch er scheint in das Gespräch mit Denise vertieft zu sein. Seine Hand liegt immer noch an ihrer Hüfte.

Michio kann ja nicht ahnen, dass ich mich ausgerechnet heute hier befinde und ihn dabei beobachte, wie er seine Lieblingskundin bespaßt.

Das hier ist die Möglichkeit, den wahren Michio kennenzulernen.

Ich nehme die Tasse in die Hand und trinke meinen Cappuccino mit einem Mal aus.

»Und jetzt Champagner, bitte«, verlange ich, den Blick immer noch auf Michio gerichtet.

Adrian schüttelt den Kopf. »Ich glaube nicht, dass das eine gute Idee ist, Ivory.«

»Das kannst du nicht bestimmen«, entgegne ich kühl.

»Ich weiß, dass du es wegen Michio tust. Damit schadest du allerdings nur dir selbst.« Seine gut gemeinten Worte erreichen mich zwar, dennoch bin ich immer noch fest entschlossen, meinen Plan durchzuziehen.

»Wie schon bereits erwähnt, ich hätte gerne Champagner. Bitte.«

Seufzend gibt Adrian schließlich nach, steht auf und begibt sich auf den Weg zu der Bar. Währenddessen hole ich mein Handy aus der Tasche und schreibe:

Auf dich, Michio.

Noch schicke ich die Nachricht nicht ab, sondern warte ungeduldig auf Adrian, der endlich zurückkommt und die Flasche mit den Gläsern auf dem Tisch abstellt.

Er lässt den Korken knallen und füllt die Kristallgläser mit der prickelnden Flüssigkeit. »Ach, Ivory«, Adrians Augen schauen mich bedrückt an.

Ich hebe meine Brauen und zucke leicht mit den Achseln. »Was? Ich möchte doch nur Spaß haben.«

Er reicht mir mein Glas und ich nehme es dankend an, bevor ich die Nachricht an Michio abschicke. Erledigt.

Kapitel 3

Stalkst du mir etwa nach, Prinzessin?

Michios Handy, welches auf dem Holztisch ruht, leuchtet auf. Das erkenne ich sogar von Weitem. Neugierig schaut er auf das Gerät, und kurz darauf wandert sein Blick durch den ganzen Raum. Ich kann seine Anspannung spüren. Nun weiß er, dass ich hier bin, nachdem er meine Nachricht gelesen hat.

Und dann entdeckt er mich endlich.

Ich werfe ihm ein müdes Lächeln zu, hebe mein Glas an und kippe die prickelnde Flüssigkeit runter, während ich ihn aus den Augenwinkeln beobachte.

Ich sehe, wie er die Hand von Denise loslässt und mir fragende Blicke zuwirft.

»Das hier ist sein Job, Ivory«, fängt Adrian vorsichtig an, auf mich einzureden. Er hat das alles mitangesehen und findet meine Reaktion anscheinend übertrieben. »Deine Eifersucht ist unbegründet. Er ist ein Escort-Boy. Es gehört zu seinen Aufgaben, mit den Frauen in diesem Club zu flirten.«

Seine Meinung. Aber nicht meine. Ich verdrehe lediglich die Augen.

»Er hatte seine Hand auf ihrer Hüfte. Was sagst du dazu? Er findet sie attraktiv, weil sie ihn an Layla erinnert.«

»Das glaube ich nicht«, entgegnet Adrian, »sie sieht doch nicht einmal ansatzweise so aus wie Layla. Layla ist unglaublich. Sie ist …« Sofort verstummt er allerdings, weil er einsieht, dass er mit seiner Schwärmerei für Layla zu weit gegangen ist. Zu spät. Allerdings kann ich es verkraften. Ich weiß doch selber, dass niemand Layla übertreffen kann. Aber sie ist nun mal nicht mehr da. Und anscheinend reicht es Michio vorerst aus, in Denise nur ansatzweise den Ersatz zu sehen.

Schön! Wenn er spielen möchte, dann mache ich sein Spiel mit. Allerdings nach meinen Regeln!

Ich schenke mir noch mehr von dem Champagner ein. »Lass uns anstoßen! Auf die unwiderstehliche Layla, die anscheinend immer noch in Michios Kopf herumschwirrt!«

»Auf die Liebe«, Adrian erhebt sein Glas. »Grübel nicht zu viel nach.«

»Tu ich gar nicht«, ich trinke meinen Champagner auf ex, während Adrian immer noch daran nippt. Dabei spüre ich, dass Michio mich beobachtet. Ich werde alles geben, um das Spiel als Siegerin zu verlassen!

Also rücke ich näher an Adrian heran und schaue ihm tief in die Augen. Unsere Körper berühren sich. Wir sitzen eng beieinander. Verwirrt stellt er sein Glas ab und runzelt die Stirn.

»Was wird das, Ivory?«

»Findest du mich attraktiv?«, säusle ich mit Engelsstimme.

»Ja …klar. Aber ich weiß genau, was du da gerade versuchst. Das wird nichts. Lass mich bitte aus euren Spielchen raus.«

»Ich weiß nicht, was du meinst«, mit einem unschuldigen Blick schaue ich ihn an und lehne meinen Kopf an seine Brust. Behutsam schiebt er mich wieder etwas weg von sich. Er ist so ein Spielverderber! Kein Wunder, dass er immer noch auf den letzten Platz der Beliebtheitsskala in diesem Club ist. Absolut verdient, meiner Meinung nach!

Mein Handy vibriert und ich nehme lächelnd die Nachricht entgegen. Michio. Genau wie ich es erwartet habe. Er hat das alles mitangesehen.

Das, was du da veranstaltest, ist Kindergarten. Stalkst du mir etwa nach, Prinzessin?

Stalken? Ich bitte ihn! Für wen hält er sich eigentlich? Mein Vorhaben war, ihn hier zu besuchen und nicht zu stalken. Ich schnaufe verärgert und lege mein Handy zur Seite.

»Du … Adrian«, beginne ich ernst, »sieht Michio diese Frau öfter?«

»Meinst du Denise?«

»Ja«, erwartungsvoll schaue ich ihn an, obwohl ich mir nicht sicher bin, ob ich stark genug bin, um die Wahrheit zu ertragen.

»Nun ja …«, die Nervosität in seiner Stimme verunsichert mich etwas, »sie kommt sehr oft hierhin und sie besteht darauf, die Zeit mit Michio zu verbringen.«

So ist das also … Mein Magen verkrampft sich ruckartig.

Es ist mir klar, dass es kein Kunstwerk ist, sich in Michio zu verlieben. Er hat diese besondere Aura, die ihn umgibt. Seine hypnotisierenden dunklen Augen, in die man für die Ewigkeit versinken möchte.

Und seine Grübchen erst! Diese verdammten Grübchen, die ihn so unwiderstehlich machen. Dieser Mann hat alles, was die Frauen verrückt nach ihm macht. Wahrscheinlich hat sich nun auch Denise hoffnungslos in ihn verliebt.

Ich versuche diesen großen Knoten in meinem Hals zu ignorieren, der mir die Luft zum Atmen raubt. Aus der Verzweiflung heraus fülle ich mir noch einmal das Glas voll. Adrian verfolgt meine Tat mit einem skeptischen Blick.

»Trink nicht zu viel«, mahnt er mich.

»Ich bin erwachsen genug, das selber zu entscheiden«, entgegne ich bissig.

Adrian rollt genervt mit den Augen. »Dafür, dass du vorgibst, erwachsen genug zu sein, verhältst du dich gerade wie ein kleines Kind.«

»Du steckst nicht in meiner Situation, also kannst du mir auch nichts vorwerfen!«, blaffe ich ihn an und bin einfach nur froh, dass er verstummt. So langsam geht mir seine übertriebene Moralpredigt echt auf die Nerven!

Gereizt nehme ich wieder das berauschende Getränk in die Hand und führe es zu meinem Mund. Gerade, als das kühle Glas meine Lippen berührt, vibriert erneut mein Handy. Ich trinke erst mal ein paar Schlucke von dem Champagner, bevor ich das Glas wieder abstelle und einen Blick auf mein Smartphone werfe.

In 5 Minuten ist Denise weg. Hast du Lust, mit mir eine zu rauchen?

Eine Zigarette könnte ich jetzt wirklich gut gebrauchen. Und vor allem die Zeit mit ihm.

Ich schaue zu Michio rüber und er lächelt mich liebevoll an. Selbst von Weitem glaube ich, seine Grübchen erkennen zu können. Denise entgeht das alles nicht, denn auch sie mustert mich mit einem skeptischen Blick.

Soll sie ruhig wissen, dass er vergeben ist! Am besten mache ich es ihr gleich klar, dass er mir gehört.

Ich verstaue mein Handy in die Tasche und stehe auf. »Bin dann weg.«

Adrian runzelt die Stirn. »Schon? Ich dachte, wir hätten zwei Stunden zusammen.«

»Ich möchte ehrlich mit dir sein«, seufze ich. »Du machst mir zu viele Vorwürfe und es gefällt mir nicht. Und wo wir schon dabei sind: Ich weiß nicht, ob ich dich noch einmal wählen würde.«

»Deine Kritik kann ich nachvollziehen. Es tut mir leid, wenn ich dich mit meinem Verhalten verletzt habe.« Er fasst mich besänftigend an meinem Handgelenk, doch ich schüttele ihn ab. Ich habe keine Zeit und auch keine Lust mehr, mich noch weiterhin mit ihm zu trösten. Der einzige Mann, der für mich Priorität hat, ist Michio. Nur deshalb bin ich hier.

»Mach's gut, Adrian.« Mit diesen Worten flüchte ich zu der Bar, wo ich für die Getränke bezahle. Ich muss gestehen, die Flasche Champagner kostet mich hier einiges. Shit!

Der Monat hat gerade erst angefangen und schon muss ich mir Gedanken darüber machen, wie ich den finanziellen Engpass überstehen könnte. Ich hätte nicht hierhinkommen sollen. Solche Clubbesuche kann ich mir nicht mehr leisten.

Und mir wird klar, es gibt keinen Melton mehr, der immer dafür gesorgt hat, dass es mir an nichts fehlte. Ich bin von nun an auf mich alleine gestellt. Bevor ich das nächste Mal unüberlegt Geld ausgebe, muss ich erst einmal gut überlegen, ob es wirklich erforderlich ist. Die Champagnerflasche war jedenfalls nicht gerade notwendig gewesen. Wie auch immer, mit den finanziellen Schwierigkeiten werde ich schon irgendwie klarkommen. Ich bin Schlimmeres gewohnt. Das Leben auf der Straße hat mich einiges gelehrt und stärker gemacht.

Was mich schwach gemacht hat, war meine Ehe mit Melton. Er hat Entscheidungen für mich getroffen und mir meine Selbstständigkeit geraubt. Seit unserer Scheidung fühle ich mich zum ersten Mal wie eine unabhängige Frau.

Meine Vergangenheit darf nicht mehr mein derzeitiges Leben bestimmen. Nie wieder. Ich muss mich auf die Gegenwart konzentrieren und nur darauf meine ganze Energie richten.

Gedankenversunken komme ich auf Michio zu. Denise sitzt immer noch da und das ist auch gut so. Ich werde ihr deutlich zu verstehen geben, dass sie die Finger von ihm lassen soll.

»Hi«, sage ich, als ich mich zu den beiden geselle. Michio schaut auf und lächelt mich liebevoll an. Aus den Augenwinkeln beobachte ich, wie Denise mir einen misstrauischen Blick zuwirft.

»Deine nächste Kundin?«, fragt sie schließlich unsicher.

Ich blicke tief in seine Augen und bin gespannt, welche Antwort mich erwartet. Wird er mich leugnen? Als eine seiner Kundinnen verkaufen?

Michio erhebt sich und stellt sich dicht neben mich. Uns trennen lediglich nur ein paar Zentimeter. Ich spüre seinen warmen Atem. Die Anspannung liegt in der Luft.

»Nein«, sagt er nach einer langen Pause und streift leicht mit seiner Hand an meinen Haaren entlang, »das ist meine Prinzessin.«

Oh wow. Ich bin sprachlos. Und glücklich. So unbeschreiblich glücklich …

Diese Reaktion habe ich nicht von ihm erwartet. Und bevor ich etwas erwidern kann, legt er seinen Kopf etwas schief und ergänzt: »Was machst du hier? Hast du mich etwa vermisst?«

Natürlich, du Idiot!, liegt es mir auf der Zunge. Doch ich schweige. Es ist nicht notwendig, darauf eine Antwort zu geben. Er kennt sie ohnehin schon.

»Ich möchte euch beide nur ungerne stören, aber ich würde mich gerne noch von Michio verabschieden«, unterbricht Denise unsere Zweisamkeit. Ihre letzten fünf Minuten sind dann wohl endlich um. Träge nimmt sie ihre Tasche in die Hand und steht ebenfalls auf.

»Du begleitest mich doch später nach draußen?«, fragt sie Michio, als sie sich an uns vorbeidrängelt.

Er nickt kurz angebunden und Denise tappt zu der Bar, um zu bezahlen.

»Ich mag sie nicht«, gestehe ich leise, als sie außer Reichweite ist. *Weil sie dich mag*, sind meine Gedanken, die ich aber für mich behalte.

Michio zieht mich an sich und umschließt mich in seinen Armen. »Kein Grund zur Sorge, Prinzessin«, raunt er mir ins Ohr. »Lass uns Denise nach draußen begleiten und hinterher eine rauchen.«

»Einverstanden.«

Er lässt mich los und deutet mir mit der Kopfbewegung, vorzugehen. Langsam gehe ich voran. Denise holt Michio und mich ein und schließt sich uns an. Zusammen tappen wir zu dem Ausgang. Ich möchte gar nicht wissen, wie skurril wir auf andere wirken. Und ich möchte gar nicht wissen, was Georges Gedanken sind, als er uns drei vorbeikommen sieht.

Natürlich hätte ich Michio gerne nur für mich alleine. Ohne all diese Frauen, die ihn wollen. Und es fällt mir nicht leicht, die andere Frau an seiner Seite auch noch mit nach draußen zu begleiten.

Es ist sein Job. Nur sein verdammter Job, wiederhole ich in Gedanken. Ich muss mich wohl damit abfinden. Selbst, wenn ich seine Begleitungen neulich auch noch verabschieden muss.

Das Misstrauen Michio gegenüber versuche ich zu verdrängen.

»Ich lege kurz eine Pause ein«, teilt er George beim Vorbeigehen mit.

Denise geht zum Kleiderständer und zieht sich ihre Jacke an. Ich warte, bis sie fertig ist, erst dann werfe ich mir meinen Mantel über. Es ist wohl besser, die Distanz zu ihr zu bewahren. Sie soll ruhig merken, dass ich sie nicht mag.

Die goldene Glanzjacke nehme ich ebenfalls von dem Kleiderständer – denn sie gehört Michio. Stumm reiche ich diese an ihn weiter.

»Danke, Prinzessin«, sagt er, während er sie überstreift.

Ja, Denise. Guck genau zu und merke dir gut: Ich weiß alles über ihn. Ich kenne ihn gut. Also Finger weg von *meinem* Mann.

Kapitel 4

Zu viele Macken. Zu viele innere Dämonen.

Der kalte Wind trifft mich überraschend bis in die Knochen, während ich hastig den Schal von Gina um meinen Hals wickele. Die dunklen Wolken ziehen bedrohlich am Himmel vorbei. Wie ich diese Jahreszeit verachte!

Ja, kaum zu glauben, was? Die meisten Menschen lieben den Winter. Ich hasse ihn.

Die ganze vorweihnachtliche Atmosphäre, das heuchlerische Beisammensein mit den Liebsten, mein verfluchter Geburtstag – all das verabscheue ich.

Oh … ich bitte euch, ihr wollt doch nicht etwa mehr darüber erfahren?! Na gut. Ich habe noch nie Geburtstage oder Weihnachten mit meinen Eltern gefeiert. Sie haben sich betrunken. Jeden Tag. Gewalt war das Einzige, was ich zu Hause erlebt habe.

Aber es ist Vergangenheit und mittlerweile unbedeutend. Ich lasse nichts mehr an mich ran.

Mit Melton haben wir zwar Weihnachten und Geburtstage gefeiert, doch ich empfand dabei nichts. Absolut rein gar nichts.

Also, verschont mich bitte mit all diesen Feiertagen! Und du, eisige Kälte, bleib mir vom Leib! Mein Inneres ist ohnehin ein reines Antarktis.

»Es war ein schöner Abend«, höre ich Denise sagen, »danke dafür, Michio.« Sie lächelt ihn vielsagend an.

In Gedanken flehe ich ihn an, ihr kein Lächeln zu

schenken. Doch seine Mundwinkel zucken leicht und verziehen sich nach oben, sodass die Grübchen zum Vorschein kommen. Es ist frustrierend! Und es macht mich viel mehr fertig als das verdammte Wetter und die ungeliebte Jahreszeit!

Warum bin ich bloß auf das Lächeln eifersüchtig, das er ihr schenkt? Was stimmt nicht mit mir? Langsam benehme ich mich wirklich albern.

»Finde ich auch. Ich hoffe, wir sehen uns noch öfters.«

Ich glaube, mich verhört zu haben! Das hat er nicht allen Ernstes gesagt! Und das direkt vor mir?! Das Gefühl der Kälte ergreift inzwischen schon mein Herz. Es ist kalt. Es ist so kalt.

Sie schaut ihn verschwörerisch an. »Auf jeden Fall. Bis dann.«

»Bis dann, Denise.« Sie drückt ihn kurz und er erwidert die Umarmung. Die beiden tun so, als wäre ich nicht da. Ich weiß nicht, was ich denken oder fühlen muss.

Als sie sich endlich auf den Weg zum Parkplatz macht, senke ich bedrückt meine Lider. Ist es wirklich das, was ich verdiene? Zurzeit weiß ich es wirklich nicht.

»Hey, Prinzessin«, Michio hebt mit dem Zeigefinger und dem Daumen mein Kinn an und küsst mich flüchtig auf den Mund. »Alles okay?«

Nein, nichts ist okay, Michio. Du flirtest hier direkt vor meinen Augen mit einer anderen! Merkst du noch etwas? Anscheinend nicht …

»Ich denke schon«, murmele ich niedergeschlagen und verstehe es selber nicht, warum ich ihn nicht damit konfrontiere, während ich eigentlich daran zerbreche.

»Hmm.« Er holt die Zigarettenschachtel aus der Jackentasche und das Feuerzeug, öffnet die Packung und steckt sich die Kippe in den Mund.

Mühsam versucht er sich die Zigarette anzuzünden, während der starke Wind ihm einen Strich durch die Rechnung macht. Als er es endlich schafft, zieht er kräftig daran.

»Hier«, Michio reicht das giftige Zeug an mich weiter, während er seinen Kopf in den Nacken legt und den Rauch langsam ausstößt.

»Du warst ganze zwei Wochen abwesend. Was war der Grund, Michio?« Angespannt warte ich auf seine Antwort, während ich den toxischen Rauch der Zigarette inhaliere.

»Viel zu tun.«

»Das reicht mir nicht«, dränge ich, »du bist mir eine Erklärung schuldig.«

Michio nimmt die Kippe entgegen, die ich an ihn weiterreiche und zieht skeptisch die Augenbrauen nach oben. »Tatsächlich? Bin ich das?«

»Ja.« Es gefällt mir nicht, dass er plötzlich so verschlossen ist.

»Ich muss meinen ersten Platz bewahren, was wiederum bedeutet, dass ich mich intensiver mit der Kundschaft beschäftigen muss.« Noch ein letztes Mal zieht er an der Zigarette, bevor er diese auf den Boden schmeißt und nachlässig mit dem Fuß zerdrückt. Dann schaut er mich ausdruckslos an. »Reicht dir das als Antwort?«

Ich bin baff. Was ist denn mit ihm los? Warum ist er plötzlich so distanziert und kühl?

»Aber …«, stammele ich verwirrt, »ich dachte, du magst deinen Job nicht. Weshalb willst du denn auf Platz eins bleiben? Ist doch eigentlich egal, welchen Platz du hast. Oder … etwa nicht?«

»Ist es nicht«, Michio holt tief Luft und blinzelt bedächtig. Sein unwiderstehlicher Augenaufschlag versetzt mein Herz kurz ins Stolpern.

»Für mein Ego ist es jedenfalls nicht egal. Ich bin nämlich ein schlechter Verlierer, weißt du«, ergänzt er.

»So ist es also«, murmele ich bedrückt. Verstehe. Sein Ego ist also wichtiger als eine Beziehung mit mir. Mehr brauche ich nicht zu wissen.

Doch warum tut es so weh?

»Ich vermisse dich, Michio«, gestehe ich leise. Es musste raus. Ich kann meine Gefühle nicht verstecken. Zwei Wochen ohne ihn waren die Hölle auf Erden …

Ich fühle mich verloren, ohne seine Nähe.

Er drückt mich liebevoll an sich und küsst mich leicht auf die Wange. »Ich weiß, Prinzessin. Aber zurzeit kann ich nicht viel für dich tun. Tut mir leid. Ich muss wieder rein.«

Dann lässt er mich los und geht zurück in den Host Club. Ich schaue ihm baff nach und stelle fest, dass er sich nicht einmal nach mir umdreht. Wie erstarrt stehe ich da und spüre nichts mehr. Nicht einmal mehr die Kälte.

Vielleicht … hat er mich in Wahrheit nie wirklich gewollt. Habe ich mich ihm aufgezwungen? Vielleicht aber hat es für ihn einfach den Reiz verloren, mit mir seine Zeit zu verbringen. Bin ich zu anhänglich? Laufe ich ihm zu sehr hinterher?

Deprimiert kicke ich eine Red-Bull-Dose gegen die Wand, die gerade da liegt. Wer zum Teufel entsorgt denn seinen Müll nicht richtig?

»Ist es wirklich das, was du möchtest?«, höre ich unerwartet eine Stimme hinter mir und schrecke auf.

»Keine Angst«, lacht derjenige.

Ich drehe mich um und blicke in Nelios grüne Augen.

»Nelio? Was machst du denn hier draußen? Solltest du nicht gerade bei Gina sein?«, skeptisch ziehe ich die Brauen nach oben.

»Keine Sorge, sie wollte kurz auf die Toilette«, er hebt besänftigend die Hände.

»Und du?«, befangen mache ich ein paar Schritte nach hinten. »Was willst *du* hier draußen?«

Er deutet mit dem Zeigefinger auf mich. »Dich.«

Ich schaue ihn ernst an. »Das ist nicht lustig.«

Nelio lacht. »War nur Spaß. Du bist mit Michio zusammen, stimmt's?«

»Stimmt.«

»Du solltest das nächste Mal *mich* wählen.«

»Warum sollte ich das tun?«, nervös scharre ich mit dem rechten Fuß auf dem Boden. Ich weiß nicht, weshalb, aber meine Nackenhaare sträuben sich. Irgendetwas liegt in der Luft und es gefällt mir nicht.

»Mit mir kannst du Michio wieder nervös machen. Ich habe gesehen, was du bei Adrian versucht hast. Buche das nächste Mal *mich* und ich spiele dein Spielchen mit.« Er zwinkert mir zu und rückt einen Schritt näher an mich heran.

Ich mache wieder zwei Schritte nach hinten. »Nein, danke. Ich habe das nicht nötig.«

»Bist du dir da sicher?« Nelio holt ein Haargummi aus der Hosentasche und bindet sich seine langen schwarzen Haare zu einem Zopf zusammen. »Überleg dir das ganz gut. Michio ist sehr beliebt. Es ist nicht einfach, einen Mann wie ihn zu halten. Du musst ihn ab und zu eifersüchtig machen, damit sein Jagdinstinkt wieder geweckt wird.«

Ob er recht hat? Mag sein und doch habe ich das Gefühl, er gibt mir seine Ratschläge nicht aus rein freundschaftlichen Gründen. Die Hintergedanken, die er hegt, interessieren mich allerdings wenig.

»Du solltest wieder reingehen. Gina könnte nach dir suchen.«

»Schon gut«, versucht er mich zu beschwichtigen, »ich gehe schon. Falls du mich brauchst, weißt du, wo du mich findest.« Mit diesen Worten verschwindet er und ich atme erleichtert wieder auf. Endlich.

Nelio. Wer ist er? Und was will er wirklich? Ich werde einfach nicht schlau aus ihm. Er ist neu im Host Club und scheint ziemlich schnell den dritten Platz belegt zu haben. Adrian meinte, Michio sei sein größter Konkurrent.

Michio ist einfach der Beste. Und niemand kommt an ihn ran. Auch nicht Nelio.

Ich hole mein Handy und schreibe Gina:

Warte nicht auf mich. Ich bin bei Michio oben.

Dann bin ich eben anhänglich. Dann laufe ich ihm eben hinterher. Ich scheiß auf all die gutgemeinten Ratschläge, Michio mehr Freiraum zu lassen! Mein Entschluss steht sowieso schon lange fest. Ich werde in seinem Zimmer auf ihn warten. Es kommt mir sehr gelegen, dass morgen Sonntag ist und ich nicht auf die Arbeit muss.

Mein Handy vibriert und ich nehme die Nachricht von Gina entgegen.

Wie kannst du bei Michio oben sein, wenn er hier mit einer anderen Frau sitzt und sich mit ihr betrinkt? Ich nehme an, es ist Cabernet Sauvignon, den sie auf dem Tisch stehen haben. Wie naiv bist du eigentlich?

Ich schlucke schwer. Cabernet Sauvignon also. So ist das. Sein Lieblingswein. Ja, verdammt! Gina hat recht, wie naiv und blöd bin ich eigentlich? Was tu ich hier überhaupt? Wie bescheuert ist es, eine Beziehung mit einem Escort-Boy einzugehen, mit dem Wissen, dass es zu seinem Job gehört, mit anderen Frauen zu flirten?! Ich wusste, was auf mich zukommt, und ich habe mir das alles selber zuzuschreiben.

Es ist nur sein Job, Gina. Mehr nicht. Ich werde oben in seinem Zimmer auf ihn warten, schreibe ich ihr zurück.
Ich muss stark sein oder wenigstens so tun, als wäre ich es.

Dafür, dass es nur sein Job ist, flirtet er aber ganz schön heftig mit der hübschen Brünetten. Mach, was du willst. Du hörst ja sowieso nicht auf mich.

Es schmerzt, diese Nachricht zu lesen. Ich darf nicht weinen, wiederhole ich die Worte in meinen Gedanken und beiße mir fest auf die Lippen. Warum in alles in der Welt muss es ausgerechnet eine Brünette sein? Sucht er sich die gezielt aus oder was zum Teufel?!

Die Tatsache, dass Laylas Haare einen schönen schokoladenbraunen Ton haben, hinterlässt einen bitteren Nachgeschmack. Es ist kein Geheimnis, dass Michio brünett bevorzugt. Auf dem Smartphone-Display betrachte ich meine verhassten blonden Strähnen, während sich Tränen in meinen Augen bilden. Ich bin nicht gut genug für ihn und werde es wohl niemals sein.

Ich kann Layla nicht ersetzen.

Träge setze ich mich in Bewegung, öffne die schwere Eingangstür und trete wieder in den Host Club hinein. George schaut mich entgeistert an. Er fragt sich bestimmt, was ich schon wieder hier mache. Allerdings schenke ich ihm keine Beachtung, sondern mache mich direkt auf den Weg zum Fahrstuhl. Dort gebe ich die PIN-Nummer 1303 ein, mit dem schmerzenden Wissen, dass die Bedeutung davon das Datum von Michio und Layla ist.

An dem Tag sind die beiden zusammengekommen.

Der Fahrstuhl öffnet sich und ich gehe rein.

Vielleicht werde ich es niemals schaffen, diese Frau aus seinem Kopf zu verbannen. Und doch werde ich alles in meiner Macht Stehende tun, um ihn, so gut es geht, glücklich zu machen. Das ist mein einziges Ziel. Ihn glücklich zu sehen.

Ein Gong ertönt. Der Lift ist oben angekommen. Die Türen gleiten zur Seite.

Gedankenverloren betrete ich seine Wohnung, die immer noch genauso ist, wie ich sie in Erinnerung habe. Der dunkelbraune Parkettboden, die cremefarbenen Wände, zwei kleine Fenster mit dunklen Rahmen, die alten Möbel – alles ist so vertraut und heimisch. Das Gefühl der Wärme, das ich hier empfinde, ist unbeschreiblich.

Ich bewege mich auf die kleine Küche zu und fülle etwas Wasser in den großen Becher. Damit gieße ich seine Pflanzen.

Michio. Er lebt in seiner eigenen kleinen, bescheidenen Welt. Wir sind uns beide so ähnlich. Seelenverwandt könnte es eher treffen. Die trostlose Kindheit, die uns beide verbindet. Die psychischen Schäden, die wir beide davon tragen. Wir beide wurden genötigt, unseren Körper zu verkaufen.

Dieser Mann ist der Einzige, der mich versteht. Und ich verstehe ihn. Sehr gut sogar. So gut, dass ich weiß, dass es ihm heute nicht gut geht.

Jetzt betrinkt er sich dort unten im Host Club und flirtet wild mit all den Frauen, die ihm schöne Augen machen, um seine seelischen Schmerzen zu mildern.

Ich weiß es. Und deshalb bin ich hier. Ich werde hier auf ihn warten und für ihn da sein, weil er mich braucht.

Entschlossen lege ich mich auf seine Matratze hin, die auf den Paletten gelagert ist, kuschele mich auf seinem Kissen ein, nehme seinen Duft in mich auf und warte auf ihn …

Irgendwann höre ich, wie sich der Aufzug in Bewegung setzt und die Türen zur Seite gleiten. Es ist bestimmt schon längst drei Uhr morgens, wenn nicht schon vier.

Ich höre seine unbeholfenen Schritte und wie er gegen etwas stößt, kurz flucht und dann das Licht anknipst. Da ich etwas empfindlich auf die plötzliche Lichtquelle reagiere, schließe ich für einen kurzen Augenblick meine Augen.

Als ich erneut meine Augenlider aufschlage, sehe ich sein Gesicht nur ein paar Zentimeter von meinem entfernt. Er legt seinen Kopf etwas schief und lächelt mich verwundert an. Oh Gott, er ist selbst in seinem betrunkenen Zustand unwiderstehlich!

»Prinzessin, du hier?«, lallt er.

Ich nicke und streiche ihm ein paar seiner dunkelblonden Haarsträhnen aus dem Gesicht.

»Woher wusstest du, dass es mir … dass ich …«, er hört mittendrin auf.

»Dass es dir schlecht geht?«, flüstere ich und versinke in seine dunklen Augen. »Weil ich dich kenne, Michio. Deshalb.«

»Ich habe mich wie ein Mistkerl benommen«, grummelt er angeschlagen und sein zauberhaftes Lächeln verschwindet. »Zu viele Macken. Zu viele innere Dämonen.«

Ich schüttele den Kopf und ziehe ihn an mich. »Sag das nicht. Du bist perfekt. Für mich bist du einfach nur perfekt.«

Kapitel 5

Wir sind beide verloren.

Wir schlafen eingekuschelt zusammen ein. Es ist nicht in Worte zu fassen, wie sehr mich seine Nähe glücklich macht. Die Wärme, die ich dabei empfinde, ist magisch. Ist das die Liebe? Ich habe noch nie für jemanden so gefühlt wie für ihn.

Geprägt von der Unterwelt, ist es nicht unsere Bestimmung perfekt zu sein und der Lichtquelle nachzueifern. Wir sind beide dunkel. Wir sind beide verloren. Und deshalb verstehe ich ihn. Ich kann es gut nachvollziehen, wenn er sich betrinkt oder Fehler macht. Ich kann seine Gefühle dabei nachempfinden. Für mich ist er perfekt, so wie er ist. Mit all seinen Macken und inneren Dämonen.

Die brutale Gewalt kennt keine Grenzen. Diese Dunkelheit hier ängstigt mich. Unheimliche Plätze, die ich eigentlich nie wieder betreten wollte. Was mache ich hier? Tränen rinnen über meine Wangen.

Warum sind diese Menschen hier so kalt und herzlos? Und weshalb prügeln sie auf mich ein und hören nicht damit auf, obwohl ich schon machtlos auf dem Boden liege?

Und dann erkenne ich sie.

Bekannte Gesichter. Gesichter von den eigenen Familienmitgliedern. Und mir wird klar, sie haben wieder getrunken.

Nein, ich möchte nicht hierbleiben.

WARUM BIN ICH SCHON WIEDER HIER?! Ich möchte das verdammt noch mal nicht! Also stehe ich auf und renne.

Ich renne, renne und renne. Immer weiter weg. Fort. Für immer.

Gibt es denn nirgendwo ein Licht am Ende dieses Tunnels?

Angst macht sich in mir breit.

Und mir wird klar: Nein, ich gehe nicht mehr zurück. Nie wieder kehre ich in diese Hölle zurück.

Schweißgebadet wache ich auf. Mein Herz rast. Wieder einmal einer dieser Albträume. Alles wird gut. Ich habe nur geträumt. Manchmal kehren die Erinnerungen ohne Vorwarnungen zurück und wollen mir ins Gedächtnis rufen, woher ich eigentlich komme. Als könnte ich es jemals vergessen!

Aus der tiefsten Dunkelheit.

Ich stecke mein Gesicht in das Kopfkissen und atme den vertrauten, warmen Duft ein. Alles ist gut. Die Welt ist in Ordnung. Ich zwinge mich, kontrolliert und ruhig zu atmen.

»Schon wach, Prinzessin?«, höre ich Michios Stimme aus einer Ecke des Raumes. Langsam erhebe ich mich, reibe mir die Augen und entdecke ihn in dem kleinen Küchenbereich am Hantieren.

»Guten Morgen«, krächze ich und stelle fest, dass es schon hell ist, »wie spät ist es schon?«

»Es ist bereits Mittag. Hast du Hunger?« Er dreht sich zu mir um und lächelt mich liebevoll an. Wie ich diesen

Mann vergöttere! Seine süßen Grübchen bilden sich um die Mundwinkel und sind einfach zum Dahinschmelzen.

»Eigentlich noch nicht«, gebe ich müde zu. »Hast du denn keinen Kater nach der gestrigen Nacht?« Ich werfe ihm einen verwunderten Blick zu.

»Warum sollte ich?«, lacht er und wendet sich wieder dem Herd zu.

Träge quäle ich mich aus dem Bett und schlendere ins Bad, um mir die Zähne zu putzen und zu duschen.

Als ich wiederkomme, ist der Tisch bereits gedeckt. Es liegen Brötchen bereit, ebenso Spiegeleier mit Tomaten und Gurken. Dazu gibt es Matcha-Tee. Schlicht und doch so perfekt. Genau wie ich es liebe.

Mit Michio ist alles ganz anders. Er ist bescheiden und unkompliziert. Einerseits so vollkommen und andererseits ganz weit weg von Perfektion.

Ich lasse mich auf den harten Stuhl fallen und lächele Michio verträumt an. Er stellt sich direkt hinter mich, seine Hände umschließen meinen Oberkörper. »Ich bin so glücklich, dass du gestern Nacht hiergeblieben bist«, raunt er mir ins Ohr und ich erschaudere.

Er füllt meine Tasse mit dem Matcha-Tee, bevor er mich loslässt und sich auf seinen Platz begibt. Er weiß, dass ich ein Kaffee-Junkie bin und doch kocht er immer wieder nur Matcha-Tee für mich. Weil *er* das Getränk liebt.

»Ich kann dir den besten Matcha-Tee zubereiten, den du je gekostet hast«, wiederholt er beschwörend die Worte, die er bei unserem ersten Treffen formuliert hat.

»Das weiß ich doch schon«, grinse ich und nehme die heiße Tasse in die Hand. Während ich den Tee schlürfe, stelle ich fest, dass Michio mich beobachtet. Er legt seinen Kopf leicht schief. »Und? Habe ich zu viel versprochen?«

»Du bist der Beste«, meine Stimme ist nur noch ein Hauchen. »Ich habe noch nie einen besseren Tee getrunken.« Wie sehr ich diesen Mann begehre! So sehr, dass es mir selbst Angst einjagt. Ein Leben ohne ihn ist unvorstellbar. Er ist mein Anker, meine Hoffnung auf das Licht.

Um ehrlich zu sein, verstehe ich all diese Frauen, die für die Zeit mit ihm bezahlen. Seine Anwesenheit macht süchtig nach mehr. Seine hypnotisierenden Blicke benebeln den Verstand. Er ist der Star und alle reißen sich um ihn. Kaum zu glauben, dass ausgerechnet *ich* ihn habe. Selbst wenn er seine Aufmerksamkeit mit all den anderen Frauen teilt, gehört er dennoch nur mir. Es hört sich an wie ein Traum …

Ich bin das erste Mal im Leben wirklich glücklich.

Michio schiebt mir mit der Gabel eine Gurke in den Mund. »Mund auf, Prinzessin. Du solltest mehr essen.« Gehorsam nehme ich die Gurke entgegen und kaue daran.

»Und wehe, du isst meine Spiegeleier nicht, die ich mit Liebe zubereitet habe!«, ergänzt er zwinkernd.

Grinsend fange ich an zu essen. Und es schmeckt ausgezeichnet! Mit Michio genieße ich das Essen, was nicht üblich für mich ist.

Melton ist der Meinung, dass ich eine Essstörung habe.

Habe ich nicht. Ich kann nur nicht alleine essen. An meinen einsamen Tagen spüre ich einfach keinen Hunger. Das ist alles. Das ist der Grund, weshalb ich nur in Gesellschaft Nahrung zu mir nehme.

»Ich möchte, dass du wieder bei mir einziehst«, sagt Michio und schiebt sich eine Tomate in den Mund.

Ich schüttele betroffen den Kopf. »Das hatten wir doch schon, Michio. Du arbeitest nachts und ich liege hier stundenlang wach, höre die Musik, die unten gespielt wird, und die glücklichen Stimmen der weiblichen Gäste. Und ich weiß, dass du gerade dort bist und mit einer von ihnen flirtest. Das zerreißt mich. Ich kann es nicht ertragen, dich teilen zu müssen.«

Michio schließt langsam seine Lider und öffnet sie wieder. »Verstehe. Ich möchte dich zu nichts zwingen. Und es tut mir leid, dass du das alles zurzeit ertragen musst.«

»Eine eigene Wohnung ist mir lieber. Etwas Abstand. Selbst wenn sich die Lage nicht ändert und du trotzdem die Nächte mit all diesen Frauen verbringst …« Was mich innerlich umbringt, ergänze ich in Gedanken.

Er nickt verständnisvoll.

»Möchtest du denn den Job nicht aufgeben?«, ich werfe ihm einen flehenden Blick zu.

»Das kann ich nicht.«

»Warum denn nicht? Ich hab immer gedacht, du tust das für Layla. Aber auch sie hat dich angefleht, zu kündigen. Warum tust du es also nicht endlich?«

»Das kann ich nicht«, wiederholt er die Worte.

»Ist es wegen dem Geld?« Wenn es das ist, dann habe ich mich in ihm getäuscht. Es kommt mir nämlich nicht so vor, als würde es an dem Gehalt liegen. Sonst würde er nicht weiterhin unter solchen Umständen wohnen.

Lachend steht Michio auf und fängt an, den Tisch abzuräumen. »Denkst du das echt von mir, Prinzessin? Sieh doch, wie ich wohne! Eine kleine Ein-Zimmer-Wohnung, alte und kaputte Möbel. Es geht mir nicht um das Geld!«

Reumütig schlage ich die Hände vor mein Gesicht. »Tut mir leid. Ich weiß einfach nur nicht, weshalb du diesen Job weiterhin ausübst. Wenn ich es nur verstehen könnte …«

Er kommt auf mich zu, nimmt meine Hände und ich lasse mich von ihm hochziehen. Zärtlich schlingt er seine Arme um mich.

»Manche Dinge muss man nicht verstehen«, flüstert er mir zu. »Glaub mir, es ist besser so.«

»Ich vertraue dir«, gebe ich leise zurück, »dass du das Richtige tust.«

Er hebt meinen Kopf leicht an und küsst mich langsam und sanft. Seine Küsse machen mich schwach und bedürftig. Ich habe schon viele Männer gehabt. Aber keiner von ihnen war so hingebungsvoll wie Michio. Und für keinen von ihnen habe ich so starke Gefühle gehabt wie für ihn.

»Ich werde dich jetzt vernaschen«, raunt er mir ins Ohr, hebt mich an und trägt mich auf die Matratze. Mein Körper glüht und mein Verstand ist nur noch ein Nebel.

Liebevoll zieht er mich langsam aus und seine Hände erforschen meinen Körper, während er sich seiner Klamotten ebenfalls entledigt.

Ich liege unter ihm und halte den Atem an. Die dunkelblonden Haarsträhnen verdecken teilweise seine wunderschönen Augen. Es ist nicht in Worte zu fassen, wie verrückt ich nach ihm bin. Für mich ist er ein Star. Mein Star.

Seine Mundwinkel zucken leicht und ein Lächeln zeichnet sich auf seinem Gesicht ab, während wir eine Weile Blickkontakt halten.

»Meine Prinzessin«, seine Hand umfasst meine Hüfte und wandert zärtlich nach oben, berührt dabei meinen Oberarm, bis sie schließlich den Platz auf meiner Handfläche findet. Wir verschränken die Finger ineinander. »Du bist das Licht in meiner Dunkelheit.«

Er spricht genau die Worte aus, die meine Gedanken sind. Dabei ist eigentlich er meine Lichtquelle.

Seine Küsse sind magisch. Seine Berührungen prägen sich für immer in mein Gedächtnis ein. Sie schmecken zuckersüß und machen mich abhängig. Mit einem Hauch von giftigem Rauch. Ich bin so abhängig von seiner Liebe. So abhängig von seiner Aufmerksamkeit mir gegenüber. Vielleicht scheint unsere Beziehung für manche Außenstehende ungesund. Doch für uns ist sie heilsam.

Ich werfe einen flüchtigen Blick auf seine Arme und stelle erleichtert fest, dass die Brand- und Schnittwunden verblasst sind. Seit er mit mir zusammen ist, hat er sich keine weiteren Verletzungen zugefügt. Und diese Erkenntnis macht mich sehr glücklich.

Michios Gedanken

Es ist kein Geheimnis, dass sie verrückt nach mir ist. Ich sehe es an ihrem Blick, wenn sie mich verträumt anschaut. Ich erkenne es an ihrem stockenden Atem, wenn ich mich ihr nähere. Ihr Begehren nach mir ist wie ein Feuer. Kaum zu bändigen, kaum zu löschen – wenn ich sie küsse, wenn ich sie berühre, wenn ich sie ficke. Meine Prinzessin.

Schon süß, wie sie mir hinterherläuft und mich stalkt. Zugegeben, es gefällt mir. Obwohl so gut wie alle Frauen das bei mir tun.

Doch sie ist anders. Sie hat für mich alles aufgegeben. Ihr altes Leben. Das Penthouse und all den Luxus. Ihren reichen Ehemann – der sich als mein verhasster Stiefbruder herausgestellt hat.

Melton. Ich muss selbst heute noch schadenfroh grinsen, wenn ich mich an deine damalige Reaktion erinnere. Tja, Bruderherz. Nun habe ich dir deine Frau weggeschnappt. Es tut weh, nicht wahr? Vor allem, weil du sie sehr geliebt hast.

Ich habe diese Liebe in deinen Augen gesehen. Wahrscheinlich hast du Ivory viel mehr geliebt, als ich es jemals tun werde. Vielleicht wäre sie doch lieber bei dir geblieben …

Doch sie wollte nicht den Prinzen.

Sie wollte den bösen Drachen. Mich.

Die Prinzessin wollte nicht gerettet werden. Sie wollte in die Tiefe gezogen werden. Von mir. Weil ihr diese Tiefe bekannt und vertraut ist und weil wir beide aus der verdammten Finsternis kommen. Und deshalb liebe ich sie, meine Prinzessin.

Ich liebe ihre dunkle Seele. Ihre dunkle Vergangenheit.

Und es gefällt mir, diese Liebe in ihren Augen zu sehen, die sie mir täglich schenkt. Seit ich sie kenne, habe ich aufgehört, mich selbst zu verletzen. Anscheinend ist sie meine Heilung.

Vielleicht ist sie nicht die Dunkelheit, für die ich sie halte, sondern eine Lichtquelle. Nicht ganz so hell wie Layla – doch darüber will ich nicht nachdenken.

Nicht jetzt.

Kapitel 6

Ich schiele auf die Uhr und stelle fest, dass der kleine Zeiger bereits auf achtzehn zeigt. Wie schnell die Zeit mit Michio verfliegt. Nicht mehr lange und er muss wieder in den Host Club und ich werde mich auf den Weg nach Hause begeben.

Wir sitzen auf dem alten schwarzen Sofa und das Kunstleder fühlt sich ziemlich kalt an unter meinem Hintern. Michio zieht mich zwischen seine Beine und spielt an meinen Haaren.

»Ich werde uns Glühwein kochen und dann machen wir einen kleinen Spaziergang hier in dem Park«, sagt er, während er meine Haare zu einem Zopf nach hinten flechtet.

»Hm«, murmele ich, »Glühwein halte ich allerdings für nicht so eine gute Idee. Du wirst heute Nacht im Host Club schon genug davon trinken.«

»Dann eben heiße Schokolade oder Matcha-Tee«, gibt er nach und bindet den fertigen Zopf mit dem Haargummi.

»Ich habe mir überlegt, die Haare zu färben«, erwähne ich ganz nebenbei mein Vorhaben und drehe mich nach hinten, um seine Reaktion einzuschätzen.

Michios Gesichtsausdruck ändert sich schlagartig. Er wirft mir einen ernsten Blick zu.

»Welche Farbe?«

»Ich denke dabei an einen warmen Braunton«, antworte ich etwas befangen. Ich hätte nicht mit so einer negativen Reaktion von ihm gerechnet. »Du magst doch braun?«

»Es wird dir nicht stehen«, abrupt schiebt er mich etwas weg von sich und steht auf. »Versuch es erst gar nicht. Es wird mich nicht beeindrucken, sondern eher verschrecken.«

»Was meinst du?«, unsicher erhebe ich mich auch vom Sofa und blinzele etwas verwirrt.

»Du weißt genau, wovon ich spreche, Prinzessin. Tu nicht so. Du kannst Layla nicht ersetzen. Und das solltest du auch nicht. Du solltest du selbst bleiben.«

Michio geht zu dem Küchenschrank und holt Kakaopulver und Milch heraus, ehe er es in den Topf gibt und die schokoladige Masse mit dem Schneebesen zu rühren beginnt.

Entmutigt gehe ich auf ihn zu und stelle mich dicht hinter ihm. »Das war nur so eine blöde Idee.«

Er nickt. »Diese Idee ist absolut hirnrissig. Weißt du, Prinzessin … Ich mag keine unsicheren Frauen. Das törnt mich ab.«

Ich schlucke schwer und schlinge besänftigend meine Arme um seinen Oberkörper, während er weiterhin am Herd steht und die heiße Schokolade für uns kocht. Vorsichtig löst er meine Hände von seinem Körper und wendet sich mir zu. Ich merke, wie er sich zu einem Lächeln zwingt. Schließlich gibt er den Versuch auf und legt nachdenklich seinen Kopf zur Seite.

»Ich weiß, dass es nicht so einfach ist, eine gesunde Portion Selbstliebe zu finden, wenn man als Kind gelernt hat, nicht liebenswert zu sein. Ich habe das Gleiche wie du durchgemacht. Allerdings solltest du lernen, deine Zweifel nicht so offen zu zeigen. Tu wenigstens so, als wärst du selbstbewusst, selbst wenn du es nicht bist.«

»Ich soll also schauspielern? So wie du?«, konfrontiere ich ihn mit der Tatsache.

»Ja«, sein Gesicht nähert sich meinem und er küsst sanft meine Lippen.

Ich löse mich, immer noch etwas benebelt, von seinem Kuss. »Aber was hat es für einen Zweck, die Person vorzuspielen, die man gar nicht ist?«

»Mit der Zeit vergisst du, dass es nur eine Rolle ist, und du nimmst das Spiel als Realität wahr.« Michio macht den Herd aus und rückt den Kochtopf zur Seite. Dann durchsucht er die Schränke nach einer Thermosflasche.

Ich lasse mir seine Worte durch den Kopf gehen. Funktioniert es mit der Liebe genauso wie mit dem Selbstbewusstsein? Wohl kaum. Ich habe das jahrelang bei Melton durchgezogen. Mir etwas vorgemacht, was in Wirklichkeit nie da war. Man kann vielleicht durch diese Methode die anderen austricksen, aber niemals sich selbst.

»Zieh deinen Mantel an, Prinzessin«, gibt Michio mir die Anweisung, während er die Thermosflasche mit dem heißen Kakao befüllt, »wir gehen gleich raus.«

Ob er den von ihm genannten Trick auch in der Liebe anwendet? Besorgt blicke ich ihn an und mein Magen zieht sich schmerzhaft zusammen. Oh … ich wünsche mir so sehr, dass seine Liebe zu mir aufrichtig ist.

»Ich warte auf dich draußen«, werfe ich mit zittriger Stimme in den Raum und schlüpfe in meinen Mantel.

»Ist gut. Ich komme gleich nach«, entgegnet Michio.

Ich muss so schnell wie möglich an die frische Luft.

Irgendwie bekomme ich den Gedanken nicht los, dass er eine Rolle spielt. Spielt er mir seine Liebe nur vor? Aber das wäre doch total bescheuert! Was hätte er denn davon? Nachdenklich bewege ich mich zu dem Fahrstuhl und drücke ungeduldig auf die Taste. Michio hat recht, ich bin viel zu unsicher. Das macht mich nicht gerade attraktiv. Ich sollte an dieser Schwäche von mir arbeiten.

Der Aufzug öffnet sich, ich betrete den kleinen Raum und lasse mich nach unten gleiten.

Mit der Zeit vergisst du, dass es nur eine Rolle ist, und du nimmst das Spiel als Realität wahr.

Warum hat er mir das nur gesagt? Was, wenn er seine Liebe zu mir damit meint? Was, wenn er mir diese Liebe nur vorspielt? Immerhin ist er sehr gut darin, den Frauen die Gefühle vorzuspielen, die er selbst niemals empfindet.

Die Türen gleiten zur Seite und ich steige aus dem Fahrstuhl aus. Meine Kehle ist wie zugeschnürt. Ich möchte nicht traurig sein. Warum muss ich immer so viel nachdenken? Eigentlich ist doch alles gut zwischen uns.

»Ivory, kann ich mit dir reden?«, höre ich Georges Stimme hinter mir. Abrupt drehe ich mich um und erblicke sein besorgtes Gesicht. Was ist denn mit ihm los?

»Um was geht's denn?«

»Lass uns kurz rausgehen«, er deutet auf die Ausgangstür. »Kommt Michio noch nach? Oder bist du heute nur alleine unterwegs?«

»Er kommt gleich nach«, entgegne ich und marschiere durch die Tür, die George für mich aufhält.

Draußen überrascht mich der eisige Wind und ich wickele schützend meine Hände um den Körper. George macht ein paar Schritte auf mich zu, nachdem er die Tür hinter uns geschlossen hat.

»Hör zu«, er versichert sich noch einmal, dass Michio nicht in der Nähe ist, bevor er weiterspricht, »ich mache es kurz und du musst mir versprechen, dass du ihm nichts davon verraten wirst.«

Ich nicke. Worüber möchte er denn mit mir reden? George konnte mich noch nie leiden und das beruht auf Gegenseitigkeit, deswegen kommt es mir sehr verdächtig vor, dass er ausgerechnet mit mir etwas besprechen möchte.

»Layla war hier.«

Ich schnappe verzweifelt nach Luft. Meine Pupillen weiten sich vor Schreck. Darauf war ich nicht vorbereitet und es hat mir definitiv die Sprache verschlagen.

»Keine Sorge«, beruhigt er mich, »sie ist wieder abgereist.«

»Was wollte sie?«, endlich finde ich meine Stimme wieder.

»Das tut nichts zur Sache. Ich wollte dich nur um einen Gefallen bitten. Falls du mit Layla in Kontakt stehst, dann tu bitte alles, was in deiner Macht steht, um sie von Michio fernzuhalten. Du hättest etwas davon und ich auch. Du möchtest doch Michio nicht verlieren, nicht wahr?« Sein Blick ist besorgt, während ich nur stumm den Kopf schütteln kann. Zu mehr komme ich nicht, denn George verschwindet genauso schnell, wie er plötzlich aufgetaucht ist.

Betroffen stehe ich draußen, spüre, wie der Wind immer ruhiger wird, und warte auf Michio.

Es ist kein Geheimnis, dass George Sorge hat, seinen besten Mitarbeiter an Layla zu verlieren. Genauso kennt er aber auch meine Schwäche. Ihm ist absolut klar, dass ich es nicht ertragen könnte, Michio zu verlieren. Wie kommt er allerdings dazu, nur ansatzweise zu glauben, ich hätte Kontakt mit Layla? Habe ich nicht. Möchte ich auch nicht haben.

Verdammt! Kann sie denn Michio niemals in Ruhe lassen? Was wollte sie wieder hier? Anscheinend wollte sie etwas von George. Was genau, hat er mir ja nicht verraten.

Die Tür geht auf und Michio kommt auf mich zu. Er lächelt mich warm an und ich schmelze dahin. Seit er mit Layla abgeschlossen hat, wirkt er freier und glücklicher. Ich hoffe, es bleibt auch dabei. Sie darf nicht wiederkommen. Auf keinen Fall. Es geht ihm besser ohne sie.

Michio deutet auf die Thermosflasche und die Packung Zigaretten in der Hand. »Bereit für den kleinen Spaziergang?«

Ich hake mich bei ihm ein und wir gehen zusammen in den Park, der sich hier in der Nähe befindet.

Die abendliche Atmosphäre in diesem Park ist einfach unglaublich und Michio wirkt so glücklich wie schon lange nicht mehr. Sein Lächeln auf dem Gesicht erwärmt mein Inneres. Das ist etwas, was ich immer möchte – Michio unbeschwert zu sehen. Das ist mein einziges Ziel. Mehr brauche ich nicht. Wenn es ihm gut geht, dann geht es auch mir gut.

Der Wind hat nachgelassen und der Himmel ist mit einem weißen Schleier übersehen.

»Oh Michio«, ich stoße einen Freudenschrei aus, »schau nur, es schneit!«

Michio nickt lächelnd, drückt mich enger an sich und küsst mich auf die Wange.

Die kleinen Schneeflocken gleiten langsam auf die Erde, während sie von den orangenen Laternen beleuchtet werden.

Und so stehen wir zusammen da, die Köpfe nach oben gestreckt und beobachten die glitzernden Kristalle, die den Park in eine schöne weiße Schneedecke hüllen. Ich strecke meine Hand aus, lasse die Schneeflocken darauf fallen und beobachte, wie sie auf meiner Haut schmelzen.

Dieser Abend ist unvergesslich. Wir genießen die Stille und den verschneiten Ausblick. Alles scheint um uns herum stehen geblieben zu sein. Es ist, als hätte sich die Welt aufgehört zu drehen. Es gibt keine Hindernisse, keine Gefahren. Alles ist friedlich. Alles ist gut.

Die einzelnen Schneeflocken verdecken alles um uns herum, die Äste, die Bänke, die kahle Wiese. Es ist, als würde alles nach und nach verschwinden und in neuester Pracht als Wiedergeburt auferstehen.

Vielleicht ist der Winter doch nicht so schlecht, wie

ich immer dachte. Mit Michio an meiner Seite ist selbst meine verhasste Jahreszeit schön.

***

Mein seelisches Tief hat mich wieder einmal unerwartet gepackt, nachdem mich Michio nach Hause gebracht hat.

In der Küche stelle ich den Teekocher an, schiebe die Gardinen zur Seite und beobachte die verschneite Gegend, während das Wasser kocht.

In meiner Brust breitet sich eine schmerzende Leere aus. Das Gefühl der unerträglichen Traurigkeit ist mir schon mittlerweile sehr bekannt. Ich werde jetzt doch nicht weinen. Das wäre nun wirklich übertrieben und ganz schön lächerlich.

Ohne ihn bin ich wie auf Entzug. Er ist definitiv meine Droge. Abhängig von dem Höhenflug, den ich mit ihm erlebe, spüre ich das Verlangen nach mehr. Aber es ist nie genug. Verlockend, zuckersüß und doch sehr gefährlich. Diese Art der Liebe ist eindeutig ungesund. Sie macht mich begierig, süchtig und machtlos.

Mein Handy klingelt und auf dem Display wird Gina angezeigt.

»Hi«, begrüße ich sie, »was gibt's?«

»Hi Schatz«, flötet sie, »ich wollte mich erkundigen, wie es bei Michio war? Du hattest mir gestern geschrieben, dass du auf ihn warten wolltest. Hat es sich wenigstens gelohnt?«

»Ja, das hat es«, ich stelle meine Tasse mit dem Kräuterteebeutel auf die Küchenplatte und fülle diese mit dem heißen Wasser voll.

»Er war gestern Abend aber ganz schön neben der Spur«, erinnert sie mich, als hätte ich es vergessen, »und ziemlich betrunken.«

»Es ging ihm einfach nicht gut, das ist alles«, verteidige ich ihn.

Gina schnaubt verächtlich. »Also tolerierst du sein beschissenes Verhalten seit Neuestem und es macht dir absolut nichts aus, dass er sich mit anderen Frauen amüsiert?«

Nervös spiele ich mit dem Teebeutel in meiner Tasse und hoffe, dass der Kräutertee seiner Aufgabe gerecht wird und meine Nerven beruhigen wird.

»Ich muss es akzeptieren. Etwas anderes bleibt mir ja nicht übrig. Es ist sein Job. Mehr nicht.«

»Du bist ganz schön verknallt und hast wohl immer noch die rosa-rote Brille an«, Gina seufzt in den Hörer. »Hast du heute Lust, wieder in den Host Club zu kommen? Dann kannst du deinen Michio wiedersehen.«

»Ich muss morgen früh auf die Arbeit. Musst du es nicht auch?«

»Mein Chef ist sehr locker, was die Arbeitszeiten angeht«, kichert sie, »und die Zeit mit Nelio war auch ganz lustig. Ich könnte es doch glatt wiederholen.«

»Du magst Nelio, nicht wahr? Deswegen möchtest du wieder hin«, ich puste Luft über meinen Tee und der würzige Duft dampft aus der Tasse.

»Ehrlich gesagt, weiß ich selbst nicht, warum ich immer wieder hingehe.«

Ich nicke, auch wenn mir klar ist, dass sie meine Reaktion am Telefon nicht sehen kann. »Mir geht es genauso, Gina. Dieser Club macht süchtig und es ist wahrscheinlich besser, sich davon fernzuhalten.« Welch Ironie, dass ausgerechnet dieser Satz von mir kommt, wo ich doch mich selbst nicht daran halte!

»Mach dir um mich keine Sorgen«, versichert sie mir, »ich werde mich schon nicht in einen von diesen Escort-Männern verlieben. Ich bin ja nicht du. Ich bin schon in jemanden verliebt. Der Host Club bietet mir nur eine gute Ablenkung, mehr nicht.«

»Wer ist der Glückliche?«, möchte ich wissen. Hoffentlich meint sie nicht schon wieder Marc damit.

»Unwichtig«, blockt sie ab, »jemand, der mich nicht liebt.«

Ich seufze und nehme ein paar Schlucke von dem Kräutertee. Verdammt! Immer noch zu heiß! Zischend stelle ich die Tasse auf dem Tisch ab.

»Alles okay?«, fragt Gina.

»Ja. Hab nur gerade meine Zunge mit dem Tee verbrannt.«

»Du Tollpatsch!«, schimpft sie. »Du, ich werde mich jetzt fertigmachen und dann in den Host Club gehen. Wünsche dir noch eine gute Nacht.«

»Amüsier dich gut. Bis dann.« Ich lege auf und tappe zum Kühlschrank, in der Hoffnung, etwas Kühles für meine wunde Zunge zu finden. Aus dem Tiefkühlfach entnehme ich einen Eiswürfel, den ich sofort in den Mund nehme und die erhoffte Wirkung spüre.

Am liebsten würde ich jetzt auch in den Host Club

gehen. Aber erstens habe ich nicht das Geld dafür und zweitens muss ich morgen früh auf die Arbeit und diese Erkenntnisse sind ziemlich frustrierend.

Während ich immer noch gedankenverloren mit dem Handy in der Hand in meiner kleinen Küche stehe und an dem Eiswürfel lutsche, überlege ich, wer eigentlich der geheimnisvolle Chef meiner Freundin sein mag und ob *er* vielleicht derjenige ist, in den sie verliebt ist.

Genauso zermahle ich mir das Gehirn darüber, ob Michio sich wieder betrinken wird und welchen Frauen diesmal seine Zeit und Aufmerksamkeit gehören …

Frustriert kaue ich an dem Eiswürfel, reiße mich dann aber zusammen und begebe mich ins Bad, um mich bettfertig zu machen.

Nachdem ich meinen Pyjama angezogen habe, schleiche ich mich ins Bett, wickele die warme Decke um meinen zittrigen Körper und zwinge mich, einzuschlafen.

Die Zeit mit Michio hat mir vorerst meinen Albtraum aus dem Kopf vertrieben und nun, wo ich alleine bin, liege ich schlaflos da und fürchte mich, ihn erneut zu erleben.

Kapitel 7

Du hättest bei Melton bleiben sollen.

Es ist nicht mein Wecker, der mich aus meinem Schlaf hochreißt, sondern mein Handy, das mir ein paar verpasste Anrufe anzeigt. Allesamt von Gina. Was möchte sie nur von mir so früh am Morgen? Müde reibe ich mir die Augen und schiele auf die Uhr.

Als ich merke, dass es bereits neun Uhr morgens ist, springe ich panisch vom Bett auf und eile ins Bad, um mich frischzumachen. Verdammt! Um zehn muss ich schon auf der Arbeit sein! Wie konnte ich nur so lange schlafen und den Wecker überhören!

Nachdem ich mir die Zähne geputzt habe, ziehe ich mir einen schwarzen Hoodie mit einer hellen Jeanshose an, werfe hektisch meinen Mantel über, schnappe meine Tasche mit dem Handy und stürme hinaus aus der Wohnung.

Die Helligkeit draußen trifft mich unerwartet, sodass ich die Augen unwillkürlich etwas zusammenkneifen muss, vor Überraschung. Die Straßen sind von der weißen Schneeschicht bedeckt und der ungewohnte Anblick der Gegend ist einfach nur hinreißend. Der knirschende Schnee unter meinen Füßen zaubert mir ein Lächeln auf die Lippen. Die Magie, die sich in der Luft befindet, ist deutlich spürbar.

Gestern Abend haben Michio und ich die Schneeflocken, die vom Himmel fielen, beobachtet, und heute liegt die Schneeschicht in ihrer ganzen Pracht da und glitzert in der Morgensonne. Obwohl ich den Winter nicht sonderlich mag, gefällt mir die verschneite Landschaft dennoch ganz gut.

Glücklich hüpfe ich durch die Straßen und erreiche rechtzeitig den *Tea-Time* Laden. Ich reiße die Tür auf und begrüße fröhlich Alice, die gerade dabei ist, die Regale abzuwischen.

»Guten Morgen, Alice!«, euphorisch betrete ich den Laden und wundere mich inzwischen selbst über meine Stimmungsschwankungen, mit denen ich zu kämpfen habe. Mal bin ich zu Tode betrübt und mal bin ich überglücklich. Was stimmt nicht mit mir?

»Hi Kleines. Draußen sieht es heute besonders märchenhaft aus, nicht wahr?«, sie legt ihr Tuch zur Seite und kommt auf mich zu.

»Oh ja, es ist bezaubernd«, stimme ich ihr verträumt zu und spüre Alices Hand, die auf meiner Schulter ruht.

Sie führt mich zu den zwei Stühlen, die sich neben der Kasse befinden, und fordert mich auf, Platz zu nehmen. Ich lasse mich auf einen der Stühle fallen und schaue zu, wie meine fürsorgliche Chefin den Teekocher anmacht. Alice sieht wie immer wundervoll aus. Sie hat einen langen schwarzen Rock mit roten Blumen und eine hellblaue Bluse an. Ich bewundere sie für ihren Hippie Style und für ihre positive Lebenseinstellung. Obwohl ihr Mann vor Jahren verstorben ist, ist sie trotzdem optimistisch und verliert nicht ihre Lebensfreude.

»Heute Morgen wurde eine neue Teesorte geliefert. Ich möchte, dass du sie probierst«, sie holt eine gelbe Schachtel und reicht diese an mich weiter. Neugierig betrachte ich die Verpackung.

»Pu-Erth-Tee«, nehme ich stirnrunzelnd zur Kenntnis, »kenne ich noch nicht.«

Alice nimmt mir den Tee aus der Hand und öffnet die Verpackung. Darin sind gepresste Kugeln enthalten, die sie in die Teetasse gibt und mit heißem Wasser befüllt.

»Der Tee kommt ursprünglich aus China, ist aber auch in Indien heimisch. Er ähnelt dem schwarzen Tee. Der einzige Unterschied liegt in der Herstellungsweise.« Sie reicht mir lächelnd die Tasse und ich nehme diese neugierig entgegen. Vorsichtig schnuppere ich an dem heißen Dampf und nehme den erdigen Geruch wahr.

»Der Tee wird auch roter Tee genannt«, erklärt sie mir stolz.

»Ganz ehrlich, Alice, ich bewundere dein Wissen über alle möglichen Teesorten.«

Alice ist ein Schatz. Eine gute Seele. Ich bin so froh, sie kennengelernt zu haben. Was hätte ich nur ohne sie gemacht? Sie hat mir immer gut gemeinte Ratschläge gegeben. Ich habe ihr schon so einiges anvertraut. Ich habe ihr von meinem Ex-Ehemann Melton und auch von Michio erzählt. Sie hat von meinem Doppelleben, das ich damals geführt habe, erfahren. Trotz allem hat sie mir nie Vorwürfe gemacht und mich auch nicht kritisiert. Ihr Glaube an das Gute im Menschen fasziniert mich, immer wieder aufs Neue.

Ich puste auf meinen Tee und nippe vorsichtig daran.

»Mmhh…«, gebe ich zufrieden von mir, »schmeckt würzig.«

Alice nickt. »Trinke erst einmal deinen Tee aus und dann müssen wir hier heute einiges schaffen.«

»Was machst du eigentlich an Weihnachten, Alice?«, frage ich, weil ich weiß, dass sie außer Michio und mich sonst niemanden hat. Mein Vorhaben ist, mit ihr die Weihnachtszeit zusammen zu verbringen. Sie ist wie eine Großmutter für mich, die ich nie hatte. Ein Familienersatz.

»Mach dir um mich keine Gedanken, meine Liebe«, wehrt sie lächelnd ab und auf ihrem hübschen, runden Gesicht werden ein paar Falten sichtbar. »Feier du nur mit deinen Freunden.«

Ich möchte ihr widersprechen, aber in dem Moment klingelt mein Handy. Es ist wieder Gina, die versucht, mich zu erreichen. Alice nickt mir zu und ich nehme den Anruf entgegen.

»Gina, was ist los? Du rufst mich schon seit heute Morgen die ganze Zeit an. Ist etwas passiert?«, beunruhigt stehe ich auf und gehe in dem Laden auf und ab.

»Allerdings. Lass uns heute Abend im Sushi-Restaurant treffen, dann werde ich dir alle Details erzählen. Du wirst nicht glauben, was ich gestern alles aufgenommen habe!« Ihre Stimme klingt aufgeregt und außer Atem.

»Aufgenommen?«, frage ich und runzele die Stirn. »Was hast du denn aufgenommen?«

»Das wirst du noch sehen. Heute um 18 Uhr in dem Sushi-Restaurant?«

»Um 18 Uhr ist erst Ladenschluss. Ich werde etwas später kommen. Ist das okay?«

»Ist gut. Bis dann.« Sie legt auf und ich bleibe verwirrt

stehen. Was gibt es denn so Dringendes, das sie mir mitteilen muss?

Plötzlich trifft es mich wie ein Geistesblitz. Gina war gestern im Host Club und dort muss sie etwas erlebt haben, worüber sie mich informieren möchte. Mein Herz klopft beunruhigt und ich hoffe, dass es nichts mit Michio zu tun hat.

Nach der Arbeit verlasse ich pünktlich den *Tea-Time* Laden und laufe durch die verschneiten Straßen zu unserem abgemachten Treffpunkt. Es wäre einfacher, ein Taxi zu nehmen, aber ich bin einfach pleite und kann mir diesen Luxus nicht mehr leisten. So schreite ich mit schweren Schritten durch den Schnee und erreiche schlussendlich das Sushi-Restaurant.

Völlig außer Atem reiße ich die Tür auf und betrete das Lokal. Die Wärme in den Räumen lässt mich entspannen. Ich ziehe meinen Mantel aus und hänge ihn ordentlich auf den Kleiderbügel in dem Eingangsbereich, bevor ich weitergehe und mich nach Gina umschaue. Ich war schon lange nicht mehr hier und doch hat dieses Restaurant immer noch die gleiche Bedeutung für mich. Hier habe ich früher viel Zeit mit Michio verbracht und hier hat er mich genauso mit Melton erwischt und mein Doppelleben aufgedeckt. Es ist so viel passiert.

Die Einrichtung ist immer noch die gleiche und die Gerüche von Sushi und gebratenen Frühlingsrollen steigen in meine Nase und machen mich hungrig.

Alles wirkt hier so vertraut. Die gedämpften Lichter sorgen für eine Wohlfühl-Oase und die Lampions und die Lotusblüten an den Wänden verleihen der Innenausstattung einen gemütlichen Touch.

Endlich entdecke ich Gina, die an einem Fensterplatz sitzt und mir wild zuwinkt. Mit langsamen Schritten gehe ich auf sie zu und stelle meine Tasche auf der Sitzbank ab, bevor ich ihr gegenüber Platz nehme. Ich weiß nicht, ob ich für das Gespräch mit Gina bereit bin und ob es mir gefallen wird, was sie mir zu erzählen hat. Höchstwahrscheinlich nicht. Das Herzklopfen wird immer stärker und ich spüre meine Nervosität.

»Gina, hi.«

»Hi Süße. Ich habe uns schon eine Flasche Pflaumenwein bestellt. Das wirst du heute gut gebrauchen.« Sie deutet auf die Flasche und ich schlucke schwer.

»Geht es um Michio?«, komme ich direkt zur Sache.

»Immer mit der Ruhe. Lass uns erst einmal etwas bestellen. Ich sterbe nämlich vor Hunger!« Gina nimmt die Karte und blättert darin. Obwohl ich so gut wie den ganzen Tag nichts Vernünftiges zu mir genommen habe, ist mir dennoch der Appetit vergangen. Ich möchte einfach nur wissen, was mir Gina so Dringendes zu erzählen hat.

Das, was sie gerade treibt, grenzt schon an Folter. Warum zieht sie das alles so in die Länge und erzählt nicht gleich, was Sache ist?

»Du hast mich schon früh am Morgen versucht zu erreichen und nun zögerst du?«, ich schaue sie vorwurfsvoll an. »Sag mir doch endlich, was los ist! Was zum Teufel hast du aufgenommen? Ich verstehe nur Bahnhof!«

Sie ignoriert meinen Wutausbruch und deutet stattdessen mit dem Zeigefinger auf die Karte. »Das sieht ja wahnsinnig lecker aus. Wir nehmen diese Sushi-Platte. Bist du damit einverstanden?«

Ich nicke stumm. Hauptsache, sie kommt schneller zur Sache.

Der Kellner kommt zu uns rüber. »Habt ihr schon eine Auswahl getroffen?«

»Ja, wir beide nehmen zwei Mal Nummer 14 und noch eine Flasche Wein dazu«, gibt Gina die Bestellung weiter und der freundliche Mann im Anzug notiert es, bevor er uns alleine lässt.

»Noch eine Flasche Wein?«, flippe ich aus, als der Kellner außer Sichtweise ist. »Gina, verdammt! Ich habe nicht vor, mich zu betrinken!«

»Schade. Dein früheres Ich hat mir viel mehr gefallen. Damals hast du dir keine Gedanken um deinen Alkoholkonsum gemacht. Was ist nur los mit dir? Du benimmst dich wie Mutter Teresa und es ödet mich langsam an.« Sie seufzt theatralisch und füllt unsere Gläser mit Pflaumenwein.

»Eine Flasche ist wohl mehr als genug«, murmele ich gereizt, nehme mein Glas entgegen und lasse die rote Flüssigkeit darin kreisen.

»Wie war dein Tag?«, fragt Gina gelassen.

Wie war mein Tag? Ist das ihr verdammter Ernst?

»Erzähl mir lieber endlich, weshalb du mich hierhergeholt hast«, verlange ich und nippe an meinem Wein. Dabei lasse ich Gina nicht aus den Augen.

Sie holt tief Luft und rückt endlich mit der Sprache raus. »Na gut. Hör zu. Gestern war ich im Host Club und da habe ich ein Gespräch mitbekommen, das ich für dich aufgenommen habe.«

»Geht es um Michio?« Ich reiße meine Augen panisch auf und bin sofort ganz Ohr.

»Allerdings.« Gina streckt ihren Kopf etwas näher an mich heran und führt das Gespräch mit leiser Stimme fort. »Ich muss dir etwas zeigen.«

»Zweimal die Sushi Platte Nummer 14«, unterbricht uns der Kellner und lagert die riesigen Teller vor uns auf dem Tisch, »und noch eine Flasche Wein. Bitte sehr, meine Damen.«

»Danke«, entgegne ich halbherzig und hoffe, dass er schnell wieder verschwindet. Verdammt, ich möchte endlich wissen, was mir Gina zeigen möchte! So langsam werde ich unruhig.

»Wow. Das sieht ja wahnsinnig lecker aus«, staunt meine Freundin und nimmt die Stäbchen in die Hand. »Schau nur, Ivory.«

»Sieht echt gut aus«, gebe ich zu, »aber auch ganz schön viel. Eine einzige Platte für uns beide hätte eigentlich gereicht.« Ich ertappe mich dabei, wie ich jetzt schon über die Rechnung nachdenke und insgeheim hoffe, dass es nicht zu teuer wird. Es ärgert mich, dass ich so unachtsam war und nicht auf den Preis geachtet habe.

»Niemals! Ich schaffe die ganze Platte locker ganz alleine«, entgegnet Gina entrüstet.

»Von mir aus«, ich schaue dem Kellner nach, der sich endlich entfernt, »und nun raus mit der Sprache, Gina! Was möchtest du mir zeigen?«

Sie kaut inzwischen schon genüßlich an ihren Sushi

und holt währenddessen ihr Handy aus der Tasche. »Ich habe etwas aufgenommen, als ich auf der Toilette war«, erzählt sie schmatzend. »Da waren zwei Frauen und ich habe mitbekommen, wie sie über dich gelästert haben.«

»Das ist alles?«, irritiert lege ich meine Stäbchen zur Seite und starre Gina entgeistert an. »Du machst so viel Wind um nichts! Ich habe mir solche Sorgen gemacht und dann kommt das hier?! Hattest du mir nicht gesagt, dass es dabei um Michio geht?«

Ich kann es einfach nicht fassen, dass sie so ein Drama wegen ein paar Lästermäulern macht!

Gina beachtet mich gar nicht, sondern tippt irgendetwas auf ihrem Handy. Anschließend hält sie mir das Gerät vor die Augen. »Sieh es dir an und dank mir später.«

Ich starre mit klopfendem Herzen auf das Smartphone und bin ratlos, was mich nun erwarten wird.

»Sind sie wirklich ein Paar?«, höre ich mir Ginas Audio-Aufnahme an. *»Wie ist ihr Name?«*

»Sie heißt Ivory, soweit ich weiß, und nach Michios Bestätigung sind sie wohl zusammen.« Die Stimme kommt mir bekannt vor, nur kann ich sie im Moment nicht zuordnen.

»Sie hängt allerdings wie eine Klette an ihm. Einfach nur widerlich. Ich glaube, er hat bald genug von ihr. Und falls nicht, werde ich alles dafür tun, damit Michio nur mir alleine gehört!«

Ach du Scheiße! Gina hatte recht. Das hier ist wirklich übel. Irgendwelche eifersüchtigen Frauen haben vor, uns auseinanderzubringen und ich kann es ihnen noch nicht einmal verübeln. Michio ist einfach … unwiderstehlich und es ist nicht leicht, ihn teilen zu müssen. Auch für mich nicht.

»Und? Überrascht?« Gina tunkt ihr Sushi in die Soja-Soße und schaut mich abschätzend an, bevor sie es in den Mund stopft.

Ich nicke. »Danke für die Aufnahme. Doch was kann ich schon tun? Wenn diese Frau sich an ihn ranschmeißen möchte, kann ich sie wohl schlecht daran hindern. Ich kann Michio unmöglich die ganze Zeit überwachen.«

»Ich sag dir, was du tun sollst! Öfters in den Host Club kommen und darauf aufpassen, dass keines dieser Flittchen dir Michio wegschnappen kann!« Der Blick meiner Freundin ist ernst. Todernst. »Denn genau das hätte ich in deiner Situation gemacht.«

Ich trinke mein Glas Wein auf ex. Die Lage ist wirklich beschissen.

»Das ist nicht möglich«, gebe ich kleinlaut zu, »ich bin pleite. Ich kann es mir nicht mehr leisten, in den verdammten Club zu kommen. George verlangt dort Unsummen! Selbst Adrian ist mir mittlerweile zu teuer.«

»So schlimm?«, Ginas Augen weiten sich. »Du hättest bei Melton bleiben sollen. Bei ihm ging es dir finanziell gut.«

»Gina, nicht schon wieder!«, ich schaue sie vorwurfsvoll an.

»Mit ihm hattest du wenigstens nicht solche Probleme!«

Ich schließe für einen kurzen Augenblick meine Augenlider und versuche die Gefühle auszuschalten, die immer mehr die Überhand gewinnen.

Mit Melton hätte ich vielleicht all diese Probleme nicht, aber der einzige Mann, den ich wirklich begehre, ist Michio. Und im Moment spüre ich, wie starke Verlustängste in mein Inneres eindringen und mich mit aller Macht zu ersticken versuchen.

»Du siehst so blass aus. Alles okay? Und du hast dein Essen immer noch nicht angerührt.« Gina fasst mich vorsichtig am Handgelenk an. »Komm schon, Süße, iss was bitte.«

»Ich fühle mich nicht besonders. Ist es okay für dich, wenn ich jetzt nach Hause gehe?«

Die Wahrheit ist: Ich fühle mich beschissen. Es ist, als würde mir jemand die Kehle zuschnüren. Ich habe Angst. Ich fürchte mich so sehr, Michio zu verlieren.

»Nein, Schatz. Das ist eben nicht okay. Du musst etwas essen und zu Kräften kommen. Ansonsten lasse ich dich nicht von hier weg.« Sie schiebt die Sushi-Platte näher an mich heran. »Es sieht fast danach aus, als hättest du wieder einmal eine depressive Verstimmung.«

»Ich möchte Michio nicht verlieren«, sage ich leise und fülle mir noch ein Glas Wein voll. Das Essen beachte ich weiterhin nicht. Mir ist einfach nicht danach.

»Verstehe«, entgegnet sie. »Ich verstehe dich wirklich. Aber noch hast du ihn nicht verloren.«

In diesem Augenblick bin ich echt froh, Gina als Freundin zu haben und zu wissen, dass sie immer für mich da sein wird, egal, wie schwerwiegend meine Probleme auch sein mögen. In diesen dunklen Stunden, in denen kein Ausweg in Sicht ist, kann ich mich auf ihren Trost verlassen.

Wir trinken zusammen noch eine weitere Flasche Wein und ich schaffe es tatsächlich, meine ganzen Sushi-Portionen aufzuessen. Gina lächelt stolz und winkt dem Kellner zu, der nun auf uns zukommt.

»Dürfen es noch irgendwelche Wünsche sein?«, fragt er höflich nach.

Meine Freundin kramt in ihrer Tasche und holt ihr Portemonnaie heraus. »Nein, wir wollten nur bezahlen.«

»Getrennt oder zusammen?«

»Getrennt«, entgegne ich und greife ebenfalls nach meinem Geldbeutel.

»Das wären dann jeweils vierzig Euro bitte.«

Ich erstarre und schlucke angestrengt. Verdammt! So teuer? Damit hätte ich jetzt nicht gerechnet. Früher habe ich nie darauf geachtet, wie viel Geld ich hier eigentlich gelassen habe. Mit Melton an meiner Seite habe ich es auch nicht nötig gehabt. Ich konnte das Geld ausgeben, ohne mir vorher Gedanken machen zu müssen. Nun befinde ich mich genau dort, wo ich am Anfang war – auf mich selbst gestellt und auf den täglichen Überlebensmodus eingestimmt.

Mein Herz rast, während ich meine Geldbörse öffne und die Scheine dort durchzähle. Gerade nur dreißig Euro befinden sich darin und selbst die waren für den ganzen restlichen Monat vorgesehen.

Scheiße, scheiße, scheiße. Was mache ich nur? Ich werfe Gina einen hilflosen Blick zu. »Ich habe gerade nicht genug. Könntest du mir etwas leihen?«

»Na klar doch«, sie holt einen Hundert-Euro-Schein aus dem Portemonnaie heraus und reicht ihn dem Kellner mit den Worten: »Passt schon. Der Rest ist Trinkgeld.«

»Vielen Dank.« Sein anerkennender Gesichtsausdruck verrät, wie dankbar er ist.

Ich nehme meine Tasche und stehe beschämt auf. Mit eiligen Schritten gehe ich voran. Es ist einfach zu viel und ich möchte so schnell es geht das Restaurant verlassen. Gina holt mich jedoch ein und hakt sich bei mir unter.

»Mach kein Drama daraus. Das Essen geht auf mich.«

»Ich habe es verlernt, für mich alleine zu sorgen und darauf zu achten, dass mir so etwas Peinliches wie gerade eben nicht widerfährt«, teile ich ihr meine Bedenken mit.

Sie lässt mich los, als wir an der Garderobe stehen bleiben.

»Hast du überhaupt noch genug für den Rest des Monats?« Die Frage ist ernst gemeint, das erkenne ich an ihrem Blick. Doch ich möchte nicht, dass sie sich um mich Sorgen macht, also lüge ich.

»Ja, klar. Nur nicht für Luxussachen, wie Host Club- oder Restaurantbesuche. Ansonsten geht es mir ganz gut.«

Sie zieht sich ihre Jacke an und reicht mir meinen Mantel. »Hört sich nicht so an, um ehrlich zu sein. Wenn ich dir also helfen kann, sag Bescheid.«

»Gina, lass das! Ich komme schon irgendwie alleine mit meinen Problemen klar«, würge ich das Gespräch ab, während ich mir meinen Mantel überwerfe. Ich möchte einfach nicht mehr von irgendjemandem abhängig sein. Nie wieder. Das habe ich mir versprochen und ich werde mich definitiv daran halten, egal wie schwer es auch sein mag.

Die Abhängigkeit von Melton hat mich schwach gemacht und ich habe nicht vor, das alles noch mal von vorne zu erleben.

Was meine Abhängigkeit von Alkohol, Host Club-Besuchen und Michio angeht, werde ich dies auch in Angriff nehmen. Nur nicht jetzt.

Später.

Vielleicht.

Kapitel 8

Du verdienst den Abgrund. Nicht das Licht.

Seit meinem letzten Treffen mit Gina ist inzwischen eine ganze Woche vergangen. Ich sitze alleine in meiner kleinen Küche, den Kopf auf die linke Hand gestützt, und nippe an meinem Kaffee. Meine Gedanken kreisen um meine Vergangenheit.

War das alles wirklich notwendig gewesen – die Scheidung von Melton? Habe ich mir vielleicht etwas vorgemacht, was die Gefühle für ihn angeht?

Ja, ich muss gestehen, es gibt Tage, an denen ich seine Nähe vermisse. Nicht so sehr, wie ich Michio vermisse. Und doch fehlt er mir – als ein guter Freund. Als ein Familienmitglied.

Fakt ist, dass der ganze Betrug nur aufgeflogen ist, weil ich unüberlegt gehandelt habe. Und nun bin ich wieder an dem gleichen Punkt angelangt, an dem ich schon zuvor war. Hatte Gina mit ihrer Behauptung tatsächlich recht?

Wiederholt sich die Geschichte, die ich mit Melton erlebt habe, nun auch mit Michio?

Schließlich sitze ich hier wieder einmal alleine in der Wohnung und lasse mich von der einsamen Leere verschlingen. Mit dem einzigen Unterschied, dass die Wohnung diesmal viel kleiner und bescheidener ist und nicht zu vergessen, dass ich nicht einmal weiß, wovon ich die nächsten Tage leben soll.

Fest steht allerdings auch, dass ich Alice und Gina

nicht mit meinen Geldsorgen belasten möchte. Immerhin ist es meine Schuld, dass ich so viel Geld für meinen letzten Host Club-Besuch ausgegeben habe. Den gleichen Fehler werde ich eindeutig nicht mehr wiederholen, auch wenn ich Michio so sehr vermisse. Wir könnten uns außerhalb des Host Clubs sehen. Es scheitert nur an unseren unterschiedlichen Arbeitszeiten. Er hat Nachtschicht und somit ist es schwierig, einen gemeinsamen Nenner zu finden. Aber es ist nicht unmöglich, wenn einer dazu bereit wäre. Und das bin ich.

Schon traurig, dass ich ihm ständig nachlaufen muss, um in seine warmen Augen blicken zu können.

Ich stelle meine Tasse auf dem Tisch ab und stehe auf. Mir ist so kalt. Dieser verdammte Winter! Vielleicht esse ich einfach nicht genug und friere deshalb so schnell. Eine warme Suppe wäre jetzt echt nicht schlecht. Hektisch durchsuche ich den Kühlschrank nach den passenden Lebensmitteln, stelle aber frustriert fest, dass sich nichts Essbares darin befindet. Dann muss ich wohl einkaufen gehen. Schon alleine bei dem Gedanken, in die Kälte rauszumüssen, bekomme ich Gänsehaut.

Trotzdem ziehe ich meinen Mantel über, schlüpfe in meine Stiefel und zwinge mich dazu, die Wohnung zu verlassen.

Die Straßen sind durch den Frost rutschig und meine Schritte sind langsam und bedacht. Es ist nicht viel, was ich gekauft habe, aber immerhin etwas. Ich werfe einen flüchtigen Blick in die Einkaufstüte. Es sind ein paar Tomaten, Chilischoten, Paprika und rote Bohnen. Daraus lässt sich bestimmt etwas machen. Irgendwie muss ich etwas Essbares aus den Zutaten zubereiten und dabei bin ich doch so eine Niete, was das Kochen angeht! Es ist die einzige Gemeinsamkeit, die ich mit Melton in unserer Ehe geteilt habe. Wir beide können absolut nicht kochen!

Ich seufze und stolpere gegen einen Mann, der mir den Weg versperrt. Er schafft es gerade so, mich am Arm zu packen und daran zu hindern, dass ich hinfalle.

Trotzdem bin ich wütend. Hat er keine Augen im Kopf oder weshalb bleibt er so abrupt vor mir stehen? So ein Idiot!

»Passen Sie doch gefälligst auf!«, fahre ich ihn aufgebracht an und reiße mich von seinem Griff los. Erst als ich zu ihm hochblicke, weiten sich meine Pupillen vor Überraschung. Mein Herz setzt für ein paar Sekunden aus.

»Melton?« Meine Stimme ist nur noch ein Flüstern.

Er lächelt mich an. Sein Lächeln ist aufrichtig und warm. Oh mein Gott … er sieht immer noch unverschämt gut aus! Wehmütig überlege ich, wie lange es schon her ist, dass ich ihn das letzte Mal gesehen habe. Meinen Ex-Mann.

»Lange nicht mehr gesehen«, wiederholt er meine Gedanken. »Wie geht es dir?«

Ich senke meinen Blick. Nur nicht sentimental werden, spreche ich mir zu.

»Gut, und dir?«

Er hebt meinen Kopf leicht an, sodass ich ihm erneut in seine kristallblauen Augen blicken muss.

»Mir geht es nicht so gut ohne dich, Ivory.« Seine ehrli-

che Antwort schockiert mich und ich mache unwillkürlich ein paar Schritte nach hinten. Etwas Distanz würde
uns beiden guttun.

»Melton … ich«, kommen nur ein paar unbeholfene
Wortfetzen aus meinem Mund, »es tut mir leid … alles.«

Er schüttelt lächelnd den Kopf und mein Blick fällt auf
seine braunen Locken, die immer noch bezaubernd sind.

»Du kannst nichts für deine Gefühle, Ivory. Ich bin
nicht mehr sauer auf dich.« Er nimmt mir meine Einkaufstüte aus der Hand. »Lass mich die tragen.«

Ich möchte sie wieder an mich reißen, doch er runzelt
verwirrt die Stirn und schaut neugierig rein. »Ich habe
mich schon gefragt, warum die so leicht ist. Warum hast
du so wenig eingekauft?«

»Ich brauchte nicht viel«, lüge ich ihn an. Er muss nicht
wissen, dass es mir finanziell nicht gerade gutgeht.

»Und was willst du mit diesen Lebensmitteln? Doch
nicht etwa kochen?« Sein Lachen ist ansteckend und ich
muss grinsen. »Sag nicht, du hast einen Kochkurs belegt,
Ivory! Du konntest noch nie gut kochen!«

»Nein, aber es ist nie zu spät, es zu erlernen«, gebe ich
breit grinsend zurück. »Heute hatte ich vor, damit anzufangen.«

Er hebt belustigt die Augenbrauen nach oben. »Das
möchte ich sehen. Zeig mir doch deine Wohnung. Ich
möchte wissen, ob es dir gut geht und wie du so lebst,
ohne mich.«

Unsicher streiche ich meinen Mantel glatt. Ob das eine
gute Idee ist? Doch bevor ich etwas entgegnen kann,
nimmt er meine Hand und zieht mich vorwärts mit sich

mit. Ich habe Mühe, Schritt mit ihm zu halten. Die Straßen sind viel zu glatt und ich habe nicht vor, erneut auszurutschen. Melton bemerkt es und passt sein Schritttempo meinem an.

»Keine Sorge, ist nicht weit. Dort drüben habe ich geparkt.« Er deutet auf seinen schwarzen BMW, der sich nur etwa zwanzig Meter weiter von uns befindet.

»Und was soll ich mit deinem Auto?« Ich verstehe nicht, worauf er hinaus möchte. Warum zieht er mich überhaupt mit sich mit?

Melton lacht erneut. »Ich fahre dich nach Hause, was sonst. Oder möchtest du etwa bei dieser Kälte zu Fuß dahin?«

Recht hat er ja. Warum auch nicht, schließlich waren wir beide verheiratet. Was ist schon dabei, dass er mich nun nach Hause fährt?

Als wir vor seinem BMW stehen bleiben, öffnet Melton die Tür und winkt mich hinein. Ich rutsche etwas unbeholfen auf den Beifahrersitz und schnalle mich an.

Nur nicht nervös werden, spreche ich mir Mut zu. Eigentlich ist meine Reaktion echt lächerlich. Wieso übt er nach all der langen Zeit immer noch eine einschüchternde Wirkung auf mich aus?

Melton umrundet das Auto und steigt ebenfalls ein. Die Einkaufstüte legt er zwischen meinen Füßen ab. Ich beobachte ihn heimlich aus den Augenwinkeln.

»Hast du mich vermisst?«, fragt er, als würde ihm das auffallen.

»Ab und zu denke ich schon an dich«, gebe ich ehrlich zu.

Er startet den Motor und zieht einen Schmollmund. »Jetzt hast du es mir aber gegeben! Hört sich nicht gerade danach an, als würde ich dir wirklich fehlen.«

Ich drehe meinen Kopf zur Seite und schaue nervös nach draußen, während wir losfahren. Immer noch frage ich mich, ob es eine gute Idee war, einzusteigen.

»Du musst mir schon verraten, wo du wohnst, sonst weiß ich nicht, wohin ich dich fahren soll«, sagt Melton, als wir langsam die Straße runterfahren.

Ich nenne ihm meine Adresse und er nickt zufrieden.

Als wir meine Gegend erreichen und er in eine Parklücke einbiegt, sehe ich seinen besorgten Gesichtsausdruck.

Wir steigen aus und Melton nimmt meine Einkaufstüte.

»Hier wohnst du also.«

»Ja.« Ich weiß nicht, weshalb er mich so bekümmert ansieht, schließlich hat er mich auf der Straße kennengelernt. Er kennt meine ganze Geschichte und weiß, dass ich auch mit wenig zufrieden bin, solange ich nur einen warmen Platz zum Schlafen und etwas zu essen habe. Das reicht mir vollkommen.

»Fühlst du dich in dieser Gegend wirklich wohl?« Er schaut sich nervös um.

»Melton, es ist keine Ghetto-Gegend, sondern ein ganz normales Viertel. Und ich kann auch gut auf mich selber aufpassen«, entgegne ich entrüstet. Warum zum Teufel muss er aber auch immer übertreiben?

»Na gut«, seufzt er, »bring mich zu deiner Wohnung.«

»Du möchtest zu mir?«, wispere ich. Aber warum denn? Er wollte mich doch nur nach Hause fahren.

»Ja«, er hebt meine Einkaufstüte in die Höhe, »ich möchte dir deine Einkäufe reinbringen.«

»Das kann ich auch alleine«, schnaube ich verächtlich. »Die Tüte ist nun wirklich nicht schwer.«

Seine Mundwinkel zucken leicht und verziehen sich zu einem Lächeln. »Ich möchte sehen, wie du lebst. Lass mich rein, damit ich mich nicht sorgen muss.«

»Na gut«, gebe ich schließlich nach und führe ihn zu dem Gebäude, in dem ich wohne.

Nachdem ich die Eingangstür aufgeschlossen habe, deute ich auf die Treppe. »Zweiter Stock rechts. Dort lebe ich.«

Wir steigen die Treppen nach oben und als wir ankommen, schließe ich meine Tür auf. Ich weiß nicht, was sich Melton vorstellt, aber meine Wohnung wird ihm garantiert nicht gefallen. Er ist Luxus gewohnt.

Unsicher trete ich hinein, befreie mich aus meinem Mantel und hänge ihn ordentlich auf die Wandgarderobe auf. Dann ziehe ich meine Stiefel aus.

»Fühl dich wie zu Hause.«

Melton betritt den kleinen Flur und streift sich ebenfalls seine Schuhe ab. Dann begibt er sich zielsicher in die Küche und stellt die Einkäufe auf der Küchenplatte ab.

»Hier lebst du also.«

Ich nicke nur und hole die gekauften Produkte aus der Tüte heraus.

»Kümmert sich Michio gut um dich? Bist du glücklich?«

»Was soll das, Melton? Worauf willst du hinaus?«, fahre ich ihn an.

Er hebt besänftigend die Hände, als wolle er mir ein Friedensangebot machen. »Nur kein Stress. War eine ernst gemeinte Frage.«

»Na gut«, ich stelle mich direkt vor ihn und schaue ihm tief in die Augen. »Ich bin glücklich und Michio ist der Richtige für mich.«

»Ich möchte nur, dass es dir gutgeht. Das ist alles.«

»Und das tut es. Das tut es wirklich«, bestätige ich noch einmal.

»Gut. Dann lass uns etwas kochen.« Er bewegt sich auf den Kühlschrank zu und öffnet ihn. »Du hast nichts da drin, Ivory.«

Ich senke beschämt meinen Kopf. »Du weißt doch, dass ich nicht kochen kann. Deshalb.«

»Aber es fehlen einfach auch banale Dinge, wie zum Beispiel Käse, Butter oder Milch! Hier ist absolut nichts mehr drin.« Melton schließt die Tür wieder zu und kommt auf mich zu. »Du hast Geldprobleme, oder?«

»Hat Gina gepetzt?«, ich verdrehe genervt meine Augen.

»Das ist nicht schwer zu erkennen, auch ohne Ginas Hinweis.«

Stimmt. Doch das würde ich niemals zugeben. Nicht vor Melton. Ich möchte nicht, dass er mir hilft. Ich nehme die Tomaten und Paprika und gehe zu der Spüle, um sie abzuwaschen. Anschließend stelle ich das Brett auf die Küchenplatte hin und lege die sauberen Lebensmittel ordentlich nebeneinander. Es ist wohl besser, meine Niederlage zu ignorieren und mit dem Kochen anzufangen. So hole ich das Messer und möchte gerade anfangen, die Tomaten kleinzuschneiden, als Melton mein Handgelenk festhält.

»Aus den paar Zutaten kann nichts Gutes zustande kommen. Lass es, Ivory. Ich werde uns etwas bestellen.« Dann lässt er mich los und holt sein Handy aus der Tasche.

Ich muss zugeben, dass ich halb am Verhungern bin und nur aus diesem einzigen Grund gehorche.

»Was hättest du denn gerne?«, fragt er und dreht lässig sein Smartphone in der Hand hin und her.

»Eine warme Chili con Carne-Suppe wäre nicht schlecht.« Tatsächlich hatte ich sogar vorgehabt, so etwas in der Art zuzubereiten. Ob es mir tatsächlich gelungen wäre, ist eine andere Frage.

»Gut.« Melton wählt eine Nummer und gibt ein paar Bestellungen weiter. Ich frage mich, ob er dann endlich geht.

Als er wieder auflegt, verlässt er allerdings nur die Küche und marschiert in den Wohnbereich, den er abschätzend begutachtet. Ich folge ihm nervös und warte immer noch darauf, dass er endlich meine Wohnung verlässt.

»Warum verschweigst du mir, dass du Geldsorgen hast?«, fragt er mich geradeaus und lässt sich auf dem Sofa nieder. »Und weshalb weigerst du dich, Unterhaltskosten von mir anzunehmen? Sag es mir, Ivory. Erzähl mir, was in deinem hübschen Köpfchen vor sich geht.«

In meinem hübschen Köpfchen? Seit wann benutzt er solche Ausdrücke? Ich unterdrücke ein Lachen. »Also wirklich, Melton! Ich bin eine unabhängige Frau, das ist alles! Ich bin nicht auf deine Hilfe angewiesen.«

»Ist es wirklich nur das?«, er stützt sein Kinn auf die linke Handfläche und schaut zu mir auf, »oder sind das eher deine Schuldgefühle mir gegenüber, die es dir verbitten, dass ich dir helfe?«

Ich schweige betroffen und senke meinen Blick. Er hat meinen wunden Punkt getroffen und hat eindeutig recht mit seiner Aussage. Es sind meine Schuldgefühle ihm gegenüber. Ich kann und werde es mir niemals verzeihen, was ich ihm alles mit meiner Untreue angetan habe.

Melton erhebt sich und kommt auf mich zu. »Schau mich an, Ivory.«

Ich blicke bedrückt zu ihm hoch.

»Ich möchte nicht, dass du dich schuldig fühlst. Wir beide tragen die Schuld. Du bist nicht alleine für das Scheitern unserer Ehe verantwortlich, hast du mich verstanden?«

»Ich wollte dich nicht verletzen. Du hast so viel für mich getan«, sage ich mit zittriger Stimme und versuche die Tränen zu unterdrücken.

Melton ist immer noch so verdammt perfekt! Eigentlich sollte es nichts Neues für mich sein. Er ist ein Engel. Wurden genau diese guten Charakterzüge ihm letztendlich zum Verhängnis? Er ist gutmütig und selbstlos, sodass ich mich in seiner Nähe wie ein Bösewicht fühle. Und ich kann diese schlechten Gefühle, die ich dabei empfinde, nicht mehr ertragen. Ich möchte mich nicht schlecht fühlen. Ich habe es satt, mich wie ein Verbrecher fühlen zu müssen! Seine Gesellschaft tut mir nicht gut. Sie macht mich unsicher und verletzlich.

»Du solltest jetzt gehen.«

»Wie du möchtest. Falls du meine Hilfe brauchst, kannst du jederzeit auf mich zählen.« Melton folgt meiner Aufforderung, wendet sich von mir ab und macht sich auf den Weg in den Flur. Dort bleibt er einen kurzen Augenblick lang stehen und verlässt letztendlich die Wohnung.

Mit zitternden Beinen bewege ich mich in den Flur, um mich zu überzeugen, dass er auch tatsächlich weg ist. Als dann mein Blick zufällig auf das alte Regal fällt, falle ich aus allen Wolken.

Dort liegen mehrere Tausend-Euro-Scheine, die er unbemerkt dahingelegt hat.

Ein Knoten macht sich in meinem Magen breit und bereitet mir höllische Schmerzen. Es fehlt mir nicht viel, um in Tränen auszubrechen.

Da klingelt es an der Tür. Ich hoffe, dass es Melton ist, denn ich habe vor, ihm das Geld zurückzugeben! Halbherzig sammele ich all diese Geldscheine ein und reiße wütend die Tür auf, merke dann aber, dass es nur der Lieferservice ist, der meine Bestellung in der Hand hält.

»Wie viel macht das?«, frage ich mit beschlagener Stimme und nehme den großen Karton entgegen.

»Ein Mann war gerade eben noch hier und hat für das Essen schon bezahlt«, erklärt mir der Liefermann und winkt zum Abschied. »Ich wünsche Ihnen einen guten Appetit!«

Mit diesen Worten eilt er wieder die Treppen herunter.

Melton hat also eben auch das Essen hier übernommen. Der Gedanke daran macht mich noch nervöser, als ich es schon bereits bin. Entrüstet trete ich die Tür hinter mir zu und gehe in die Küche, wo ich den Karton auf dem Tisch abstelle.

Die Geldscheine, die mir Melton hinterlassen hat, verstaue ich in einer Schublade. Ich werde ihm das Geld auf jeden Fall zurückgeben, beschließe ich.

In diesem Augenblick vibriert mein Handy und mir wird eine neue Nachricht von Melton angezeigt. Seit unserer Scheidung hat er mir nicht mehr geschrieben und auch nicht wirklich den Kontakt zu mir gesucht.

Ich muss zugeben, dass es mich freut, dass wir langsam eine freundschaftliche Beziehung zueinander aufbauen. Er hat mir als eine enge Bezugsperson gefehlt.

Denk nicht mal daran, lese ich die Nachricht. *Ich kenne dich viel zu gut. Das Geld ist für dich. Ich nehme es auch nicht zurück.*

Er wird sich tatsächlich weigern und es niemals zurücknehmen, wird mir klar. Ich kenne Melton. Viel zu gut.

Und genau das war es, was mich so an ihm gestört hat. Ich fühlte mich durch derartige Aktionen von ihm erkauft.

Und das gleiche Gefühl breitet sich gerade wieder in meinem Inneren aus und nimmt mich vollkommen ein, selbst wenn Melton das alles nur gut gemeint hat.

Als wäre es nicht schon schlimm genug, frisst mich das schlechte Gewissen innerlich auf und flüstert mir verschwörerisch zu: Du hast es nicht verdient. Du verdienst den Abgrund. Nicht das Licht.

Kapitel 9

Ich hänge nicht mit Frauen ab, die nichts wert sind.

Es ist bereits Sonntag und Michio hat versprochen, heute Mittag zu mir zu kommen. Ich habe einen schwarzen übergroßen Hoodie an und habe die Heizung voll aufgedreht, um nicht zu frieren. Meine Haare trage ich offen.

Die letzten Tage habe ich mich von dem übrig gebliebenen Essen, das Melton neulich bestellt hat, ernährt. Ab und zu habe ich mir die trockenen Baguette-Brötchen reingeschoben, um irgendetwas in meinem Magen zu haben.

Meltons Geld habe ich immer noch nicht angerührt und habe auch niemandem erzählt, dass Melton bei mir war. Es würde einfach falsch rüberkommen.

Ist es überhaupt gesund, dass ich literweise Kaffee trinke? Wahrscheinlich nicht. Aber es hält mich warm und wach. Ein lautes Pochen an der Tür reißt mich aus meinen Gedanken.

»Prinzessin, mach bitte die Tür auf«, höre ich Michios Stimme. Ich wundere mich, warum er nicht einfach klingelt, dennoch eile ich zu der Tür und reiße diese auf.

Er hält eine große Kiste voller Lebensmittel in den Händen und seine dunkelblonden Strähnen verdecken teilweise seine atemberaubenden dunklen Augen.

»Mit vollen Händen war das Klingeln leider nicht möglich, so musste ich mit dem Fuß nachhelfen«, erklärt er lächelnd.

»Zum Glück hast du mir die Tür nicht kaputt getreten.« Mein Grinsen wird breiter und ich weiche zur Seite, um ihn reinzulassen.

Michio tritt hinein und streift sich die Schuhe ab, bevor er in die Küche geht, um die Kiste auf dem Tisch abzustellen. Erst dann befreit er sich aus seiner goldenen Glanzjacke, die ich entgegennehme und im Flur an die Wandgarderobe aufhänge.

»Warum hast du für mich eingekauft?«, ich betrete wieder die Küche und staune über all die Lebensmittel, die Michio bereits in die Schränke und Kühlfächer räumt.

Er gibt mir einen flüchtigen Kuss auf die Wange. »Wir werden heute zusammen kochen, Prinzessin.«

»Ich kann nicht gut kochen«, gestehe ich.

»Das hast du auch bei der Matcha-Tee Zubereitung gesagt. Und siehe da, du machst mir Konkurrenz!« Seine Mundwinkel zucken und zaubern ihm seine unwiderstehlichen Grübchen. Wie kann ein Mann nur so perfekt sein? Ich könnte ihn ewig anschauen …

Michio räumt die letzte Packung Eier in den Kühlschrank und widmet seine ganze Aufmerksamkeit nun komplett wieder mir. Seine dunklen Augen schauen mich begierig an. Er legt seinen Kopf leicht schief und kommt auf mich zu. Ich muss zugeben, dass er diesen berühmten Schlafzimmerblick gut beherrscht. Verdammt, schaut er dabei attraktiv aus!

Wir stehen nah beieinander und ich spüre seinen warmen Körper dicht an meinem. Sein Atem steift verheißungsvoll mein Ohr und macht mich beinahe ohnmächtig.

»Ich weiß, dass du mich gerade beobachtet hast, Prinzessin«, flüstert er mir zu. »Ich spüre deine Blicke und deine Sehnsucht. Und es macht mich ganz verrückt.«

»Deine Anwesenheit macht mich verrückt«, entgegne ich leise. Seine Nähe bringt mich vollkommen durcheinander. Ich lehne meinen Kopf an seiner Schulter an und nehme seinen warmen holzigen Duft in mich auf. Wie sehr ich diesen Mann begehre! Sein mäßiges Herzklopfen an meinem Ohr ist unglaublich tröstlich.

Seine Hände wandern unter meinen Pullover und berühren sanft meine Haut. Er schiebt meine Beine mit seinem Knie leicht auseinander. Sein Mund sucht meine Lippen und ich empfange seinen zärtlichen Kuss.

Befinde ich mich im Paradies und gehört dieser Mann tatsächlich mir? Wie lange ich damals um seine Liebe gekämpft habe, ist heute für mich unvorstellbar.

»Ich habe beinahe vergessen, wie gut du schmeckst«, raunt er mir zwischen den Küssen zu und hebt mich an. Ich schlinge meine Beine um seine Hüften und lege meine Hände an seinen Nacken, während er mich zu dem Esstisch rüberträgt und dort vorsichtig absetzt.

Wir unterbrechen den Kuss erst dann, als Michio mir aus meinem übergroßen Hoodie heraushilft.

»Du bist unglaublich schön.« Er wirft mir einen anerkennenden Blick zu und befreit sich anschließend auch aus seinem weißen Strickpullover. Unachtsam lässt er unsere Kleidungsstücke auf den Boden gleiten.

Behutsam streiche ich an seinen Verletzungen entlang, die seine Unterarme schmücken. Dieser Mann ist nicht perfekt. Er ist sündhaft und verdorben. Und genau das ist etwas, was ich brauche. Seine selbstzerstörerische Art und seine dunkle Vergangenheit sind Teile von ihm. Michios Verhalten und die Art, wie er sich gibt, sind geprägt von den schweren Schicksalsschlägen.

Er versucht seine Schwächen zu verbergen und doch ist er so verletzlich. Er spielt den selbstbewussten Mann, um andere von sich zu überzeugen.

Dabei braucht er das alles nicht. Ich bin ihm so oder so schon längst verfallen.

Michios Gedanken

Gib zu, Prinzessin, du hast auf mich gewartet und jede verdammte Sekunde gezählt. Du hast genau diesen Augenblick hier herbeigesehnt. Du hast darauf gewartet, dass ich dich heile. Deine inneren Dämonen und Ängste aus dir vertreibe, während ich dich auf dem Esstisch ficke.

Ich wünschte, ich könnte dich davon befreien. Doch es wird nur von kurzer Dauer sein. Sobald unsere Nähe unterbrochen wird, werden wir beide erneut von der Finsternis verschlungen.

So ist es mit gebrochenen Menschen. Sie können nicht heilen. Die Wunden werden wir ewig mit uns tragen. Glaub mir, ich wünschte, es wäre nicht so. Doch die Spuren der Vergangenheit werden uns ewig verfolgen und uns genau wieder dorthin scheuchen, wo wir beide hingehören. Zurück in den elenden Abgrund.

Du keuchst vor Verlangen unter mir. Mache ich dich etwa atemlos? Die Wirkung, die ich auf dich ausübe, gefällt mir.

Deine blonden Strähnen verdecken dein hübsches Gesicht und ich streiche sie behutsam zur Seite, um in deine Augen blicken zu können. Sie sind blau, wie zwei Saphire, magisch und stecken voller Geheimnisse.

Was du gerade brauchst, ist genau diese Art von Heilung. Nicht wahr, Prinzessin? Es gefällt dir, wie ich dich berühre und dich küsse. Dadurch fühlst du dich geliebt.

»Du bist mein Licht in dieser dunklen Welt, Prinzessin«, raune ich dir ins Ohr und knabbere an deinem Ohrläppchen. Ich möchte dir wieder etwas von dem Selbstbewusstsein schenken, das dir geraubt wurde. Du darfst nicht daran denken, dass du nichts wert bist. Damit beleidigst du nämlich auch mich. Ich hänge nicht mit Frauen ab, die nichts wert sind. Also, höre endlich auf, so unsicher zu sein, verflucht noch mal!

Habe ich dir eigentlich schon gesagt, wie sehr ich deinen Körper liebe? Deine schlanken Beine, deine Rippen, die hervorstehen – einfach alles. Du bist viel zu dünn und doch schreckt es mich nicht ab. Es zeigt nur, wie verletzlich du bist.

Gib zu, Prinzessin, du isst zu wenig, um dir selbst zu schaden! Oder möchtest du etwa deine seelischen Schmerzen, die du leidest, mit dem Hungergefühl betäuben?

Es ist tröstlich, zu wissen, dass wir beide seelenverwandt sind. Und doch jagt es mir manchmal Angst ein, zu sehen, wie sehr wir uns ähneln.

Mit dir an meiner Seite bin ich sogar dabei, Layla zu vergessen. Sie wollte mich nicht, während du mich zum

Mittelpunkt deines Lebens gemacht hast. Wer ist schon Layla?

Du – du bist dagegen schon etwas Besonderes. Ich liebe deinen Kampfgeist, deine Furchtlosigkeit und die grenzenlose Melancholie in deinen blauen Augen, die mich an die Schmerzen und Qualen des Lebens erinnern.

Und diese Schmerzen sind genau das Richtige, um Layla zu vergessen, denn deren Qualen sind viel zu groß, als dass ich noch die Kraft dazu hätte, an *sie* zu denken …

***

Ich streife mir meinen Hoodie über und Michio schlingt seine Arme von hinten um mich, küsst mich zärtlich am Nacken. Es mag skurril klingen, aber ich fühle mich irgendwie geheilt. Vielleicht … können wir uns gegenseitig retten. Nur so ein Gedanke.

»Hast du Lust auf eine asiatische Nudelsuppe?« Michios heisere Stimme dicht an meinem Ohr verursacht mir Gänsehaut.

»Ja«, hauche ich und streiche meine Haare glatt. Er küsst mich auf die Wange und lässt los, um im Kühlschrank die passenden Lebensmittel zusammenzusuchen.

»Wir brauchen Karotten, braune Champignons, Frühlingszwiebeln, Chili, Ingwer und Reisnudeln.«

»Können wir wirklich daraus etwas machen?«, frage ich überrascht und helfe ihm dabei, alles auf dem Tisch vorzubereiten. Dabei schwirren Meltons Worte in meinem Kopf: *»Aus den paar Zutaten kann nichts Gutes zustande kommen. Lass es, Ivory. Ich werde uns etwas bestellen.«*

Michio lacht. »Na klar doch. Komm her, Prinzessin. Ich zeig's dir.«

»Wie bei der Matcha-Tee Zubereitung?« Meine Erinnerungen kehren zu dem Punkt zurück, an dem ich mich in ihn verliebt habe. Es war, nachdem wir zusammen Matcha-Tee gekocht haben und ich diesen anschließend gekostet habe.

»Jetzt hast du dich verliebt, nicht wahr, Prinzessin?«, waren damals seine Worte und ich fühlte mich ertappt.

Mit den Champignons in der Hand bewege ich mich wie in Trance zu der Spüle und spüre, wie Michio von hinten meine Hände festhält.

»Was hast du vor?«, fragt er mit weicher Stimme.

»Champignons waschen«, erwidere ich verwirrt. Er dreht meinen Körper zu sich, sodass ich ihm in die Augen blicke.

»Die Pilze sollte man auf gar keinen Fall waschen, denn sonst saugen sie sich mit der Flüssigkeit voll und schmecken später fad und matschig. Ich mache das immer mit einem Küchentuch, ohne dabei Wasser zu benutzen.« Seine Erklärung klingt logisch. Doch ich fühle mich so dumm in diesem Moment und es ärgert mich total, dass ich nicht selber darauf gekommen bin.

»Ich habe wirklich keine Ahnung vom Kochen«, gebe ich zu und senke beschämt meinen Blick. »Es ist wohl besser, wenn du ohne meine Hilfe weitermachst.«

Sein Gesicht nähert sich meinem. Er schenkt mir ein

warmes Lächeln. Sein Mund berührt leicht meinen. »Das ist doch kein Weltuntergang, Prinzessin. Kein Grund, gleich aufzugeben«, flüstert er und knabbert leicht an meiner Unterlippe. Ich schließe verträumt die Augen, spüre, wie mich die unbeschreibliche Wärme durchfährt.

Als ich meine Augenlider wieder aufschlage, ist Michios Gesicht immer noch nur ein paar Zentimeter von meinem entfernt. Sein Kopf ist leicht zur Seite geneigt und seine dunklen Augen schauen mich an, als würden sie meine Seele ergründen.

Diese unbegreifliche Magie, die sich gerade in der Luft befindet, kann ich fühlen. Ich kann sie tatsächlich fühlen. Mit all meinen Sinnen. Ich kann sie sogar sehen. Es ist unglaublich. Auch wenn ich mir dabei verrückt vorkomme, strecke ich dennoch meine Hand aus und versuche, diese Funken zu berühren. Bin ich nun vollkommen durchgedreht? Ist mein Verhalten grotesk?

»Du siehst es auch.« Es ist keine Frage, sondern eine Feststellung. Michio blinzelt bedächtig, als wolle er sich davon überzeugen. Nein, ich bin anscheinend nicht verrückt. Er merkt es auch.

»Ja«, hauche ich und stelle mich auf die Zehenspitzen, um ihn zu küssen. Michios Hände umfassen meine Hüften. Unser Kuss ist sanft und leidenschaftlich. Meine Gefühle, die ich für ihn empfinde, sind mittlerweile viel zu intensiv. Ich muss gestehen, dass es so langsam in die toxische Richtung geht. Ich bin süchtig nach seiner Nähe. Süchtig nach ihm.

Michio unterbricht den Kuss. »Zweifele niemals an dir, Prinzessin. Ich würde keine Beziehung mit dir eingehen, wenn du nicht besonders wärst. Und das bist du. Du hast etwas, was mich fasziniert.«

»Was auch immer es ist – danke für deine Anerkennung.« Die Bestätigung, dass ich gut genug bin, überzeugt mich, auch wenn es nur für einen kurzen Augenblick ist. Er meint es nur gut und ich rechne es ihm hoch an, dass er immer wieder versucht, mich aufzubauen und mein Selbstwertgefühl zu stärken, von dem nichts übrig ist. Er vermittelt mir das Gefühl, angenommen und akzeptiert zu sein. Es ist etwas, was mir zuvor noch niemand vermittelt hat.

»Es sind deine Augen, von denen ich mich nur schwer abwenden kann«, sagt er in diesem Augenblick und ich fühle, wie mein Herz dabei stärker pocht.

»Unmöglich«, flüstere ich überrascht und schüttele dabei meinen Kopf, »es ist das Gleiche, was ich bei dir faszinierend finde. Auch ich bin von deinen Augen sehr angetan.«

Dunkel, unergründlich und voller Geheimnisse.

In diesen Augen steckt eine Geschichte, die nicht jeder verkraften könnte. Und diese Story ist so ergreifend, dass nicht jeder den Mut dazu hätte, sie tiefer zu erforschen.

»Wir sollten weiterkochen, sonst verhungern wir noch.« Michio nimmt das Brett und das Messer und macht sich daran, das Gemüse kleinzuschneiden. Er ist vollkommen konzentriert, als würde er sich in seiner eigenen Welt befinden.

Ab und zu wirft er mir ein herzliches Lächeln zu und gibt ein paar Anweisungen, wie ich ihm behilflich sein kann. Während ich seinen Forderungen folge, beobachte ich ihn aus den Augenwinkeln. Er kommt mir sehr entspannt und losgelassen vor. Kochen ist eine Leidenschaft von ihm. Diese Eigenschaft von ihm ist eine von vielen, in die ich mich verliebt habe. Was auch immer er tut, er tut es mit vollem Einsatz und mit großer Hingabe.

Michios Gedanken

Kochen bietet mir eine Möglichkeit das zu erschaffen, was ich nie hatte – ein harmonisches, familiäres Umfeld. Dabei kreiere ich eine Welt voller Liebe und Fürsorge, die mir in der Kindheit gefehlt hat. Diese Freizeitgestaltung, die für andere ganz normal erscheint, ist für mich von großer Bedeutung.

Ganz besonders, weil ich mein geliebtes Hobby mit *dir* teilen kann, Prinzessin. Ich liebe deine unbeholfene Art und deine fragenden Blicke, während ich dir alles erkläre. Ich liebe es, wie du das, was ich zubereite, kostest und deine Augen dabei freudig aufleuchten.

Ich weiß genau, dass du dich damals in mich verliebt hast, nachdem wir zusammen Matcha-Tee zubereitet haben. Auch wenn du es leugnest. Mir kannst du nichts vormachen, meine Prinzessin.

Ich habe alle Tricks auf Lager, mit denen ich Frauen beeindrucken kann. Durch meinen Job besitze ich gute Menschenkenntnisse. Du möchtest geliebt und umsorgt werden, nicht wahr? Aber genauso suchst du nach der Dunkelheit, weil sie dir bereits bekannt ist und die findest du bei mir.

Eine Liebe, gehaucht von den Schatten der Finsternis. Bist du deshalb gerne bei mir? Würdest du mich auch lieben, wenn ich nicht viel durchgemacht hätte? Würdest du mich akzeptieren, wenn ich ein gutes Leben hätte, voller Sonnenstrahlen?

Wenn ich so wie dein Ex-Mann Melton wäre? Wahrscheinlich nicht. Du brauchst das Verderben und das Elend, nicht wahr, Prinzessin? Deshalb hast du ihn für mich verlassen ...

Dabei weißt du noch nicht alles über mich.

Und ich hoffe sehr, dass es dabei bleibt, denn ich bin verdammt noch mal gerade dabei, mich wahrhaftig in dich zu verlieben!

Kapitel 10

Fuck, Michio! Warum nur?

Ich wusste nicht, dass Michio eifersüchtig sein kann oder dass er überhaupt das Wort Eifersucht kennt. Das Lächeln muss ich mir wohl verkneifen, auch wenn es mich freut, ihn so zu erleben. Er darf sich nicht ertappt fühlen, sonst macht er wieder dicht und setzt seine bekannte Maske auf.

Nachdem wir zusammen diese unglaublich leckere Suppe aufgegessen haben, hat es an der Tür geklingelt. Es war der Lieferservice mit einem Pizzakarton und einem Zettel.

Lass es dir schmecken, Baby.
Ist ja kein Geheimnis, dass du nicht kochen kannst. Deine Kochkünste enden im Desaster. ;)
Außerdem bist du viel zu dünn.
Melton

Es ist eine nette Geste, keine Frage. Doch die fiese Nachricht hätte nicht sein müssen.

Ich schnaube verächtlich, nachdem ich das gelesen habe. Melton wird sich wohl niemals ändern! Sein Verhalten mir gegenüber ist immer noch unverschämt und demütigend! Beleidigt ziehe ich eine Schnute und zerknülle den Zettel. Von wegen, meine Kochkünste enden im Desaster! Zusammen mit Michios Hilfe ist mir heute die asiatische Nudelsuppe jedenfalls gut gelungen!

Ich stelle den Pizzakarton auf die Küchenplatte und sehe, wie Michio einen skeptischen Blick darauf wirft, bevor er seinen Körper lässig an den Küchenschrank lehnt.

»Er weiß, wo du wohnst?«, er versucht diese Frage so beiläufig wie möglich klingen zu lassen, doch ich höre einen Funken der Enttäuschung heraus.

»Ja, er hat es vor Kurzem herausgefunden. Wir haben uns beim Einkaufen getroffen und er hat mich anschließend nach Hause gefahren.« Ich möchte nichts vor Michio verheimlichen, vor allem, weil diese Information harmlos ist.

»Dann läuft er dir wohl immer noch hinterher.« Seine trockene Bemerkung deutet darauf hin, dass es ihm nicht gefällt. Es klingt skurril, aber es freut mich, denn so erhalte ich die langersehnte Bestätigung, dass ich Michio nicht egal bin.

»Ich weiß, dass du nicht gut auf Melton zu sprechen bist, aber wäre es nicht ein guter Anfang, wenn ihr beide euch aussprechen könntet?« Mein kläglicher Versuch, Michio zur Vernunft zu bringen, bewirkt nicht viel, denn er schüttelt seinen Kopf.

»Nein. Auch wenn ihn keine Schuld trifft, was meine Vergangenheit angeht«, er schließt für ein paar Sekunden seine Augenlider, bevor er weiterspricht, »möchte ich trotzdem nichts mit diesem Mann zu tun haben.«

Ich trete näher an Michio heran und lehne meinen Kopf an seine Brust. Es ist eine tröstliche Geste. Er muss wissen, dass ich immer hinter ihm stehe, egal, wie seine Entscheidung ausfällt.

»Weißt du, Prinzessin«, er schiebt die Pizzaschachtel zu sich rüber, öffnet sie und begutachtet misstrauisch den Inhalt, als wäre er vergiftet, »eigentlich wollte ich mich an ihm rächen …«

»Das weiß ich doch schon«, murmele ich, immer noch angelehnt an seinen Oberkörper, »warum erwähnst du das?«

»Weil sich meine Rachepläne geändert haben.«

»Ich weiß.« Ich hebe meinen Kopf leicht an und blicke ihm tief in die Augen. »Es ist besser so. Melton hat schon genug gelitten.«

Michio schluckt angestrengt und senkt seine Augenlider. »Ich habe begriffen, dass Rache nicht immer der richtige Weg ist. Manchmal baut man sich damit selbst einen Käfig, aus dem man sich später nicht so einfach befreien kann.«

Seine Selbstreflexion ist unglaublich. »Es macht mich stolz, dass du das einsiehst. Apropos Käfig, wann hast du vor, deinen Job zu kündigen?«

Er stößt mich leicht von sich und tappt zu dem Fenster, um es zu öffnen.

»Ich habe dir doch schon gesagt, dass ich es nicht vorhabe«, er greift in seine Jeanshosentasche und zieht eine Packung Zigaretten und ein Feuerzeug heraus.

Die Kälte, die durch das geöffnete Fenster dringt, verursacht mir Gänsehaut. Doch um ehrlich zu sein, bin ich mir nicht sicher, ob mich mehr der winterliche Frost oder seine Reaktion erschüttert.

»Warum nicht?«, lasse ich nicht locker. Ich muss es einfach wissen. »Ist es wegen dem Neuen? Nelio? Lässt es dein Stolz nicht zu, dass er möglicherweise den ersten Platz schafft, sobald du nicht mehr in dem Club dabei bist?«

Michio zündet sich eine Zigarette an und inhaliert den Rauch, bevor er diesen mit leicht nach oben geneigtem Kopf wieder ausatmet.

»Nelio interessiert mich nicht im Geringsten«, gibt er lässig zurück und zieht erneut an seiner Kippe.

»Was sind dann die Gründe, wenn es nicht Nelio, Layla oder Melton sind? Was hält dich noch davon ab, zu kündigen?«, klage ich ihn frustriert an.

»Spar dir deine Anschuldigungen, Prinzessin!«, entgegnet er kühl, drückt die Kippe auf der Fensterbank aus, schmeißt sie nach draußen und schließt das Fenster wieder zu. »Das Thema ist beendet. Ich möchte nicht mehr darüber reden.«

Dann dreht er sich erneut zu mir und wirft mir einen ernsten Blick zu. Entmutigt gebe ich auf und verstumme. Dann eben nicht. Auch wenn es mich innerlich umbringt, muss ich mich wohl damit abfinden, dass er sich weiterhin mit all den anderen Frauen vergnügen wird. Warum auch immer.

Seufzend nehme ich ein Stück Pizza in die Hand und beiße ab. Der Duft nach geschmolzenem Käse und Tomatensoße ist einfach viel zu verlockend, auch wenn ich gerade eben schon gegessen habe.

Michios Augen weiten sich, es ist, als würde er sich in einem Schockzustand befinden und ich runzele verwirrt die Stirn.

»Was ist?«, frage ich mit vollem Mund.

»Ich möchte nicht, dass du diese Pizza isst.« Er kommt auf mich zu, nimmt mir das abgebissene Stück Pizza aus der Hand und wirft es unachtsam in den Karton zurück, welchen er verschließt und im Müll entsorgt.

Verdutzt bleibe ich stehen und schaue mir das Szenarium an. Ist das jetzt gerade tatsächlich passiert? Hat er eben die ganze Pizza weggeschmissen, nur weil sie von Melton ist?

»Warum tust du das?«, kommt endlich meine zögernde Reaktion.

Er zuckt mit den Achseln. »Hast du etwa immer noch Hunger? Ich kann dir etwas kochen.«

Ich schüttele den Kopf, bin immer noch etwas verblüfft darüber, was gerade eben geschehen ist. Ich versuche, sein Verhalten zu verstehen und nachzuempfinden, doch egal, wie sehr ich mich bemühe, ich finde seine Reaktion immer noch übertrieben.

»Dann eben nicht. Ich gehe kurz raus, eine rauchen.« Michio begibt sich in den Flur und streift sich seine goldene Glanzjacke über.

»Du kannst doch hier in der Wohnung vor dem offenen Fenster rauchen«, versuche ich, ihn zum Hierbleiben zu überreden.

»Du frierst so schnell. Ich geh raus. Bin gleich wieder da.« Er schlüpft in seine Sneaker-Schuhe hinein und verlässt die Wohnung. Vorhin hat er doch auch vor dem geöffnetem Fenster geraucht und hat sich nicht darum geschert, dass mir kalt war. Was ist diesmal anders?

Ich bleibe alleine zurück, grübele darüber nach, was schiefgelaufen ist. Nach einer Weile nehme ich mein

Handy in die Hand und schreibe Melton eine Nachricht, die ich gleich abschicke.

Höre bitte damit auf, für mich Essen zu bestellen. Du bist nicht mehr für mich verantwortlich.

So, das wäre dann erledigt. Stolz darüber, dass ich ihm eine Ansage gemacht habe, lächle ich.

Diese kleine Auseinandersetzung mit Michio, war durch Meltons Aktion zwar nicht beabsichtigt und doch hat es dazu geführt, dass ich mich jetzt schlecht fühle.

Mein Handy vibriert und ich entsperre den Bildschirm, um Meltons Nachricht zu empfangen.

*Warum? Gefällt etwa meine Fürsorge deinem neuen Macker nicht? Ich wusste, dass er bei dir ist. *grins**

Dieser grinsende Smiley macht mich so wütend! Anscheinend hat er das alles geplant und absichtlich angezettelt! Aufgebracht werfe ich mein Smartphone zur Seite.

»Melton, du Arsch!«, fluche ich.

In diesem Augenblick piept das Handy. Meins kann es allerdings nicht sein, da es auf stumm geschaltet ist. Mein Blick huscht durch den Raum und ich entdecke Michios Handy, das er liegen gelassen hat.

Meine Neugier überwältigt mich und ich überlege, ob ich nachschauen soll, wer die Person ist, die gerade eben eine Nachricht an Michio verschickt hat.

Eigentlich ist es falsch. Ich sollte es nicht tun, weil ich

Michio vertraue. Und doch zieht es mich wie magisch zu diesem Gerät, das ich mit meinen neugierigen Blicken fixiere. Ehe ich mich versehe, halte ich das Ding in meinen zitternden Händen, wäge das Risiko ab und entscheide mich letztendlich dafür, die Nachricht zu lesen.

Es ist mir bewusst, dass es falsch ist. Dennoch drücke ich auf die Taste, um den Bildschirm zu entsperren. Verdammt! Es ist eine Zahlenkombination erforderlich. Michio hat es anscheinend mit einem Kennwort versehen.

Fieberhaft überlege ich, welche Ziffern die richtigen sein könnten. Michio kann jeden Augenblick wieder zurückkommen und mich dabei erwischen, wie ich ihm nachspioniere. Und ich möchte nicht wissen, wie seine Reaktion ausfallen wird.

Plötzlich trifft es mich wie ein Blitz! Die Zahlenkombination von dem Aufzug kommt mir in den Sinn. Es ist der Tag, an dem er mit Layla zusammengekommen ist.

Meine Hände schwitzen, während ich 1303 eintippe. Tief in meinem Inneren hoffe ich, dass es die falsche Lösung ist. Schließlich ist er über sie schon lange hinweg. Oder etwa nicht?

Der Bildschirm wird entsperrt und das Gefühl, als würde ich einen Herzstillstand erleiden, trifft mich mit voller Wucht. Die Zahlenkombination stimmt also.

»Fuck!«, krächze ich betroffen, »Fuck, Michio! Warum nur?«

Anscheinend wird sie wohl immer präsent sein. Diese Frau ist wie ein Geist, selbst wenn sie nicht da ist, spukt sie trotzdem noch hier rum – in allen möglichen Passwörtern von ihm, in seinen Gedanken und wahrscheinlich auch noch in seinen Träumen.

Als ich aber dann sehe, von wem die Nachricht ist, verschlägt es mir komplett die Sprache. Mit zitternden Fingern tippe ich darauf, um die Message zu öffnen.

»Layla«, flüstere ich fassungslos.

Aber was ist der Grund dafür, dass sie ihm schreibt? Ich reibe mit der linken Faust meine Augen, als würde ich mich davon überzeugen wollen, dass das, was ich sehe, tatsächlich real ist.

Michio,

wahrscheinlich bist du noch sauer auf mich, weil ich damals abgereist bin und dich im Stich gelassen habe. Aber du musst wissen, dass ich dich nicht vergessen habe. Jeden Tag denke ich an dich und frage mich, ob es dir gutgeht. Du weißt, dass du alles für mich bedeutest, selbst wenn wir beide kein Paar mehr sind.

Und deshalb komme ich bald …

Ich muss mit dir reden.

Deine Layla.

Ein paar Sekunden stehe ich einfach nur da und spüre, wie mir das Blut in den Adern gefriert. Was soll ich jetzt bloß tun? Wenn sie wiederkommt, fängt alles von vorne an. Michio wird leiden.

Es sei denn … sie *möchte* ihn zurück.

Dann wird er wieder glücklich und *ich* werde leiden.

Möchte sie wieder eine Beziehung mit ihm anfangen?

Einen Neuanfang starten? Mein Herz zieht sich schmerzhaft zusammen. Ich kann und darf das niemals zulassen!

Mit zitternden Fingern tippe ich:

Ich möchte nicht, dass du kommst, Layla. Lass mich bitte ab jetzt in Ruhe. Ich bin in einer glücklichen Beziehung mit Ivory. Wie du schon einmal erwähnt hast: Lass die Vergangenheit ruhen.
Michio.

Mein Puls rast wie verrückt, während ich das abschicke und anschließend all die Spuren von unserer Unterhaltung beseitige, indem ich die Nachrichten lösche. Michio soll nichts davon merken.

Nachdem ich damit fertig bin, lege ich behutsam das Handy genau an den gleichen Platz, wo es schon davor lag, und hoffe, dass Layla keine weiteren Nachrichten schreibt.

Sorry, Michio. Aber anscheinend sind wir beide etwas verrückt. Ich glaube … in diesem Augenblick kann ich deine Reaktion wegen der Pizza nachvollziehen.

Michios Gedanken
Inzwischen ist es schon meine dritte Zigarette, die ich rauche. Es ist, als versuche ich, mit dem Inhalieren von dem giftigen Rauch meine schmerzhafte Vergangenheit auszuradieren. Doch das ist leider nicht möglich.

Melton, dieser verdammte Mistkerl! Schon irgendwie

lächerlich, was er alles versucht, um mir eins auszuwischen. Ich weiß zwar seine Mühe zu schätzen, doch leider ist sie vergeblich.

Denn du bist viel zu verrückt nach mir, um überhaupt auch nur einen einzigen Gedanken an ihn zu verschwenden. Habe ich recht, Prinzessin?

Was glaubt er überhaupt, wer er ist? Ein Langweiler! Mehr nicht!

Dieses Muttersöhnchen sollte sich überhaupt glücklich schätzen, dass er eine Familie hatte! Von wegen, er hat schon genug gelitten!

Was bitte schön hat er denn durchgemacht? Den Tod seiner Eltern? Konnte er das nicht verkraften? Die Scheidung mit dir, Prinzessin? Hat es sein Herz zerrissen? Ooohhh… zu schade. Armer, armer Melton.

Ich lasse die Kippe auf den Boden fallen, zerdrücke sie nachlässig mit dem Fuß und zünde mir direkt die nächste an. Lächerlich, dieser Typ! Und er soll angeblich mein Stiefbruder sein. Dass ich nicht lache!

Nein, ich bin nicht enttäuscht darüber, dass meine Mutter mich schamlos in einem Kinderheim abgegeben hat, nur um mit ihrem neuen Macker ungestört zu sein! Es war seine Bedingung und sie hat es ohne zu zögern durchgeführt. Es winkte ihr immerhin ein gutes Leben, ein neuer Mann, der ein reicher Hotelinhaber war. Was ist schon das eigene Kind wert, wenn Geld und Luxus doch so verlockend sind!

Ich meine … ich war verdammt noch mal gerade vier! VIER!

Die Selbstzweifel, die Verlustängste, das mangelnde

Vertrauen in die Menschheit, das ich tagtäglich erleide – was ist schon dabei!

Mit sechs hat mich George zu sich geholt und großgezogen.

Mit neunzehn habe ich bereits die ersten Erfahrungen als Escort-Boy gemacht. Das war, nachdem meine Beziehung mit Layla gescheitert ist.

Erst viel später habe ich durch einen Zufall erfahren, dass meine Mutter kurz nachdem sie mich abgegeben hat, schwanger wurde.

Melton ist somit mein verhasster, fünf Jahre jüngerer Stiefbruder.

Er hat all das bekommen, was ich nie hatte. Eine Familie. Fürsorge. Liebe.

Und nun leitet er das Hotel, welches ihm hinterlassen wurde.

Also, Ivory, jetzt frage ich dich noch einmal: Was bitte schön hat Melton schon in seinem Leben durchgemacht?

Im Vergleich mit meinem Leben ist das wohl nun wirklich ein WITZ!

Kapitel 11

Wünsch dir was, Prinzessin.

Das piepsende Geräusch reißt mich aus meinen Träumen. Michio liegt neben mir und schläft fest. Er hat sich freigenommen, obwohl George nicht gerade begeistert war.

Ich reibe mir die Augen und schiele auf mein Handy, um festzustellen, wie spät es ist. 02:00 Uhr, wird mir angezeigt. Wer schreibt denn um diese Uhrzeit Nachrichten? Verwirrt blicke ich auf den Bildschirm von meinem Smartphone, kann aber keine neue Message entdecken. Wahrscheinlich habe ich mich verhört oder nur geträumt.

Ich lege mich wieder hin und schließe die Augen, als es erneut piepst. Unwillkürlich schlage ich meine Augenlider auf und sehe, wie Michios Handy auf der Kommode aufleuchtet.

Mein Herzklopfen beschleunigt sich. Unruhig schaue ich zu Michio rüber, der zum Glück durch das Handygeräusch nicht aufgeweckt wurde.

So geräuschlos wie möglich stehe ich auf und nehme sein Smartphone in meine verschwitzte Hand. Auf Zehenspitzen verlasse ich den Raum und schleiche mich ins Bad. Zugegeben, ich fühle mich dabei, wie ein Verbrecher, doch ich muss einfach wissen, wer Michio so spät Nachrichten schreibt. Und ich habe da so einen Verdacht, der mir definitiv nicht gefallen wird.

Leise schließe ich die Badtür hinter mir zu und gehe in

die Hocke. Ich entsperre den Bildschirm mit der bereits bekannten Zahlenkombination und öffne seine Nachrichten. Es sind zwei. Und sie sind beide von Layla.

Schon wieder.

Mein Körper bebt und meine heißen Tränen rinnen still an meinen Wangen entlang.

Warum zittere ich, verdammt? Und warum weine ich plötzlich?

Ich schlucke schwer und versuche mich zusammenzureißen, bevor ich mich den Texten, die Layla verfasst hat, widme.

Michio, ich schreibe dir um diese Uhrzeit, weil ich weiß, dass du dich jetzt im Host Club befindest und somit meine Nachricht diesmal bekommen müsstest.

Leider hat Ivory meine erste Message an dich gelöscht und mich abgewürgt.

Richte ihr bitte aus, dass sie sich keine Sorgen machen muss. Ich habe nicht vor, mich zwischen euch zu stellen.

Es gibt etwas Wichtiges, worüber ich mit dir reden möchte.

Du bist für mich der wichtigste Mensch und ich möchte, dass es dir gutgeht. Das ist alles.

Deine Layla.

Sie weiß es also. Sie weiß, dass *ich* ihr die Antwort geschrieben habe und nicht Michio. Aber woher eigentlich? Kennt sie ihn so gut oder klang meine Schreibweise so offensichtlich nach mir?

Was auch immer es von all diesen verräterischen Gründen sein mag, ich bin eindeutig aufgeflogen. Scheiße!

Und was gibt es eigentlich so Wichtiges, das sie mit ihm besprechen möchte?

Mein Herz klopt wie verrückt, während ich die zweite Nachricht lese.

Ich weiß alles, Michio. Ich weiß es.
Und deshalb komme ich. Ich werde dir helfen.

Was weiß sie denn? Und warum braucht Michio Hilfe? Was zum Teufel geht hier eigentlich vor?

Ich sitze immer noch in der Hocke vor der Tür und halte das Handy in meiner verschwitzten Hand. Mein Körper ist wie erstarrt. Ich animiere ihn dazu, sich zu bewegen, irgendetwas zu tun, bevor Michio noch wach wird – aber ich bleibe weiterhin einfach nur da sitzen und starre fassungslos das Gerät in meiner Hand an.

Nach einer Weile sammele ich mich wieder, wische mir die restlichen Tränen aus dem Gesicht und schreibe ihr:

Höre bitte endlich damit auf, Michio zu belästigen!
Ja, ich habe deine vorherige Nachricht gelöscht und dir meine eigene Antwort zusammengebastelt! Dieser Punkt geht an dich, Layla! Gute Menschenkenntnis!
Aber nun, wo das jetzt geklärt ist: Was weißt du? Und warum sollte Michio ausgerechnet auf DEINE Hilfe angewiesen sein?
Lass dir eins gesagt sein: DU hattest deine Chance schon! Michio ist jetzt glücklich mit mir. Lass ihn in Ruhe!
Ivory

Ich atme tief ein und wappne mich für den weiteren Anschlag, der auf mich zukommen wird. Aber ich werde es überstehen. Irgendwie.

Denn auch diese perfekte, gutaussehende Frau muss Schwachpunkte haben und ich werde diese noch herausfinden. Das Image als Unschuldsengel kaufe ich ihr jedenfalls nicht ab. Nicht mehr.

Das Handy piepst und ich empfange die Antwort von ihr.

Hi Ivory.

Du hast es falsch aufgefasst. Ich habe nicht vor, mich in eure Beziehung einzumischen. Das Einzige, was ich möchte, ist nur ein kurzes Gespräch mit Michio. Das ist alles.

Es tut mir leid, aber ich werde trotzdem kommen. Die Gründe kann ich dir nicht nennen.

Völlig außer mir tippe ich:

Bitte nicht, Layla. Er ist endlich wieder glücklich. Wenn du kommst, wird es alte Wunden aufreißen. Wenn du ihn liebst, lässt du ihn frei.

Kurz darauf erhalte ich ihre Antwort.

Ich liebe ihn und DESHALB muss ich kommen. Tut mir leid.

Ich beiße mir fest auf die Lippen und versuche mich zusammenzureißen. Alles wird gut. Mein Zittern lässt langsam nach. Mein Herz schlägt ruhiger.

Langsam erhebe ich mich, lösche den Nachrichten-Verlauf zwischen Layla und mir und schleiche mich zurück ins Schlafzimmer. So geräuschlos wie möglich stelle ich sein Handy auf der Kommode ab und lege mich ins Bett.

Ich versuche nicht daran zu denken, was passieren wird, wenn Layla kommt. Oder wann genau es sein wird, dass sie uns mit ihrem Auftritt überrascht.

Letztes Mal war das genau an seinem Geburtstag. Sie ist wie aus dem Nichts erschienen, mit ihrem bezaubernden Kleid und ihrer unglaublichen Ausstrahlung. Alle waren fasziniert von ihr. Die Augenpaare waren nur auf sie gerichtet. Und Michio hat mich vergessen. Er hat sich von ihr blenden lassen. So wie alle anderen auch.

Doch das wird diesmal nicht passieren. Ich werde es nicht mehr zulassen.

Ich kuschele mich an Michios warmen Körper, lege meinen Kopf auf seine Brust und lausche seinem gleichmäßigen Herzklopfen. Michio brummt etwas im Schlaf und nimmt mich fest in seine Arme. In seiner Nähe ist die Welt in Ordnung. Ich schließe meine Augen und versuche, wieder einzuschlafen. Doch es fällt mir schwer. Ständig kreisen meine Gedanken um Laylas Vorhaben, hierhinzukommen.

Warum bleibt sie nicht in Indien? Ich wünschte, er hätte sie nie gekannt.

Nein, ich kann nicht ohne ihn leben. Wenn er mich verlassen sollte, werde ich es nicht verkraften. Es wird mich innerlich zerreißen.

Morgen ist mein Geburtstag. Und das Einzige, was ich mir wünsche, ist Michios Nähe.

Ich möchte in seiner dunklen Welt bleiben. Für immer.

***

Ich spüre Michios warme Lippen auf meinen und öffne verschlafen meine Augen.

»Guten Morgen, Prinzessin«, murmelt er und küsst mich erneut. »Alles Gute zum Geburtstag!«

Michio sieht toll aus. So wie immer. Er hat einen braunen Pullover an und eine helle zerrissene Jeanshose. Seine Haare sind noch nass. Wahrscheinlich hat er erst vor Kurzem geduscht.

»Danke«, krächze ich mit meiner verschlafenen Stimme. Dann räuspere ich mich. »Bist du schon lange wach?«

»Schon seit einer Stunde.« Er sitzt am Bettrand und schaut mich lächelnd an. Seine dunklen Augen sind atemberaubend. Sein Lächeln erwärmt mein Inneres. Und diese süßen Grübchen …

Sündhaft. Gefährlich.

»Komm, steh auf. Du solltest dich langsam auch fertigmachen, Prinzessin«, reißt er mich aus meinen Gedanken und zieht mich hoch.

»Schon gut,«, grinse ich und stehe auf. Schleppend bewege ich mich ins Bad.

»Beeil dich«, fordert er mich auf, »ich habe noch eine Überraschung für dich.«

Ich werfe ihm lächelnd einen Handkuss zu und verschwinde ins Badezimmer.

Es ist nicht schwer, in ihn verliebt zu sein. Er macht es mir so leicht.

Nachdem ich mich frischgemacht habe, tusche ich mir die Wimpern und trage etwas Lipgloss auf. Immerhin habe ich heute Geburtstag und möchte gut aussehen. Für Michio.

Zufrieden werfe ich noch einen letzten Blick meinem Spiegelbild zu, bevor ich in die Küche tappe. Ein verlockender Duft von Pancakes empfängt mich, als ich den Raum betrete. Michio steht am Herd und bereitet das Frühstück zu.

»Oh wow!«, staune ich überrascht. »Du bist ein Traummann!«

Er wendet sich mir zu und mustert mich lange. »Du siehst wunderschön aus, Prinzessin. Setz dich, wir werden gleich frühstücken. Leider kann ich keinen Geburtstagskuchen backen, aber dafür sind meine Pancakes eins A! Versprochen!«

Schmunzelnd lasse ich mich auf meinen Platz nieder. Mein Gott, ist er süß! Melton hat mich zwar an meinem Geburtstag mit luxuriösen teuren Geschenken überschüttet, aber sich nie die Mühe gemacht, für mich zu backen oder zu kochen.

»Alles, was von dir kommt, ist eins A«, bestätige ich verträumt.

Michio stellt die Pancakes auf den Tisch und holt unsere Tassen mit Matcha-Tee.

»Ich kann mich nicht daran erinnern, dass ich Matcha-Tee-Pulver in meiner Wohnung hatte.« Überrascht rücke ich die Tasse näher an mich heran und schnuppere an dem bekannten angenehmen Geruch.

»Das habe ich gestern mitgebracht. In der Einkaufskiste war unter anderem auch Matcha-Tee dabei«, erklärt er und nimmt neben mir Platz.

»Du denkst einfach an alles.«

»Matcha-Tee ist ein Must-Have in jeder Wohnung«, zwinkert er mir zu.

Seufzend lasse ich meine Finger um die Teetasse kreisen. »Am liebsten hätte ich den ganzen Tag mit dir verbracht. Aber ich muss gleich los auf die Arbeit.«

»Nein, das musst du nicht. Ich habe schon mit Alice gesprochen. Du hast heute frei.«

Ich freue mich so wahnsinnig. »Danke, Michio. Ich bin so glücklich.«

»Kein Problem. Alice gehört für mich zur Familie. Es war daher nicht schwer, sie davon zu überzeugen. Und nun schließ deine Augen«, fordert er mich auf und ich gehorche.

In meiner Kindheit habe ich nie Geburtstage gefeiert. Meine Eltern waren viel zu sehr mit sich selbst beschäftigt und mit ihrer Vorliebe zum Alkohol. Das Einzige, was ich aus meiner Kindheit kenne, ist Gewalt.

Heute bin ich dreiundzwanzig geworden. Ich kann es immer noch nicht glauben. Dabei fühle ich mich eher wie fünfzig. Das, was ich mit meinen dreiundzwanzig Jahren schon erlebt und von der Welt gesehen habe, ist beängstigend.

Das Leben auf der Straße, Prostitution, das Überleben um jeden Preis, Alkohol und Drogensucht …

Dann kam Melton in mein Leben. Ich habe mit achtzehn geheiratet und bin plötzlich in eine Welt hineingeraten, die mir noch mehr Angst einjagte. Reichtum, Penthouse, Meltons Arbeitssucht, der ganze Luxus …

Ich konnte nichts damit anfangen. Infolgedessen hatte ich mit Depressionen, Einsamkeit und Alkoholsucht zu kämpfen.

Dann kam Michio in mein Leben …

Escort-Branche, seine Rachepläne, sein selbstverletzendes Verhalten, meine Liebe zu ihm, meine Scheidung von Melton …

»Du kannst sie wieder aufmachen«, flüstert Michio und ich schlage meine Augenlider wieder auf. Es sind drei angezündete Kerzen auf meinem Pancake drauf.

»Wünsch dir was, Prinzessin.«

Ich habe Tränen in den Augen, so emotional ist es gerade für mich. So habe ich mir einen perfekten Geburtstag vorgestellt. Mit Michio an meiner Seite.

Du weißt doch, das Einzige, was ich mir wünsche, bist nur DU … liegt mir auf der Zunge. Doch … waren es nicht Michios Worte damals, als Layla ihn an seinem Geburtstag mit der Torte überrascht hat? Diese Worte waren an *sie* gerichtet. Nicht an mich. Warum muss ich gerade jetzt daran denken? Layla. Zurzeit befindet sie sich noch in Indien, doch sie möchte bald zurückkommen. Und ich habe Panik davor. Panik vor ihrer Rückkehr. Panik vor Michios Reaktion.

Ich schließe für einen Moment meine Augen und wünsche mir, dass Michio für immer ein Teil meines Lebens bleibt. Dann puste ich die Kerzen aus.

Kapitel 12

Melton, du Arsch!

Nachdem wir die Küche aufgeräumt und das Geschirr gewaschen haben, klingelt es an der Tür. Michio runzelt verwundert die Stirn.

»Erwartest du noch jemanden?«

Ich schüttele den Kopf und eile in den Flur.

»Nein, Gina weiß, dass ich meinen Geburtstag nicht feiere«, rufe ich in den Raum und öffne neugierig die Tür.

Ein Postbote steht da und reicht mir ein Päckchen in die Hand. Ich habe noch nie ein Päckchen bekommen. Vielleicht wurde es aus Versehen an die falsche Adresse geliefert.

»Ich bräuchte hier noch eine Unterschrift«, sagt der Postbote kurz angebunden und drückt mir einen Stift in die Hand.

»Ist das Päckchen auch wirklich für mich?«, frage ich zur Sicherheit, bevor ich unterschreibe.

»Ja, klar. Steht doch ihr Name und die Adresse drauf. Können Sie es nicht lesen oder was?«, blafft er mich gereizt an. Ich sehe es ihm an, dass er langsam ungeduldig wird, also kritzele ich halbherzig meine Unterschrift auf sein Gerät und schließe die Tür hinter mir zu. Schlechte Laune kann ich heute gar nicht gebrauchen.

Mit dem Paket in der Hand betrete ich das Wohnzimmer. Michio kommt mir nach.

»Was ist das?«, fragt er und deutet auf den Karton.

Ich zucke ratlos mit den Achseln und mache es mir auf dem Teppich bequem. Michio bleibt an der Türschwelle stehen, während er mich dabei beobachtet, wie ich das Paket öffne.

Als Erstes entdecke ich eine Karte, die ich verwundert zwischen meine Hände nehme und lese.

Alles Gute zum Geburtstag, Prinzessin. So nennt er dich doch, oder?
Kleide dich dementsprechend und mach ihn glücklich.

Verwirrt schaue ich zu Michio rüber. »Ist das deine Überraschung?«

Er hebt belustigt die Augenbrauen. »Ich weiß nicht, wovon du sprichst.«

Wer hat es dann geschrieben?

Immer noch etwas durcheinander hole ich aus dem Karton eine Tüte heraus, werfe einen neugierigen Blick auf den Inhalt und erstarre. Mein Magen dreht sich um.

»Melton, du Arsch!«, murmele ich, fassungslos darüber, was für einen Scherz er sich damit erlaubt hat.

Michio kommt auf mich zu und reißt mir die Tüte aus der Hand. Seine Augen weiten sich, als er das wunderschöne gelbe Kleid mit den Perlen rausholt, welches ich an jenem Tag getragen habe, als mein Doppelleben aufgeflogen ist.

Ich erinnere mich noch sehr gut daran. An Michios enttäuschte Reaktion, als er mich mit Melton in dem Sushi-Restaurant bei unserem »Versöhnungs«-Date erwischte. Und an seine damaligen Worte, an mich gerichtet: Was willst du eigentlich von einem Drachen, wenn du einen Prinzen hast?

»Es tut mir so leid, Michio«, stammele ich beschämt, »ich wusste nicht, dass Melton … dass er sich eine solche Aktion erlaubt …«

Das Kleid war damals ein Versöhnungsgeschenk von Melton an mich. Und Michio weiß es. Es hinterlässt einen bitteren Nachgeschmack und reißt alte Wunden auf. Melton provoziert Michio absichtlich. Er ist wohl immer noch nicht über unsere Trennung hinweg und setzt alles daran, um sich in meine neue Beziehung einzumischen.

»Ich finde diese Aktion von ihm einfach nur unmöglich«, murmele ich kleinlaut, doch Michio beachtet meine Verlegenheit nicht.

»Du hast darin zauberhaft ausgesehen«, sagt er stattdessen, während er das Kleid von allen Seiten begutachtet, »wie eine wahre Prinzessin. Du solltest es heute tragen.«

Ich glaube, mich verhört zu haben, also werfe ich ihm einen mahnenden Blick zu.

»Natürlich nicht! Das Kleid werde ich entsorgen, damit es mich nicht mehr an den beschissenen Tag von damals erinnern kann.«

Michio streckt seine Hand nach mir aus und zieht mich wieder hoch. Wir stehen dicht beieinander und schauen uns an.

»Ich bestehe darauf, dass du das Kleid heute trägst«, sagt er ernst und reicht das Kleidungsstück an mich weiter.

Ich verstehe es nicht. Verstehe einfach nicht den Sinn dahinter. Was möchte er damit bezwecken? Damit tut er doch nur Melton einen Gefallen und das möchte ich auf keinen Fall zulassen!

»Heute Abend entführe ich dich in das Sushi-Restaurant und ich möchte, dass du das Kleid dann trägst.« Seine absurde Forderung empört mich.

»Du bist doch verrückt«, schnaube ich verächtlich und verdrehe die Augen, »keine Ahnung, warum du so darauf bestehst, aber meinetwegen! Dann tu ich dir den Gefallen.«

***

Ich habe es durchgezogen und trage nun tatsächlich das gelbe Kleid mit den Perlen von Melton. Unsicher betrete ich das Wohnzimmer, schaue zu Michio rüber, der es sich auf dem Sofa bequem gemacht hat und auf mich wartet. Immer noch habe ich keine Ahnung, was diese Aktion soll und weshalb er das Kleid an mir sehen wollte.

Als Michio mich in dem Raum bemerkt, erhebt er sich, legt den Kopf leicht schief und mustert mich von Kopf bis Fuß. Seine Blicke fixieren mich intensiv. Glühend. Leidenschaftlich.

Ich zwinge mich dazu, mein Verlangen nach ihm einzudämmen und mich zu beherrschen, aber ich bin seinen fordernden Blicken verfallen. Mein Puls beschleunigt sich und ein warmes Gefühl breitet sich in meinem Inneren aus.

»Du siehst wunderschön aus«, gibt er ehrfürchtig von sich und kommt auf mich zu. Seine Hände berühren meine Hüften, wandern an meinem Körper hinab, elektrisieren mich, blenden meinen Verstand.

Michio umrundet mich langsam. »Eins muss ich Melton lassen, sein Geschmack ist ausgezeichnet, was die Kleiderwahl betrifft.«

»Das stimmt«, entgegne ich leise und ärgere mich selbst über die Wehmut in meiner Stimme.

»Zieh dir einen Mantel an, wir fahren zu dem Sushi-Restaurant«, animiert er mich und geht vor. Ich folge ihm, etwas verwundert darüber, woher die plötzliche Melancholie kommt, die mir die Luft zum Atmen nimmt. Trauere ich etwa Melton nach?

Michio reicht mir meinen Mantel und hilft mir dabei, ihn überzustreifen. »Ich habe noch eine Überraschung für dich«, raunt er mir ins Ohr und zieht sich ebenfalls seine Jacke an.

Nachdem ich in meine geliebten Overknees geschlüpft bin, verlassen wir die Wohnung und begeben uns auf den Parkplatz, wo Michios Porsche steht.

Er öffnet die Tür und deutet mir, einzusteigen. Ich lasse mich auf den Beifahrersitz fallen und warte, bis er das Auto umrundet und ebenfalls Platz genommen hat.

Während Michio den Motor startet und losfährt, frage ich mich während der Fahrt, ob es eine gute Idee war, das Kleid heute zu tragen. Ich hätte nie gedacht, dass es mich traurig machen würde und nie damit gerechnet, diese Sehnsucht zu spüren, die sich in meiner Brust breitmacht.

Michio wirft mir einen unauffälligen Blick zu, sagt jedoch nichts. Wahrscheinlich bemerkt er meinen Gemütszustand und fragt sich, was mit mir los ist. Er ist ein Meister darin, seine eigenen Gefühle zu verstecken. Das ist der Grund, weshalb ich seine Gedanken nie entziffern kann.

Wenn ich nur wüsste, was der wahre Grund ist, weshalb er so sehr darauf bestanden hat, dass ich das Kleid trage …

Die ganze Fahrt schweigen wir uns an. Er hat wieder einmal diese Maske aufgesetzt. Unzugänglich. Undurchschaubar. Das hat er gelernt, um sich selbst zu schützen – vor Verletzungen.

Und ich frage mich, wie er sich eigentlich dabei fühlen muss, mich in das Restaurant zu fahren, in dem ich damals mit Melton war, als ich das Kleid trug …

Bedrückt senke ich meine Augenlider.

Als wir endlich da sind, öffnet er die Tür und reicht mir seine Hand.

»Lass uns einen schönen Abend hier verbringen, bevor wir dann zu mir gehen«, sagt er und hilft mir, aus dem Wagen auszusteigen.

»Wir gehen später zu dir?«, frage ich nach und schließe die Autotür hinter mir zu.

»Ja, ich habe dort noch eine Überraschung für dich«, sagt er kurzangebunden und geht vor. Ich nicke und versuche ihn einzuholen.

Vor dem Eingang wartet er dann auf mich und hält mir die Tür auf. Ich gehe hinein und werde von der angenehmen Wärme in dem Eingangsbereich überrascht.

Michio hilft mir aus meinem Mantel und hängt unsere Sachen an der Garderobe auf.

»Wir haben hier viele Abende zusammen verbracht«, erinnere ich mich, »viele Gespräche geführt und sehr viel Wein getrunken.«

Er legt seine Hände um meine Hüften und führt mich zu einem Tisch neben einem großen Fenster. »Und ich habe dich hier von hinten genommen«, raunt er mir zu, als wir Platz nehmen. Wir setzen uns nicht gegenüber, sondern nebeneinander und ich frage mich, was der Grund ist, dass Michio sich für diese Sitzposition entschieden hat.

»Das weißt du doch hoffentlich noch?«, er schaut mich beschwörend an.

Meine Wangen erröten und ich kneife ihm scherzhaft in den Oberarm. »Das ist mal wieder typisch für dich, dass du dich ausgerechnet daran erinnern kannst!«

Michio lacht.

Wir bestellen uns Sushi und Pflaumenwein. So wie immer.

»Auf dich, Prinzessin«, sagt er, nachdem er uns eingeschenkt hat.

»Weißt du noch, wie ich hier den Wein aus Versehen auf deinen Ärmel verschüttet habe?«, fällt es mir ein, »das war mir so unangenehm.«

Michio lächelt schwach. »Wir sollten Fotos machen.«

Sein Vorschlag irritiert mich etwas. Wir haben noch nie zusammen Fotos gemacht.

Und überhaupt habe ich noch nie mit irgendjemandem Fotos gemacht! Wirklich nie. Auch nicht mit Melton.

Nicht einmal auf meiner eigenen Hochzeit. All meine Erinnerungen sind in meinem Gedächtnis gespeichert, das reicht mir aus. Ich brauche das Digitale nicht, um mich an die schönen Momente zu erinnern.

»Ich weiß nicht so recht«, beginne ich vorsichtig, »ich wurde noch nie fotografiert und vielleicht bin ich auch überhaupt nicht fotogen.«

»Ach, so ein Quatsch. Gib mir dein Handy«, beharrt Michio darauf.

»Warum nimmst du nicht einfach dein Handy?«, möchte ich wissen. Trotzdem reiche ich ihm mein Smartphone.

»Wessen Kamera wir letztendlich benutzen, spielt doch jetzt nun wirklich keine Rolle«, gibt er gelassen zurück und zieht mich enger an sich. Jetzt verstehe ich, warum er sich neben mich hingesetzt hat und nicht mir gegenüber. Er wollte Fotos von uns schießen. Ich muss zugeben – eine süße Idee.

Michio hält die Kamera vor unsere Gesichter und ich lächele, bereit, mich das erste Mal in meinem Leben fotografieren zu lassen.

»Küss mich, Prinzessin«, verlangt er von mir und ich halte demonstrativ meine Lippen an seine Wange, während er das erste Foto von uns schießt.

»Das Foto ist perfekt«, zufrieden zeigt er mir das Ergebnis. »Und dein Kleid kommt auch gut zur Geltung.«

Ich zucke nur schwach mit den Schultern, als er mir mein Handy wieder zurückgibt. »Wenn du meinst… Soll ich die Aufnahme an dich schicken, damit du sie auch hast?«

Er schüttelt den Kopf, was mich verunsichert.

»Das Foto ist ein Geschenk an Melton«, seine Lippen verziehen sich ganz leicht nach oben.

Jetzt wird mir alles klar.

Und ich verstehe nun, warum er so sehr darauf beharrt hat, dass ich das Kleid trage.

»Das ist nicht fair, Michio.«

»Er hat mich herausgefordert«, er blinzelt bedächtig, bevor er weiterspricht, »ich möchte, dass du das Foto an ihn schickst.«

»Nein«, protestiere ich, »ich werde es nicht tun.«

»Dann tu ich es eben«, sagt er schlicht und streckt seine Hand aus, um mein Handy wieder zu erhalten. Ich weigere mich aber und drücke das Gerät an meine Brust.

»Es ist nicht richtig, Michio.«

»Was Melton getan hat, war auch nicht richtig. Er hat mich provoziert und herausgefordert. Gib mir dein Smartphone, Prinzessin.«

»Nein«, wiederhole ich.

Michio seufzt genervt. »Du bist anstrengend geworden. Hast du noch Gefühle für ihn?«

Meine Augen weiten sich und ich schüttle benommen den Kopf. »Nein. Ich empfinde absolut nichts für Melton.«

Das ist eine glatte Lüge. Natürlich bin ich nicht so verrückt nach ihm wie nach Michio. Doch ich vermisse ihn als meine Bezugsperson. Er fehlt mir manchmal.

»Na schön«, gibt Michio nach, »wie du willst.«

Seine Augen sind dunkler als sonst und er sieht bedrückt aus, auch wenn er wieder einmal die Maske aufgesetzt hat und seine Gefühle zu unterdrücken versucht.

Ich denke an Layla, die bald kommen könnte, und daran, wie ich mich fühlen würde, wenn ich an Michios Stelle wäre. Wir beide sind sehr eifersüchtig. Ich kann sein Vorhaben nachvollziehen. Und ich kann seine Gefühle nachempfinden, also drücke ich ihm mein Handy wortlos in die Hand.

Überrascht zieht er die Augenbrauen in die Höhe. Dann durchsucht er meine Kontakte und verfasst eine Nachricht an Melton, bei der er das Foto hinzufügt. Ich schließe die Augen und überlasse ihm die Macht.

»Fertig«, sagt er ruhig und gefasst und reicht das Smartphone an mich weiter.

Mein Herz klopft unruhig, als ich das Gerät in meiner zitternden Hand halte, um nachzusehen, was Michio geschrieben hat, und dabei hoffe, dass er es nicht übertrieben hat.

Danke für das hübsche Geschenk, lese ich.

Ich kann es kaum erwarten, das Kleid meiner Prinzessin von ihrem zierlichen Körper zu reißen.

Michio

Fassungslos starre ich Michio an. Seine Mundwinkel zucken und seine süßen Grübchen kommen zum Vorschein, als sich ein Lächeln auf seinem Gesicht abzeichnet.

»Na, war doch gar nicht so schlimm, oder?«, fragt er.

Kapitel 13

Wir werden uns gegenseitig heilen. Vertrau mir.

Eigentlich müsste ich ihn dafür anschreien oder ohrfeigen, doch stattdessen verdrehe ich lediglich die Augen. »Die Aktion war echt nicht nötig gewesen, Michio.«

Auch wenn er damit zu weit gegangen ist, empfinde ich keine Wut ihm gegenüber. Im Gegenteil, sein skurriles Verhalten macht mich sogar an. Mag sein, dass ich verrückt bin. Aber ich bin bereit, all diese Risiken zu tragen, nur um dieses Strahlen in seinen Augen zu sehen.

Michios Gedanken

Ich weiß echt nicht, was du dir dabei gedacht hast, Bruderherz, als du das Kleid an Ivory geschickt hast. Du provozierst mich, nicht wahr? Aber schön! Wie du willst! Führen wir den Kampf fort.

Sie liebt dich nicht, Melton. Das hat sie noch nie getan. Es ist neu für dich, nicht geliebt zu werden. Nicht wahr?

Du bist es gewohnt, ein behütetes Zuhause zu haben und die stetige Bestätigung zu bekommen, wie liebenswert du doch bist. Doch diesmal läuft es wohl nicht ganz nach deinem Plan, stimmt's? Was ist das für ein Gefühl, dass dein ausgestoßener, aus der Familie verbannter Bruder nun die Zeit mit deiner Ex-Frau verbringt?

Vielleicht … musst du auch einiges von mir lernen. Doch ich bin nicht hier, um dir Tipps zu geben, wie man im Leben weiterkommt. Das schaffst du schon alleine, Bruderherz.

Ich frage mich nur, warum hast du eine exmalige Prostituierte geheiratet, wenn du doch als ein erfolgreicher Mann jede andere haben könntest? Ich sage dir, warum:

Du hattest Angst. Angst, dass jede andere normale Frau dich verlassen könnte, weil du nicht gut genug bist. Das ist es doch, oder?

Bei Ivory warst du dir zu sicher.

Du hast sie von der Straße geholt und viel zu voreilig hast du dir selbst den Retter-Stempel auferlegt. Du wolltest die ewige Dankbarkeit von ihr, nicht wahr? Dafür, dass du sie von der Straße geholt hast und sie so akzeptiert hast, wie sie ist.

Nun, was Liebesbeziehungen angeht, musst du wohl noch etwas üben, Bruderherz.

Ganz unter uns: Du hast alles falsch gemacht, was man falsch machen konnte.

***

Nachdem wir die Sushi aufgegessen und die ganze Flasche Pflaumenwein vernichtet haben, verlassen wir das Restaurant. Michio hat die Rechnung übernommen, was mich insgeheim freut. Er weiß nichts von meinen Geldsorgen und ich möchte, dass es auch so bleibt. Ich werde schon alleine damit fertig. Es wird schon.

Draußen auf dem Parkplatz rauchen wir noch eine Zigarette und ich beobachte die bedrohlichen dunklen Wolken, die am Himmel langsam vorbeiziehen.

Irgendwann schließt Michio sein Auto auf und bedeutet mir mit einem Kopfnicken einzusteigen. Unbefangen rutsche ich auf den Beifahrersitz.

»Wir sollten lieber zu Fuß laufen«, schlage ich vor.

»Wieso? Nur wegen den zwei Gläsern Wein? Du übertreibst, Prinzessin!«, lacht er und startet den Motor. Ich zucke unbeholfen mit den Achseln.

Die Straßen sind wie leergefegt, während wir an diesem späten Abend zu ihm nach Hause fahren. Die Lichter der Stadt ziehen schweigsam an uns vorbei.

»Danke für den Tag«, unterbreche ich die Stille.

»Es ist dein Geburtstag, du musst mir nicht danken«, Michio schaltet das Radio an und legt seine rechte Hand an meinen Oberschenkel.

Diese Fahrt fühlt sich so friedlich an. Es läuft im Hintergrund der Song *Working On It* von Meghan Trainor und während ich wie gebannt der Musik zuhöre, fängt es draußen an zu regnen. Die schweren Regentropfen treffen auf die Autoscheiben und gleiten langsam nach unten. Gedankenverloren male ich mit meinen Fingerspitzen die Spuren dieser Regentropfen nach.

»Wir sind da«, sagt Michio nach einer Weile und parkt seinen Porsche vor dem Host Club. Dann steigt er aus, umrundet das Auto und öffnet mir gentlemanlike die Tür.

»Bei unserem ersten Kuss hat es auch geregnet«, sind meine leisen Worte, als ich aussteige. Die schweren Tropfen prasseln auf uns nieder.

Michio zieht mich an sich und lässt die Autotür hinter mir zuknallen. »Dann sollten wir wohl diesen Kuss wiederholen.«

Er hebt meinen Kopf leicht an und sein Atem streift verheißungsvoll mein Gesicht. Seine Augen sind dunkel, hypnotisierend, überwältigend. Ich senke meine Augenlider, spüre seine Lippen auf meinen und schmecke den rauchigen Geschmack der Zigarette, die wir zuvor zusammen geraucht haben. Die kühlen Regentropfen treffen meine Kopfhaut, meine Haare, mein Gesicht. Die winterliche Kälte reizt qualvoll meine Haut, doch ich ignoriere sie. Meine ganze Konzentration gilt Michio.

Dieser Kuss ist magisch. Er macht mich ganz benommen.

»Wir sollten reingehen«, raunt Michio dicht an meinen Lippen, »du frierst schon.«

Ich nicke nur, löse mich von ihm und zusammen schreiten wir auf die neongelbe Leuchtschrift *Host Club* zu, die uns entgegenruft.

Er öffnet die schwere Eingangstür und ich trete hinein. Ich sehe George an der Kasse stehen, der uns einen grimmigen Blick zuwirft, und nehme die Musik, die leise im Hintergrund spielt, sowie die Stimmen der Gäste aus dem Hauptbereich wahr.

»Sophie hat nach dir gefragt«, wendet sich George Michio zu, der dicht hinter mir steht.

»Was hast du ihr erzählt?«

»Dass du dir heute freigenommen hast. Sie ist unsere Stammkundin und du solltest sie besser behandeln. Ich habe das Gefühl, du fliehst immer vor ihr.« Georges Stimme ist gereizt, auch wenn er seine miese Stimmung zu verbergen versucht.

Michio marschiert auf George zu, lehnt sich lässig an

den Tisch und zischt: »Ich habe auch keinen Bock auf Sophie! Ich kann ihre piepsende Stimme nicht mehr ertragen! Richte ihr bitte aus, dass ich nicht mehr zu haben bin!«

»Wie stellst du dir das denn vor?«, Georges Gesicht ist rot angelaufen und seine Augen sind schmal vor Wut, »du bist nicht berechtigt, dir die Kundinnen selbst auszusuchen! Es gibt hier Regeln, an die du dich halten musst! Und vergiss nicht, dass du es mir schuldig bist!«

Soll das eine Warnung sein? Ich bewege mich auf die beiden zu und stelle mich schützend vor Michio.

»Michio ist niemandem etwas schuldig!«, mische ich mich empört ein. Ich fasse es einfach nicht, was sich George erlaubt! »Nur weil Sie ihn aus dem Kinderheim geholt und großgezogen haben, ist er noch lange nicht verpflichtet, Ihnen alle Wünsche zu erfüllen!«

»Ach ja?«, er zieht verärgert die Augenbrauen zusammen, »hör mal zu, du kleine Göre! Denkst du, ich habe ihn gezwungen, hier zu arbeiten? Es war ein Kompromiss! Wir waren uns *beide* einig. Er hat genauso etwas davon, nicht wahr, Michio?«

Ich schaue verwirrt zu Michio auf. Was für ein Kompromiss? Und was hat er schon davon? Das Geld? Wohl kaum … So wie ich ihn kenne, interessiert ihn das Gehalt nicht. Schließlich hat er all die Jahre seinen ganzen Verdienst an Layla überwiesen. Tut er es immer noch?

Ich bin irritiert.

»Kompromiss hin und her, manche Kundinnen gehen mir einfach auf den Sack!«, schnaubt Michio verärgert.

»Was ist denn hier los?«, hören wir eine tiefe Stimme.

Nelio betritt den Raum, kommt auf George zu und legt ihm lässig eine Hand um die Schultern. »Na, ihr Mäuse? Warum streitet ihr euch denn?«

»Musst du nicht rein und arbeiten?«, fragt Michio kühl.

»Meine Begleitung hat gerade eben den Host Club verlassen, aber anscheinend wart ihr hier alle mit eurer Auseinandersetzung viel zu beschäftigt, um es mitzubekommen.« Er seufzt theatralisch und nimmt sich einen Block zur Hand, der auf dem Bürotisch liegt.

»Mal schauen, wer mich als Nächstes erwartet«, Nelio schürzt die Lippen, während er die Notizen durchgeht. »Na so was aber auch! Michios Lieblingskundin…«

Dann schaut er Michio an und lächelt hinterlistig. »Sorry, Kollege. Aber heute wollte deine Lieblingskundin Denise die Zeit wohl eher mit mir verbringen. Vielleicht hättest du dir heute nicht freinehmen dürfen. Zwei Tage hintereinander macht eben keinen guten Eindruck …«

Michios Gesicht ist regungslos. Er versucht, ganz gelassen und cool zu bleiben. Ich dagegen werde ganz blass. Seine Lieblingskundin? So hat er mich früher immer genannt.

Ich habe schon öfters beobachten können, dass Michio zu Denise eine engere Beziehung pflegt als mit all den anderen Frauen, die den Club besuchen. Und das gefällt mir nicht. Optisch ähnelt Denise ein kleines bisschen Layla. Wahrscheinlich mag Michio sie nur deshalb so gerne.

»Ivory«, Nelios Blick bleibt auf mir haften, »wir haben uns noch gar nicht begrüßt, hi.«

»Hi«, antworte ich halbherzig. Es wundert mich ein

wenig, dass er sich meinen Namen merken konnte. Immerhin haben wir nur ein Mal ein kurzes Gespräch gehabt.

Nelio streicht sich seine langen schwarzen Haare zur Seite und seine grüne Augen starren mich intensiv an. »Welch eine Freude, dich wiederzusehen.«

»Diese Freude beruht allerdings nicht auf Gegenseitigkeit«, greift Michio ein, dem der intensive Blickkontakt nicht entgangen ist. »Lass uns gehen, Prinzessin.«

Ich nicke und eile ihm hinterher.

»Es wird dir nicht gelingen, dazwischenzufunken«, höre ich hinter uns Georges Worte, »sie ist so was von verliebt in Michio.«

»Warten wir erst einmal ab«, sagt Nelio. »Irgendwann wird er sie abservieren. Und dann gehört sie mir.«

Als die beiden außer Sichtweite sind, bleibe ich stehen und halte Michio am Ärmel fest, sodass auch er innehält.

»Warum sagen die beiden so etwas?«

»Was?«, er zuckt unbeholfen mit den Achseln. Tut er nur so oder hat er es tatsächlich nicht mitbekommen?

»Dass du mich irgendwann abservieren wirst.« Ich kaue nervös an meiner Unterlippe.

»Lass die reden«, meint er nur cool, »warum nimmst du dir die Meinung von Fremden so zu Herzen?«

Bedrückt senke ich meine Augenlider. »Ich habe Angst, dass es stimmen könnte …«

»Und wenn schon. So ist das Leben. Man hat nie eine Garantie. Nichts ist für die Ewigkeit.« Seine kalten Worte treffen mich mitten ins Herz.

»Guck nicht so traurig«, er hebt mit dem Zeigefinger

und Daumen mein Kinn an und legt seinen Kopf leicht schief, »gerade du musst es doch wissen. Immerhin hast du eine Scheidung hinter dir.«

Ich schlucke schwer. Ist das gerade sein verdammter Ernst? Was ist los mit ihm?

»Ich dachte«, flüstere ich betroffen, »dass es zwischen uns beiden etwas Ernstes ist…«

»Ist es auch«, gibt er zurück, »also höre auf, daran zu zweifeln.«

Er nimmt meine Hand und führt mich weiter zu dem Fahrstuhl. Als wir davor stehen bleiben, stellt er sich dicht hinter mir und legt seine Hände um meinen Bauch.

»Gib die Nummer ein, Prinzessin.«

Ich frage mich, ob er mich auf den Arm nehmen möchte oder mit Absicht quält? Warum gibt er nicht selbst diese verdammte Nummer ein, die mich ständig an Layla und ihn erinnert? Trotzdem folge ich seiner Forderung, warum auch immer, und tippe die verhassten Zahlen 1303 ein.

Doch der Lift geht nicht auf, stattdessen wird auf dem Bildschirm:

Falsche Nummer, bitte geben Sie erneut den richtigen PIN ein,

angezeigt.

»Ich habe mich wohl vertippt«, seufze ich und möchte das Ganze noch einmal wiederholen, als Michio meine Hände festhält.

»Überraschung«, flüstert er mir zu, »das ist die Überraschung, die ich meinte. Alles Gute zum Geburtstag, Prinzessin.«

Meine Augen weiten sich vor Freude. »Du hast die PIN-Nummer geändert?« Ich bin so glücklich. Endlich.

Er nickt hinter mir an meiner Schulter. »Und nun gib deinen Geburtstag ein.«

Ich glaube, ich träume. Er hat nicht nur den PIN geändert, sondern gegen meinen Geburtstag eingetauscht. Es ist viel zu emotional. Ich bin zu Tränen gerührt. Überglücklich.

Das hier ist definitiv die schönste Überraschung, die ich je bekommen habe.

Michio weiß, was ich möchte. Und das sind keine teuren Geschenke, sondern …

»Du brauchst meine Aufmerksamkeit«, spricht er meine Gedanken aus, dicht an meinem Ohr, »ohne sie kannst du nicht leben, nicht wahr, Prinzessin?«

Ganz schön selbstsicher und arrogant …

Allerdings hat er nicht ganz so unrecht damit.

Heilige Scheiße! Ich fühle mich so was von ertappt.

Michios Gedanken

Meine Überraschung ist geglückt und du strahlst, Prinzessin. Das gefällt mir.

Layla ist Vergangenheit. Ich muss endlich loslassen. Ich habe ihr genug nachgetrauert. Und so wie es aussieht, will sie mich nicht. Sie hat mich vergessen.

Kannst du dir das vorstellen, Prinzessin? Wie kann sie mich nur vergessen, wo sie doch für mich die ganze Welt bedeutet? Vielleicht hasst sie mich, dafür, dass ich sie damals nicht beschützen konnte, als sie von meinem ex-besten Freund Patrick vergewaltigt wurde. Ich habe ihn damals gebeten, sie nach Hause zu fahren, weil ich selbst viel zu betrunken war. Ich habe ihm vertraut …

Seit dem Vorfall vertraue ich niemandem mehr.

Layla hat schon mehrere Male betont, dass sie mir verziehen hat. Doch warum fühlt es sich nicht so an? Warum musste sie nach Indien abhauen und sich dort ein neues Leben aufbauen? Ich vermisse sie so …

Mach dir nichts vor, Prinzessin. Die Zahlenkombination habe ich auch für mich geändert. Um sie leichter zu vergessen. Aus meinem Gehirn zu verbannen. Genauso wie den Entsperrcode auf meinem Handy. Nichts wird mich mehr an Layla erinnern.

Ich hasse sie. Ja, ich hasse sie wirklich! Dafür, dass sie mir niemals eine Chance gegeben hat, ihr zu beweisen, dass ich es wert bin, der Mann an ihrer Seite zu sein.

Und was Patrick angeht – ich schicke ihm Grüße in die Hölle. Möge er für immer dort schmoren!

Aber nun zu dir, Prinzessin. Das Kleid, das dir Melton geschenkt hat, passt nicht zu dir. Es ist viel zu eng und viel zu aufreizend. So bist du nicht. Du versteckst dich lieber in deinen übergroßen Hoodies. Du magst es nicht, im Mittelpunkt zu stehen. Du magst nicht bunt. Und schon gar nicht gelb.

Du liebst schwarz. Habe ich recht, Prinzessin?

Deshalb werde ich dir gleich das Kleid von deinem hübschen Körper reißen.

Endlich ist der Aufzug oben angekommen. Die Türen gleiten zur Seite und wir betreten meine Wohnung. Du kannst es auch kaum erwarten, stimmt's? Ich spüre, wie dein Herz rast und wie du den Atem anhältst, als ich dich gegen die Wand drücke und küsse. Meine Hände gleiten langsam an deinem zierlichen Körper entlang. Es gefällt dir wohl, wie ich dich berühre … Dein atemloses Keuchen verrät dich, Prinzessin. Und es macht mich so an!

Sind es eigentlich echte Perlen, die das Kleid an deinem Oberkörper verzieren? Wahrscheinlich schon. Dieser Mistkerl Melton schwimmt ja förmlich im Geld. Aber du bist nicht käuflich, Prinzessin. Und das liebe ich so an dir.

Meine Finger umfassen eine glänzende Perle, ich ziehe daran und zupfe sie behutsam von dem Kleid ab. Sie fällt auf den Boden und kullert irgendwohin in eine Ecke. Dein Körper verkrampft sich ruckartig und du schaust mich misstrauisch an.

»Entspann dich, Prinzessin«, flüstere ich dir mit rauer Stimme zu, umfange zärtlich deine Unterlippe mit meinen Zähnen und ziehe leicht daran. Du schließt lustvoll die Augen und stöhnst auf, als meine Zunge in deinen Mund eindringt. Scheiß auf das Kleid, Prinzessin! Der Fummel wird es sowieso nicht überleben.

Eine Perle nach der anderen zupfe ich langsam ab und lasse sie auf den Boden fallen und davonkullern.

Immer wieder.

Bis keine mehr davon zu sehen ist.

Du bist inzwischen gelassener und lässt es geschehen.

»Es ist Vergangenheit. Du solltest dich davon lösen«, murmele ich dir zwischen den Küssen zu, »so wie ich das bereits getan habe.«

Du weißt, dass ich damit die PIN-Nummer meine, die

ich für dich geändert habe. Du *solltest* glauben, dass ich es deinetwegen getan habe.

Und während ich ganz langsam das Kleid deinem Dekolleté entlangreiße, sehe ich, wie du verkrampft den Kopf nach hinten kippst und die Augenlider schließt. Trotz allem gelingt es dir nicht, cool zu bleiben. Eine einsame Träne kullert auf deiner Wange entlang. Ich küsse deine durchnässte Wange.

Wir werden uns heilen, Prinzessin. Wir werden uns gegenseitig heilen. Die Vergangenheit aus unseren Köpfen und Herzen vertreiben. Bald wird es uns bessergehen. Vertrau mir.

Sobald ich in dir bin, wirst du nur noch meinen Namen schreien.

Kapitel 14

Ich liebe die Finsternis, weil sie ein Teil von uns ist, Michio.

Ich liebe die Dunkelheit. Manchmal ist sie zauberhaft, idyllisch, faszinierend.

Nicht immer. Es gibt Nächte, die mich ängstigen. Nächte, in denen mich meine Alpträume verfolgen.

Doch heute ist diese Nacht friedlich.

Ich wickele meine Decke noch enger um meinen Körper, während ich auf der Fensterbank sitze und nach draußen starre.

Es sind schon einige Tage vergangen seit meinem Geburtstag. Das Kleid von Melton habe ich entsorgt. Ich weiß auch nicht, warum ich Tränen in den Augen hatte, als Michio das Kleid zerstört hat. Höchstwahrscheinlich wurde mir einfach in diesem Augenblick klar, dass ich mit Melton endgültig abgeschlossen habe und diese Tatsache empfand ich als beängstigend.

Michio hat mich die letzten Tage öfters auf der Arbeit in dem *Tea Time* Laden besucht. Da Alice wie eine Ersatzmama für ihn ist, hat er mir erzählt, dass er die Weihnachtszeit immer mit ihr zusammen verbringt. Und wir haben beschlossen, dass wir es wieder so machen werden. Michio und ich werden den Tag zusammen mit Alice verbringen.

Ich muss zugeben, es ist das erste Mal, dass ich mich auf Weihnachten freue. Wir werden zusammen kochen und Alice mit dem leckeren Essen überraschen. Ich kann es kaum erwarten, bis es endlich so weit ist. Nur noch zwei Tage bis Weihnachten. Wir werden wie eine kleine Familie sein, die ich nie hatte.

Mein Handy leuchtet auf und ich nehme einen Anruf entgegen.

»Melton?«, frage ich überrascht, lehne meinen Kopf an die Fensterscheibe und beobachte den Verkehr der stark befahrenen Straße, die sich direkt unter meiner Wohnung befindet.

»Hi Ivory«, begrüßt er mich, »kann ich vorbeikommen? Ich muss dir etwas Wichtiges erzählen.«

»Nein, Melton. Erzähl es mir am Telefon.«

»Na gut«, ich höre, wie er seufzt und für einen kurzen Augenblick die Luft anhält. »Ich habe etwas über Michio herausgefunden und ich glaube nicht, dass es dir gefallen wird.«

»Hast du ihm etwa nachspioniert?«, rufe ich empört in den Hörer.

»Ja, aber nur weil ich besorgt um dich war«, er klingt angespannt.

»Was soll das, Melton?«, fahre ich ihn an. »Das geht nun wirklich zu weit!«

»Meinst du nicht, dass er eher derjenige ist, der zu weit geht?«

»Ach ja? Was tut er denn? Nichts! Du provozierst ihn aber ständig! Und nun spionierst du ihm auch noch nach!« So langsam verliere ich wirklich die Fassung!

»Kein Wunder, Ivory! Ich habe auch gute Gründe dafür. Dein ach-so-toller Michio scheint wohl psychisch nicht ganz stabil zu sein. Oder wie erklärst du mir das, dass er mir ein Foto von dem zerstörten Kleid zuschickt, das ich dir neulich geschenkt habe? Der scheint doch einen Knacks zu haben!«

»Du bist nicht besser«, gebe ich gereizt zurück, »du hast ihn herausgefordert. Du hättest das verdammte Kleid erst gar nicht an mich schicken sollen. Rufst du nur deshalb an?«

»Nein.« Melton macht eine kurze Pause. Ich höre, wie er tief Luft holt und sich sammelt, bevor er weiterspricht. »Weißt du, was er beruflich macht?«

Das ist es also, was er mir mitteilen möchte. Ich muss mich zusammenreißen, um nicht loszulachen. Als hätte ich es nicht schon längst gewusst!

»Er ist ein Escort-Boy. Wusstest du das?«, platzt er damit heraus.

»Ja«, entgegne ich kühl. »Ist das alles?«

»Es macht dir nichts aus?«, fragt er verwundert.

»Dachtest du, du würdest mich mit dieser Neuigkeit schockieren?«, ich gleite von der Fensterbank herunter, die Decke immer noch um meinen Körper gewickelt, während ich im Zimmer auf und ab gehe. »Ich wusste es schon lange, Melton! Was glaubst du wohl, wie ich ihn kennengelernt habe!«

Melton verstummt am anderen Ende der Leitung. Ups, ich bin wohl zu weit gegangen. Er weiß tatsächlich bis heute nicht, wie Michio und ich uns kennengelernt haben.

»Wie du mich betrogen hast, möchte ich nicht wissen«, gibt er nach einer Weile bissig zurück. »Ich wollte dich nur warnen, aber wie ich sehe, bist du genauso verdorben wie er. Vermutlich fühlst du dich deshalb zu ihm hingezogen, weil ihr euch beide ähnlich seid! Ihr beide habt absolut keine Hemmungen, euch zu prostituieren und Mitmenschen um euch herum zu verarschen!«

Ich bleibe mitten im Zimmer stehen und erstarre. Die kalten Worte, mit denen er um sich wirft, treffen mich mit voller Wucht. Mein Bauch verkrampft sich ruckartig. Damit geht er definitiv zu weit!

»Nimm das sofort zurück!«, zische ich in den Hörer und balle vor Wut meine freie Hand zur Faust. »Michio und ich haben eine schwere Vergangenheit! Wie kannst du nur so über uns urteilen? Für Menschen wie dich ist es leicht, weil sie einen guten Start im Leben hatten und ihnen alles in die Wiege gelegt wurde! Ja, ich fühle mich zu ihm hingezogen, weil wir beide es nicht leicht im Leben hatten!«

Frustriert presse ich meine Zähne fest aufeinander. »Und wage es ja nicht, mich noch einmal anzurufen, du aufgeblasenes Etwas!«, stoße ich empört hervor und beende das Gespräch. Ich bin fassungslos. Was fällt ihm ein, sich ein solches Urteil zu erlauben? Er ist immer noch verletzt, weil ich mich für Michio und nicht für ihn entschieden habe – und doch hat er nicht das Recht dazu, mich so zu behandeln!

Traurig lasse ich mich auf das Bett fallen. Melton hat Glück, dass er behütet aufgewachsen ist. Das Glück haben aber nicht alle! Michio oder mich dafür zu beschuldigen, ist einfach nur unmenschlich. In diesem Moment hasse ich ihn. Tränen laufen mir über das Gesicht.

Mit zittrigen Fingern tippe ich eine Nachricht an Michio:

Ich liebe die Dunkelheit. Die Dunkelheit führt mich in eine Welt hinein, in der ich dir nahe sein kann. Und sie gibt mir die Möglichkeit, ich selbst zu sein. Mich nicht mehr verstecken zu müssen. Alles, was uns beide verbindet, ist die Finsternis. Und sie ist bezaubernd. Entzückend. Schillernd. Sie ist nicht eintönig. Ganz und gar nicht. Sie ist wie wir beide. Vielseitig. Tiefgründig. Ich liebe die Finsternis, weil sie ein Teil von uns ist.

Ich schäme mich nicht für das, was ich bin. Nicht mehr. Meine Vergangenheit hat mich zu der Person gemacht, die ich jetzt bin. Dann bin ich eben verdorben, so wie Melton mich bezeichnet hat. Und was die Prostitution angeht … Ja, ich fühle mich dadurch von Michio verstanden, weil er das Gleiche durchmachen muss wie ich damals! Was ist schon dabei!

Immerhin besser, als auf die Menschen herabzusehen, so wie Melton das tut. Wie kommt es eigentlich dazu, dass er sich für etwas Besseres hält?

Mein Handy vibriert und ich empfange eine neue Nachricht von Michio. Ich wische mir mit dem Ärmel die Tränen aus dem Gesicht und lese:

Was ist los, Prinzessin? Ist alles okay bei dir? Du schreibst nur so poetisch, wenn es dir schlecht geht.
Ich liebe deine dunkle Seite. Meine Seelenverwandte.

Michio kennt mich. Er weiß, dass es mir nicht gut geht. Ich werfe die Decke beiseite und schreibe:

Nachdem ich die Nachricht abgeschickt habe, stehe ich auf und tappe in die Küche. Ja, ich gebe zu, ich habe schon lange nichts mehr getrunken. Aber heute brauche ich es eindeutig. Ich finde eine Flasche Wein, die Michio mal für mich eingekauft hat, und stelle sie auf den Tisch. Dann suche ich nach dem Flaschenöffner und einem Glas.

Als ich alles beisammen habe, öffne ich die Flasche und fülle mir das Glas voll.

Auf deine perfekte Welt, die du dir selbst eingeredet hast, Melton!

Ich hebe das Glas, führe es zu meinen Lippen und trinke es mit einem Mal leer. Dann schenke ich mir erneut etwas von der berauschenden roten Flüssigkeit ein und trinke es wieder auf ex. Ich gebe mir noch nicht einmal die Mühe, mich hinzusetzen, sondern bleibe vor dem Esstisch stehen.

Vage nehme ich das Klingeln meines Handys wahr, doch ich bin viel zu beschäftigt damit, den Wein zu trinken. Nachdem ich die ganze Flasche geleert habe, schwanke ich zurück ins Zimmer, nehme das Smartphone und sehe zwei Anrufe in Abwesenheit von Michio sowie eine Nachricht von Melton.

Mit zusammengepressten Zähnen öffne ich zuerst die Message von Melton.

Ivory, es tut mir leid. Ich möchte mich bei dir entschuldigen. Ich weiß auch nicht, was in mich gefahren ist. Das alles habe ich nicht so gemeint. Fakt ist: Du fehlst mir wirklich sehr...

Wütend lösche ich die Nachricht und überlege, ob ich Michio zurückrufen soll. Letztendlich entscheide ich mich dagegen.

Es ist Samstagabend und morgen habe ich sowieso frei. Also entschließe ich mich dazu, ihn direkt zu besuchen.

Immer noch etwas angetrunken, wühle ich in meinem Kleiderschrank herum und suche nach tragbarer Kleidung. Es ist nicht so viel Auswahl, wie ich in dem Penthouse bei Melton hatte. Aber immerhin finde ich etwas Passendes.

Ich ziehe mir eine enge dunkelblaue Jeanshose und dazu einen schwarzen Pullover an. Dann tusche ich mir die Wimpern und trage etwas Lipgloss auf die Lippen auf. Zufrieden betrachte ich mein Spiegelbild.

Nachdem ich nun in meine Overknees geschlüpft bin und meinen Mantel übergeworfen habe, torkele ich mit meiner Handtasche zurück in die Küche. Dort öffne ich die Schublade, in die ich die Geldscheine von Melton reingelegt habe, und nehme mir einen Bündel davon heraus.

Ja, es ist nicht gut, was ich tu. Aber ich bin nicht perfekt. Ich bin schlecht. Verdorben. Bösartig. Schamlos.

Ich stecke mir das Geld in die Tasche und verlasse die Wohnung.

Ja, Melton, mit deinem Geld habe ich auch schon in der Vergangenheit Michio bezahlt und damit seine Aufmerksamkeit erkauft. Du magst Menschen wie ihn und mich nicht. Du verurteilst Leute, die ihren Körper verkaufen. Und doch hast du mich geheiratet, obwohl du wusstest, dass ich eine Prostituierte war. Ist das nicht widersprüchlich?

***

Michios Gedanken

Ich weiß, dass es dir nicht gutgeht, Prinzessin, und ich wünschte, ich könnte dich von deinen inneren Dämonen befreien, die dich plagen. Aber du nimmst verdammt noch mal meine Anrufe nicht an!

Soll ich ehrlich sein? Ich hasse diesen Host Club.

Ich hasse es, zu lächeln und den charmanten, unwiderstehlichen Mann zu spielen, der ich nicht bin. Ich hasse es, diese Maske anlegen zu müssen. Ich hasse es, dass alle Frauen, die sich hier befinden, nur meinetwegen kommen und mich mit ihren Blicken verschlingen. Ich hasse es, mit ihnen zu flirten und ihnen die Liebe vorzuspielen, nur um sie noch mehr in die Falle zu locken, damit George sich seine Taschen vollstopfen kann.

Und vor allem hasse ich es, wenn *du* hierhinkommst, Prinzessin. Warum tust du dir das an? Warum bezahlst du immer noch, um mich zu sehen, wenn du mich doch auch außerhalb dieses Clubs sehen kannst? Manchmal zweifle ich an deinem Verstand.

Mein Handy piepst und es wird eine Kandidatin angezeigt, die ich als Nächste unterhalten soll. Denise. Na sowas aber auch. Überrascht mich irgendwie nicht … Sie ist verrückt nach mir. So wie alle. Nelio konnte sie mit seiner Art offenbar nicht überzeugen.

Ich werfe ihm einen arroganten Blick zu und ein schiefes Lächeln zeichnet sich auf meinem Gesicht ab. Ich weiß, dass er in mir einen großen Konkurrenten sieht und ich spüre seinen Neid mir gegenüber.

Denise betritt den großen Saal und schaut sich scheu um. Ihr Blick wandert durch den Raum, auf der Suche nach mir. Langsam erhebe ich mich und gehe auf sie zu. Sie sieht gut aus. Ihre langen braunen Haare sind leicht gelockt und umspielen ihr hübsches Gesicht. Ihr enges rotes Kleid betont ihre weiblichen Kurven. Verdammt! Ich muss zugeben, sie sieht schon sehr heiß aus.

»Denise«, begrüße ich sie, als ich vor ihr stehe, »schön, dich wiederzusehen.«

»Hallo Michio«, entgegnet sie schüchtern.

»Lass uns irgendwohin setzen, wo es ruhiger ist.« Ich lege meine Hand um ihre Hüfte und führe sie zu den freien Plätzen. Sie duftet gut. Was mag es wohl für ein Parfum sein, das sie trägt?

»Ich habe dich hier letztens vermisst. Nelio hat sich Zeit für mich genommen, aber du warst nirgends zu sehen«, sagt sie leise.

Vor einem Tisch bleibe ich stehen und deute ihr mit dem Kopf, sich hinzusetzen. Sie lässt sich auf den kühlen Ledersessel nieder und zupft verlegen an ihrem Kleid.

»Warum wundert es mich nicht, dass du nur mich willst?«, frage ich mit heiserer Stimme und beuge mich zu ihr rüber. Ihre Augen weiten sich und ihr Atem stockt. Und es langweilt mich. Es ist immer das Gleiche mit den Frauen hier. Sie fühlen sich in meiner Gegenwart eingeschüchtert und unsicher. Es törnt mich ab.

Weißt du, Prinzessin, ich mag keine unsicheren Frauen. Aber das habe ich dir ja bereits gesagt.

»Ich werde uns was zu trinken holen«, erwähne ich beiläufig, »was hättest du denn gerne?«

»Es ist mir egal. Ich trinke, was du gerne trinkst«, sie zuckt die Achseln und versucht sich lässig zu geben, doch in ihrem Inneren brodelt es. Das ist nicht zu übersehen.

»Cabernet Sauvignon also«, sage ich entschieden und bewege mich auf die Bar zu.

∗∗∗

Je mehr ich trinke, desto benebelter wird allmählich mein Verstand. Und je länger ich sie anschaue, desto mehr erkenne ich die Ähnlichkeit zwischen ihr und Layla.

»Lass mich raten«, ich beuge mich näher an Denise heran, »Nelio war dir nicht gut genug, habe ich recht?«

Sie nickt und ich erkenne die Begierde in ihren Augen. Sie will mich. Eindeutig.

Ich hebe belustigt eine Braue hoch. »Na, das ist ja kein Wunder.«

Denise kichert und nimmt erneut ihr Glas in die Hand, um daran zu nippen.

»Jedenfalls finde ich es sehr schade, dass du vergeben bist«, sie stellt ihr Glas wieder ab und streicht sich eine Strähne aus dem Gesicht.

Sie meint damit dich, Prinzessin.

Weißt du noch, wie du dazwischengegangen bist, als

Denise und ich mitten im Gespräch vertieft waren? Das fand ich cool von dir. Selbstbewusst und mutig. Ich mag taffe Frauen. Ich mag dich.

Ich schlage meine Augenlider bedächtig zu und öffne sie. Ein Tick von mir, aber irgendwie fahren die Frauen darauf ab. Ich weiß auch nicht, warum.

»Sie ist meine Prinzessin«, sage ich, »ich bin gerne mit ihr zusammen.«

Denise schaut etwas bedrückt und klopft nervös mit ihren rotlackierten Fingernägeln auf den Tisch. »Kommt sie überhaupt damit klar, dass du mit anderen Frauen flirtest?«

Kommst du damit klar, Prinzessin? Vermutlich nicht … aber dir bleibt keine andere Wahl.

»Wahrscheinlich mehr, als es je eine andere Frau könnte«, entgegne ich ernst. »Ivory ist sehr stark.«

»So ist es also«, murmelt Denise und schaut mich verlegen an, »du schwärmst ja richtig von ihr.«

»Und das gefällt dir nicht«, stelle ich trocken fest.

»Weil ich dich mag. Sehr gerne sogar. Nur deinetwegen komme ich immer hierhin. Ich möchte dich so oft wie möglich sehen. Mich mit dir unterhalten.« Ihre Stimme klingt beinahe verzweifelt.

Sie ist verliebt, Prinzessin. Kann ich es ihr verübeln? Wohl kaum.

»Michio«, flüstert sie und legt ihre Hand behutsam an meine Wange. »Ich kann nur noch an dich denken.«

»Du hast dich in mich verliebt«, spreche ich das aus, was ihr auf der Zunge liegt.

Tja … ich kann Gedanken lesen. Cool, nicht?

Kapitel 15

*Du bist mit Ivory zusammen, doch deine Gedanken kreisen
nur um Layla.*

Ich steige aus dem Taxi und bewege mich mit rasendem
Herzklopfen auf den Host Club zu. Michio weiß nicht,
dass ich heute komme. Es wird ein Überraschungsbesuch werden.

Vielleicht bin ich echt blöd, dass ich dafür bezahle, um
Michio zu sehen. Immerhin ist es nicht mehr notwendig.

Doch im Moment bin ich viel zu angetrunken, um
klar denken zu können. Ich reiße die Tür auf, hänge
meinen Mantel an der Garderobe auf und bewege mich
auf George zu, der an der Kasse steht.

Er hebt überrascht die Augenbrauen, als er mich erblickt.

»Freut mich, eine alte Stammkundin zu sehen. Hi
Ivory«, begrüßt er mich schmunzelnd. »Was verschafft
mir diesmal die Ehre, dich hier wieder zu treffen?«

»Ich möchte Michio sehen«, komme ich direkt zur Sache.

»Er ist ausgebucht«, George lässt seine Schultern kreisen und den Nacken knacken. Führt er jetzt ernsthaft
seine Dehnübungen vor mir aus? Angewidert ziehe ich
eine Grimasse.

»Von wem?«, meine ungeduldige Stimme bringt
George allerdings nicht aus der Ruhe. Stattdessen fährt
er mit den kreisenden Kopfbewegungen fort.

»Von Denise«, antwortet er endlich.

Verflucht! Was macht die denn schon wieder hier?

»Wer ist gerade frei? Ich muss unbedingt rein«, nervös spiele ich mit meinen Haaren.

»Warum? Damit du Michio von seinem Job ablenken kannst?«

»George, bitte. Ich werde auch das Doppelte zahlen.« Ich nehme mein Portemonnaie aus der Tasche und hole ein paar Scheine heraus. »Reicht dir so viel?«

Er nimmt das Geld entgegen und zählt nach. Ungeduldig warte ich auf seine Antwort.

»Na gut«, gibt George schließlich nach, »Black ist gerade frei. Für eine halbe Stunde gehört er dir. Aber nicht länger.«

Das ist okay. Hauptsache, ich komme überhaupt rein. Ich würde zu gerne wissen, was Michio gerade macht.

Meine wackligen Beine tragen mich den langen schmalen Flur entlang. Ich zerbreche mir nicht den Kopf darüber, wie erbärmlich es ist, dass ich das Geld von Melton, ohne zu zögern für so einen Unsinn ausgebe. Es ist, als wollte ich ihn damit bestrafen.

Das schwache Licht macht mich etwas benommen, deshalb freue ich mich, als ich endlich den Haupteingang erreiche. Ich betrete den großen Saal und schaue mich nach Michio um. Viel Zeit habe ich nicht, um ihn zu finden, denn Black kommt auf mich zu.

»Hi Ivory«, ich höre in seiner Stimme eine leichte Unsicherheit heraus.

»Hi«, entgegne ich.

»Warum wolltest du Zeit mit mir hier verbringen?«, fragt er leicht irritiert.

»Warum denn nicht.« Ich zucke mit den Achseln und frage mich, was sein Problem ist.

Er beugt sich leicht zu mir vor und sagt leise: »Du bist mit Michio zusammen. Das weiß jeder hier im Host Club. Deshalb wundere ich mich ein bisschen.«

Ah, daher weht also der Wind. Ich lache. »Michio amüsiert sich hier doch auch mit anderen Frauen! Warum darf ich nicht das Gleiche tun!«

»Ich glaube nicht, dass er sich amüsiert …« Black seufzt. »Lass uns irgendwo hinsetzen, wo wir ungestört sind.«

Ich nicke und folge ihm.

Wir setzen uns an den massiven Holztisch, der sich am Ende des Raumes befindet.

»Ich möchte nicht lange drumherum reden«, beginne ich, »ganz ehrlich, ich bin hier nur wegen Michio. Ich musste dich nehmen, sonst hätte mich George nicht reingelassen. Ich habe versprochen, Michio bei der Arbeit nicht zu stören … wobei … wo ist er eigentlich gerade?« Mein Blick schweift durch den großen Saal. Es ist ziemlich überfüllt und laut. Durch die Menschenmenge kann ich ihn unmöglich auf die Schnelle entdecken.

»Na, da bin ich sogar erleichtert!« Black atmet auf. »Michio hat uns schon alle hier gewarnt, wir sollen bloß die Finger von dir lassen.«

»Tatsächlich?«, ich schenke meine Beachtung wieder Black, der es mit einem Kopfnicken bestätigt.

Es freut mich unheimlich, dass Michio sich so besitzergreifend zeigt. Dabei habe ich immer das Gefühl gehabt, dass ich ihm nicht so wichtig bin.

»Schön, dich lächeln zu sehen. Die meiste Zeit siehst du ziemlich ernst und traurig aus«, Black stupst mich, mit einem Grinsen im Gesicht, leicht an.

»Hm…«, verlegen lasse ich meinen Blick erneut durch den Raum wandern. »Kannst du mir sagen, wo Michio gerade ist? Ich kann ihn hier nirgendwo entdecken.«

»Er müsste mit Denise gerade da sein. Ich glaube, sie sitzen am Tisch 5«, er streckt die Hand aus und deutet mit dem Zeigefinger auf den Platz. Und da sehe ich ihn. Meinen Michio. Mit Denise. Und am liebsten würde ich ihr an die Gurgel gehen.

Michios Gedanken

Ich glaube, ich bräuchte 'ne Zigarette oder frische Luft. Irgendetwas, was meinen Verstand wieder klarer werden lässt. Wir sitzen hier schon seit zwei Stunden und vor uns stehen drei leere Flaschen Wein.

Ich weiß, dass es Denise ist und nicht Layla, mit der ich mich gerade unterhalte. Aber mein Verstand weigert sich, es zu akzeptieren.

Layla … ich wünschte, sie wäre wirklich hier.

Meine Augen sind gerötet und ich habe diesen Schlafzimmerblick drauf, unter anderem weil ich müde bin, aber auch weil Denise mich völlig aus der Bahn wirft. Sie flirtet, was das Zeug hält, und ihre Annäherungsversuche machen mich ganz verrückt.

Sie hat die gleichen braunen Augen wie Layla und die gleichen braunen Haare.

»Du bist so schön, Layla«, murmele ich ganz benommen und sie runzelt verwirrt die Stirn.

»Ich bin Denise«, entgegnet sie etwas verwundert und fährt mit ihren Fingerspitzen an meinem Arm entlang. »Wer auch immer diese Layla ist, du scheinst sie sehr zu mögen.«

Ich weiche ihr aus, weil mir wieder klar wird, dass es nicht Layla ist, die mich gerade berührt.

Warum fassen mich diese Weiber hier ständig an? Ich bin es einfach nur leid!

Sie beugt sich zu mir rüber und flüstert: »Aber ich kann heute Nacht für dich Layla sein, wenn du magst.«

»Das hättest du wohl gerne«, schnaube ich verächtlich. Was glaubt sie wohl, wie das gehen soll? Niemand kann Layla ersetzen. Auch sie nicht. Nur weil sie ihr ein bisschen ähnelt, heißt es noch lange nicht, dass sie genauso ist. Ihre Art ist anders.

Layla ist etwas Besonderes. Sie ist selbstbewusst und lässt sich von niemandem etwas sagen. Sie ist meine Lichtquelle. Mein Engel. Ihr reines Herz, ihre Güte und ihre Hilfsbereitschaft kann einfach keine andere Frau hier übertreffen. Schon alleine die Tatsache, dass sie eine Schule in Indien für benachteiligte Kinder aufgebaut hat und dort Unterricht gibt, ist bemerkenswert. Sie kümmert sich immer zuerst um die anderen, bevor sie an sich selbst denkt.

Nein, Denise kann Layla nicht ersetzen. Obwohl ... so wie sie jetzt nachdenklich ihre Finger um das Glas kreisen lässt, ist die Ähnlichkeit beängstigend. Layla macht es auch oft, wenn sie nervös ist.

Zärtlich streiche ich ihr die braunen Strähnen aus dem Gesicht. Habe ich sie verletzt? Sie sieht so bedrückt aus.

»Manchmal kannst du echt fies sein«, sagt sie leise und schaut mich mit ihren traurigen Bambi-Augen an.

»Tut mir leid«, entschuldige ich mich, »du hast recht. Etwas Heilung könnte ich ganz gut gebrauchen.«

»Dann vergessen wir beide für einen kurzen Augenblick, dass ich Denise bin«, sie lächelt mich vielsagend an. Anschließend rückt sie etwas näher an mich heran und flüstert: »Für heute bin ich Layla. Das ist okay für mich. Ich möchte nur, dass es dir besser geht.«

Ich bin eindeutig betrunken, denn ich sehe sie vor mir. Layla. Meine Lichtquelle.

Mein Verstand ist viel zu benebelt. Sorry, Prinzessin.

Mit dem Daumen fahre ich behutsam ihre Lippen nach. Ihre Augenlider schließen sich und ihr Mund öffnet sich leicht.

»Küss mich, Michio«, haucht sie und ich streiche mit der Hand an ihrer Wange entlang.

»Das darf ich nicht«, sage ich leise, »hier gibt es Regeln.«

Sie schlägt ihre Augen wieder auf. »Stimmt. Du hast so viele weibliche Fans hier und sie alle sind nach dir verrückt. Das würde die Kundschaft verschrecken.«

Ich nicke.

»Weißt du, was verwirrend ist? Du bist mit Ivory zusammen, aber deine Gedanken kreisen nur um Layla. Was für eine Art Beziehung führt ihr beide eigentlich?«

Okay. Stopp. Damit geht sie zu weit. Es geht sie gar nichts an. Trotzdem werde ich auf ihre Frage eingehen. Kurz und knapp. Das dürfte genügen.

»Ivory ist meine Prinzessin«, ich hole tief Luft, bevor

ich weiterspreche, »und Layla ist … Sie ist mein Licht in der Dunkelheit.«

Denise seufzt nachdenklich.

»Michio …«, höre ich plötzlich deine Stimme direkt vor uns. Ich wende meinen Kopf und sehe dich, Prinzessin.

Was machst du schon wieder hier? Du weißt doch, wie sehr ich es hasse, wenn du hierhinkommst. Stalkst du mir etwa wieder nach? Irgendwie kann ich es dir nicht einmal übel nehmen.

»Michio hat jetzt keine Zeit für dich«, mischt sich Denise ein. Ihre Stimme ist leicht zittrig, aber grob. Sie ist verliebt in mich und hat große Angst, meine Aufmerksamkeit durch dich zu verlieren.

»Das ist mir egal«, sagst du und hältst mit mir Blickkontakt. Deine tiefblauen Augen wecken in mir meinen eigenen seelischen Schmerz. Warum hast du solch traurige Augen, Prinzessin?

Ich lege meinen Kopf leicht schief und schaue dich herausfordernd an.

»Sie oder ich«, stellst du mich eiskalt vor die Wahl.

Denise schnappt hörbar nach Luft und murmelt etwas von: »Natürlich ich. Ich habe schließlich für seine Aufmerksamkeit bezahlt.«

Du kaust nervös an deiner Unterlippe und die Sorge steht dir ins Gesicht geschrieben.

Ich lasse dich noch etwas zappeln. Keine Ahnung, weshalb, aber irgendwie finde ich diese Gesamtsituation ziemlich amüsant.

»Sie hat bezahlt«, stimme ich Denise zu, »was machst

du eigentlich hier, Prinzessin? Es ist mein Job, das weißt du doch.«

»Das ist nicht fair, Michio ...«, stammelst du und ich sehe, wie du dich bemühst, die Tränen zu unterdrücken.

»Sie oder ich«, wiederholst du erneut mit geröteten Augen.

Also, wirklich. Was soll das, Prinzessin? Du weißt, dass ich an diesen Job gebunden bin. Das habe ich dir schon mehrere Male erzählt.

»Geh nach Hause«, sage ich zu dir. »Du solltest nicht hier sein.«

»Verstehe ...«, murmelst du und läufst mit Tränen in den Augen davon.

Ach, Prinzessin ... so langsam wirst du ganz schön anstrengend.

***

Es ist, als würde mir jemand die Kehle zuschnüren. Verzweifelt schnappe ich nach Sauerstoff. Wie konnte er mich nur so demütigen und einfach nach Hause schicken? Mein Herz rast und ich habe das Gefühl, es könnte jeden Augenblick in meiner Brust explodieren.

Michio hat sich also für Denise entschieden. Das ist okay. Ich werde damit klarkommen. Irgendwie.

Ich wische mir die Tränen aus den Augen, als ich an George vorbeistürme und meinen Mantel auf die Schnelle überstreife. Dann reiße ich die Tür auf und flitze nach draußen. Nichts wie weg hier. Was habe ich mir bloß dabei gedacht, als mich meine Beine hierhin getragen haben?

Ich kann es nicht mehr ertragen, Michio mit Denise zusammen zu sehen. Die beiden sehen so vertraut aus und ich habe solche Angst, ihn durch sie zu verlieren.

Es war definitiv das letzte Mal, dass ich hier war.

»Prinzessin, warte bitte!«, höre ich Michio hinter mir her rufen. Ich gebe nach und bleibe stehen. Langsam drehe ich mich um und sehe ihn nur ein paar Schritte weiter von mir stehen. Ebenfalls nehme ich vage wahr, wie Denise auf uns zurast.

Außer Puste bleibt sie zwischen uns stehen. Ihre Hände sind auf ihre Oberschenkel gestützt. Sie atmet schwer. »Ihr seid doch alle verrückt hier!«

Ich hebe eine Braue und werfe ihr einen arroganten Blick zu. Was will die uns damit sagen?

»Du bist ein Flittchen!«, fährt sie mich an, außer sich vor Wut. Dann wendet sie sich Michio zu, »und du hast eindeutig eine gespaltete Persönlichkeitsstörung! Ihr gehört beide in die Therapie!«

Wir schweigen beide. Soll sie doch denken, was sie will. Es juckt mich nicht im Geringsten. Das Einzige, was für mich von Bedeutung ist, ist, dass Michio hier ist. Er hat sich für mich entschieden. Nicht für sie. Nur das zählt.

»Eure kranke Beziehung wird doch sowieso nicht lange halten!«, giftet sie uns an und stolziert davon.

Und Tschau Kakao!

Endlich ist diese Furie weg.

»Warum hast du dich letztendlich für mich entschieden?«, frage ich, als Denise außer Sichtweite ist. »Ich dachte, du wählst Denise, weil sie dich an Layla erinnert.«

Michio legt seinen Kopf nach hinten und atmet frustriert aus.

»Ich kann euch die Antwort verraten«, hören wir eine bekannte weiche Stimme hinter uns. Michio und ich schauen auf und mein Herz erstarrt.

Layla steht vor uns.

»Weil sie nicht ich ist, nicht wahr, Michio?«

Kapitel 16

Wie immer ein mega Auftritt, Layla. Gratuliere.

Layla sieht bezaubernd aus. Verflucht noch mal! Wie kann ein Mensch nur so perfekt sein? Sie hat einen schwarzen Mantel mit einem royalblauen Kunstpelzkragen an. Ihre offenen langen Haare schmiegen sich in leichten Wellen an ihr Gesicht. Der rote Lippenstift betont ihre perfekt geformten Lippen.

Bravo! Wie immer ein mega Auftritt, Layla. Gratuliere dir dazu. Du weißt genau, wie du die Aufmerksamkeit der anderen bekommst. Du weißt genau, wie du dich in den Mittelpunkt drängen kannst. Du möchtest bewundert werden. Und das ist dir wieder einmal großartig gelungen.

Und so wie Michio dich gerade anstarrt, würde ich behaupten, dass dein Plan auf jeden Fall aufgegangen ist.

Ich bin so wütend, dass ich anfange, provokant in die Hände zu klatschen, ganz langsam und drei Mal hintereinander.

»Super Auftritt! Beinahe oscarreif!«, lasse ich die gehässige Bemerkung fallen.

Sorry, not sorry, Layla. Aber ich habe dich gewarnt. Du hast nicht auf mich gehört. Und nun bist du hier. Aber ich lasse nicht zu, dass du es mir mit Michio versaust!

»Was soll das, Ivory?« Michio schaut mich wütend an. »War das gerade wirklich notwendig gewesen?«

Dann bewegt er sich auf Layla zu.

»Layla...«, er bleibt vor ihr stehen, unsicher, ob er sie

in die Arme schließen soll oder nicht. »Warum hast du mir nicht Bescheid gesagt, dass du kommst?«

Das hat sie. Doch ich habe all diese Nachrichten auf seinem Handy gelöscht. Angespannt beiße ich mir auf die Unterlippe und hoffe, dass sie den Anstand hat, mich nicht zu verpetzen. Sie wirft mir einen vielsagenden Blick zu. »Hi, Ivory. Keine Sorge, ich bin nur für eine kurze Zeit gekommen.«

Ich nicke und bin erst einmal einfach nur froh darüber, dass sie mich nicht verraten hat.

Michio breitet seine Arme aus. »Komm her«, sagt er und sie lässt sich von ihm umarmen.

»Ich habe dich so vermisst«, flüstert er ihr ins Ohr. Das ist wie ein Stich ins Herz. Ich schlucke schwer. Hat es denn nie ein Ende? Warum kommt sie wieder, reißt alte Wunden auf und bringt alles durcheinander? Sie kann ihn nicht loslassen und er kann sie nicht vergessen. Es ist mein Untergang. Nicht mehr lange und ich bin Geschichte …

Endlich reißt sie sich von ihm los, geht auf mich zu und drückt mich kurz. Ich erwidere ihre Umarmung nicht. Soll sie ruhig wissen, dass sie nicht willkommen ist.

»Ivory, es tut mir leid«, wispert sie.

Nein. Ihr *Tut mir leid* kann sie sich sonst wohin stecken! Was auch immer die Gründe sein mögen, dass sie wieder hier ist, ich habe absolut kein Verständnis dafür.

»Wir sollten in die *Sunrise Bar* gehen«, schlägt Layla vor, als sie mich loslässt. »Wir haben uns alle lang nicht mehr gesehen und es gibt bestimmt viel zu besprechen.«

Das ist die Bar, in der ich schon einmal mit ihr war. Damals hat sie noch behauptet, dass ich die Einzige bin, die Michios Herz öffnen kann, und doch ist sie wieder hier. Warum? Ich verstehe das alles nicht.

Michio nickt. »Eine gute Idee. Ich sag nur George kurz Bescheid, dass ich weg bin.«

»Du bist ihm keine Erklärung schuldig.« Layla hält ihn am Arm fest. »Du bist niemandem etwas schuldig, Michio. Lass uns gehen.«

Oha. Nicht schlecht, Layla. Ich muss gestehen, wirklich nicht schlecht. Ganz schön selbstbewusst und mutig. Aber ob Michio es wohl auch so sieht?

»Dann lasst uns gehen« bekräftigt er. Das war ja einfach, ihn dazu zu bringen, den restlichen Abend einfach unentschuldigt frei zu nehmen. Warum ist er nicht bei mir so unkompliziert?

»Gib mir deine Autoschlüssel«, fordert Layla ihn auf, »ich werde fahren. Es ist nicht zu übersehen, dass ihr beide ziemlich angetrunken seid.«

***

Michios Gedanken

Wir sitzen in Laylas Lieblingsbar *Sunrise*. Überall hängen bunte Lämpchen und es ist viel zu kitschig eingerichtet für meinen Geschmack. Die orangene Wandfarbe unterstreicht die dunkelbraunen Sessel aus Samtstoff. Traumfänger und orientalische Muster schmücken die Wände und auf den Tischen sind Mosaik-Glasbehälter mit Teelichtern aufgestellt. Im Hintergrund ertönen leise

Klaviertöne. Es läuft gerade *Grieving Times*. Nur dank Layla kenne ich mich mit klassischer Musik aus.

Sie hat mich in eine Welt entführt, in der nur noch Zauberwälder und Fabelwesen existieren. In eine Welt, in der es kein Leid und keinen Schmerz gibt. Sie hat mich spüren lassen, dass es okay ist, loszulassen und einfach zu vertrauen.

Layla. Sie ist meine einzige Lichtquelle. Wenn sie da ist, geht es mir gut.

Sie hat sich geweigert, für uns Alkohol zu bestellen. So hat jeder von uns vor sich eine Tasse Kräutertee stehen. Seit dem Vorfall mit Patrick und ihr damals verabscheut sie Alkohol zutiefst.

Jetzt sitzt sie da, uns gegenüber, und streicht sich ihre weiße Bluse glatt. Verdammt, sie ist so perfekt. So wunderschön. Wie eine Elfe. Und du bist angespannt, Prinzessin. Das merke ich sofort.

Du nimmst deine Tasse und trinkst … und trinkst … und trinkst, bis nichts mehr von dem Tee übrig bleibt, dann knallst du den leeren Becher laut auf den Tisch. Deine Hände zittern. Was ist denn los, Prinzessin? Warum so zornig? Du magst Layla nicht. Macht sie dich etwa nervös? Fühlst du dich ihr unterlegen?

»Was willst du von Michio?«, kommst du direkt zur Sache. Dein Ton gefällt mir nicht. Ich mag es nicht, wenn jemand so mit Layla spricht. Auch du hast kein Recht dazu, sie so anzugehen. Ich werfe dir einen tadelnden Blick zu.

Aber die Frage ist berechtigt und beschäftigt mich eigentlich auch. Warum ist sie zurück? Layla kommt nie ohne gute Gründe zurück. Und soweit ich es weiß, hatte sie vor, für immer in Indien zu bleiben. Bei diesem Gedanken spüre ich Schmerz. Einen qualvollen, tiefsitzenden Schmerz. Sie wird mich wieder verletzen, indem sie fortgeht. Immer und immer wieder.

Ohne sie existieren keine Zauberwälder und auch keine Fabelwesen. Ohne sie gibt es nur das Tor zur Finsternis und den Abgrund, in dem ich feststecke, seit sie mich verlassen hat.

Ich schlucke schwer und umklammere fest meine Tasse.

Nein, diesmal nicht. Ich werde ihr nicht einmal die Gelegenheit dazu geben, mich zu brechen. Ich werde die Gefühle dieses Mal nicht mehr zulassen. Und ich werde sie leiden lassen, so wie sie mich leiden lässt.

»Ich weiß, ihr fragt euch, weshalb ich wieder zurückgekommen bin«, beginnt Layla. Sie zeigt sich zurückhaltend, vorsichtig. Es ist, als würde sie nach den richtigen Worten suchen. Ihre Augen flattern nervös. »Das kann ich jetzt nicht sagen. Nicht bevor ich mit Michio alleine unter vier Augen gesprochen habe.«

Dein Gesicht wird blass, Prinzessin. Geht es dir nicht gut?

»Komm her«, sage ich leise und ziehe dich zu mir auf den Schoß. Du entspannst dich in meiner Nähe und lockerst deine Körperhaltung.

»Warum willst du mich unter vier Augen sprechen?«, ich werfe Layla einen skeptischen Blick zu.

Ihre Augen weiten sich. Sie wirkt verunsichert.

»Ich habe keine Geheimnisse vor Ivory«, gebe ich noch

einen drauf. »Sie ist meine Prinzessin. Was auch immer du mir erzählen möchtest, kannst du auch vor ihr tun.«

Ja, ich weiß, dass ich damit zu weit gehe und Layla mit Absicht provoziere, herausfordere. Sie mit Absicht verletze. Und ich weiß, dass es falsch ist. Aber ich möchte sie nur ein Mal den gleichen Schmerz spüren lassen, den sie mir hinterlassen hat. Also, bilde dir nichts drauf ein, Prinzessin. Und verkneife dir das Schmunzeln in deinem Gesicht, denn es ist wirklich nicht gerade angebracht.

Es geschieht alles zu meinem eigenen Vorteil, präzise durchdacht und ausgeführt. Lasse dich nicht von mir täuschen, Prinzessin. Denkst du ernsthaft, ich lasse dich ohne Weiteres auf meinem Schoß sitzen, während Layla sich in unserer Nähe befindet?

Zärtlich streiche ich dir ein paar Strähnen aus dem Gesicht. Was ist? Warum schaust du mich so an? Mit diesen Funken in deinen Augen. Oh nein, Prinzessin … Mach dir bitte keine falschen Hoffnungen.

Das Einzige, was ich hier gerade vorhabe, ist, Layla eifersüchtig zu machen.

Layla räuspert sich verlegen. »Also gut, wenn du nichts dagegen hast«, sagt sie leise, »dann werde ich das, was mich beschäftigt, vor Ivory ansprechen. Allerdings nicht hier. Können wir zu dir?« Sie wirkt etwas desorientiert. Verwirrt.

Ein bisschen tut sie mir schon leid. Aber sie muss lernen, dass nicht alles nach ihrem Plan läuft.

Ich nicke entschieden. »Gehen wir zu mir.«

***

Wir steigen aus dem Auto und ich trete wütend die Tür hinter mir zu. Verflucht! Die schon längst vergessenen Qualen ziehen mich erneut in den Abgrund. Was hat sich Layla bloß dabei gedacht? Dachte sie, sie könnte einfach wieder aufkreuzen und ich würde sie mit offenen Armen empfangen? Ich muss zugeben, das habe ich bereits getan …

Und doch zerreißt es mich innerlich, zu wissen, dass sie wieder nur für eine kurze Zeit hier ist.

Ich reiße die Tür zum Host Club auf und wir gehen rein.

Georges Gesichtsausdruck ändert sich schlagartig, als er Layla entdeckt. Die Sorge steht ihm ins Gesicht geschrieben.

»Hallo George«, begrüßt sie ihn freundlich, »Michio wird sich heute Nacht freinehmen.«

Sie fragt nicht einmal nach, ob es in Ordnung ist, sondern geht einfach davon aus, dass ihre Entscheidung akzeptiert wird. Ich ziehe meine Augenbrauen nach oben und zucke leicht mit den Achseln, als George mich irritiert anschaut. Sie hat das Sagen, teile ich ihm stumm in Gedanken mit.

»Ist okay«, murmelt er ohne Weiteres. George hat vor niemandem Respekt, aber von Layla lässt er sich so einiges sagen.

»Hey George, ich muss dich etwas fragen«, Nelios tiefe Stimme ertönt aus dem Flur. Muss der Penner jetzt auch noch kommen? Entrüstet kippe ich meinen Kopf nach oben und seufze.

»Wooohh…«, macht Nelio erstaunt, als er den Eingangsbereich betritt. Dann kommt er direkt auf Layla zu und umkreist sie ganz langsam.

Was macht der Mistkerl da? Ist er lebensmüde? Ich werde ihn so was von zusammenschlagen, wenn er sie auch nur ein Mal anrührt!

»Woooow«, gibt er ehrfürchtige Laute von sich, »wer bist du denn? Wahrscheinlich nicht von dieser Welt. Ich meine … sieh dich nur an!«

Layla lacht verlegen.

Nelio bleibt vor ihr stehen und mustert sie lange. Von oben bis unten. Er lässt sich Zeit dabei. Dann wendet er sich George zu. »Seit wann haben wir solch attraktive Kundinnen? Verdammt! Sie ist ja mega heiß!«

»Hör auf, sie anzugaffen, du Penner!«, schnauze ich Nelio an und stelle mich schützend direkt vor Layla. »Oder ich poliere dir deine Fresse!«

Er hebt besänftigend die Hände. »Hey, alles gut. Ich wollte nur wissen, wer das ist. Deine Neue?«

Dann schaut er zu dir rüber. Du stehst etwas abseits von uns und wirkst abwesend und bedrückt. Was ist los, Prinzessin?

Nelios Lachen ertönt in dem Raum und er klopft mir brüderlich auf die Schultern. »Führst du etwa zwei Beziehungen gleichzeitig, du Casanova?«

Layla prustet los. »Also, wirklich! Du Witzbold! Sehe ich etwa so aus, als hätte ich es nötig, einen Mann zu teilen?«

Sie bewegt sich gerade auf ziemlich dünnem Eis. Ihre Arroganz übertrifft schon beinahe meine. Und es gefällt mir nicht. Ich sehe, wie du die Augen verdrehst, Prinzessin. Um ehrlich zu sein, würde dir eine kleine Portion Selbstsicherheit nicht schaden. Vielleicht kann dir Layla etwas davon abgeben.

»Nein, überhaupt nicht«, gibt Nelio bereitwillig zu und wendet seinen Blick immer noch nicht von Layla ab. »Du siehst eher so aus, als würden viele Männer sich um dich reißen.«

Und recht hat er, dieser Mistkerl. Gut eingeschätzt.

»Hör auf sie anzustarren, du Penner«, knurre ich, »hast du nichts zu tun oder was?«

George lacht im Hintergrund und winkt Nelio zu sich. »Komm her, mein Freund. Was wolltest du mich denn eigentlich fragen?«

»Wir sollten gehen«, sagst du und gehst schon vor. Du siehst gereizt aus, Prinzessin. Es passt dir nicht, dass Layla die ganze Aufmerksamkeit auf sich zieht.

Glaub mir, sie macht es nicht mit Absicht. Ich kenne sie schon lange. Layla hat es nicht nötig, um Aufmerksamkeit zu betteln. Es geschieht ganz von alleine. Ihre Aura ist einfach voller schillernder Farben. Ihre Ausstrahlung ist unwiderstehlich und ihr Charisma ist unschlagbar. Sobald sie einen Raum betritt wird alles andere um sie herum unsichtbar.

Sie verstellt sich nicht. Sie spielt niemandem etwas vor, um zu gefallen. Sie gibt sich einfach so, wie sie ist.

Glaub mir, Prinzessin, ich habe auch niemals daran geglaubt, dass es perfekte Menschen gibt, bis ich ihr eines Tages begegnete …

Kapitel 17

Ich weiß es. Ich weiß alles, Michio.

Es nervt mich total, dass Layla sich in den Mittelpunkt drängt. Seit sie wieder da ist, hat Michio nur noch Augen für sie. Ich kann perfekte Menschen nicht ausstehen, weil sie mir durch ihr Verhalten aufzeigen, wie unvollkommen ich eigentlich bin. Ich frage mich, ob sie eine Rolle spielt oder tatsächlich so liebevoll ist, wie sie immer tut.

Selbst Nelio hat es die Sprache verschlagen, als er sie gesehen hat. Ist sie ein Männer-Magnet oder so was? Ich schnaube verärgert, während wir alle drei zu dem Fahrstuhl eilen. Endlich werde ich erfahren, weshalb sie eigentlich hier ist. Und ich hoffe, dass sie geht, nachdem das geklärt ist.

Es freut mich insgeheim, dass Michio ihr eine kleine Ansage gemacht hat. Ich habe innerlich triumphiert, als er betont hat, dass er keine Geheimnisse vor mir hat. Es hat sie verunsichert, auch wenn sie es gut verbergen konnte. Vielleicht ist sie doch nicht so selbstbewusst, wie sie immer tut.

Wir bleiben vor dem Lift stehen und ich muss mir das Grinsen verkneifen, denn gleich wird sie die nächste Überraschung erleben, die ihr garantiert nicht gefallen wird. Sie weiß noch gar nicht, dass Michio die PIN-Nummer geändert hat.

Ich überlasse Layla den Vortritt und stupse sie leicht an, um sie dabei zu ermutigen, die Nummer einzugeben. Michio versucht einzugreifen, doch zu spät! Layla ist schon gerade dabei, die bekannten Ziffern 1303 einzutippen. Oh ja, ich weiß, dass es ziemlich fies von mir ist! Aber das musste einfach sein! Obwohl Michio mir einen verächtlichen Blick zuwirft, war diese Aktion es trotzdem wert.

Auf dem Display wird:

Falsche Nummer, bitte geben Sie erneut die richtige PIN ein, angezeigt.

»Oh, ich habe mich wohl vertippt«, sagt Layla. Und ich grinse hinterhältig.

»Ups, habe ich nicht erwähnt, dass Michio die PIN geändert hat?«, rutscht es mir raus. »Es ist jetzt mein Geburtstag. Lass mich das machen.«

Ich sehe, wie sie den Atem anhält und sich innerlich sammelt. Tja, liebe Layla, du bist ab nun die Vergangenheit und ich die Gegenwart. Verwirrt sucht sie den Blickkontakt zu Michio, der ihren traurigen Blick erwidert.

Dann tritt sie zur Seite und überlässt mir den Platz, damit ich die richtigen Ziffern eintippen kann. Die Türen öffnen sich und ich betrete siegessicher den Fahrstuhl, während Michio und Layla mir folgen. Die Stimmung ist geladen. Die Luft ist trocken.

Michio und Layla werfen sich gegenseitig nachdenkliche Blicke zu. Es ist, als würden sie stumm kommunizieren. Ich fühle mich wie ein drittes Rad am Wagen und bin einfach nur froh, als der Lift stehen bleibt und die Türen endlich zur Seite gleiten.

Wir betreten die Wohnung.

»Ich war schon lange nicht mehr hier«, Layla dreht sich

langsam um ihre eigene Achse und lässt jedes Detail auf sich einwirken. Ihr Blick fällt auf die einsame Glühbirne an der Decke und ihr zauberhaftes Lächeln kommt zum Vorschein. »Du hast anscheinend immer noch keine gescheite Deckenleuchte angebracht. Aber so kenne ich dich, Michio. Du bist minimalistisch veranlagt und sehr bescheiden. Und diese Eigenschaften mag ich ganz besonders an dir.«

Sie lässt ihren Blick weiter durch die Wohnung schweifen. »Und wie ich sehe, schläfst du immer noch auf den Paletten«, lässt sie schmunzelnd die Bemerkung fallen.

»Es ist alles beim Alten«, stimmt ihr Michio zu und bewegt sich auf das kleine Fenster zu, das er öffnet. Die kalte Winterluft strömt hinein und ich bin froh, dass ich meinen Mantel angelassen habe. Ich lasse mich auf das Sofa fallen und frage mich, wann sie vorhat, uns endlich zu verraten, weshalb sie hier ist.

Michio holt eine Packung Zigaretten aus der Tasche und lehnt sich lässig gegen die Fensterbank. Layla tappt in die kleine Küchenecke, füllt das Wasser in den Teekocher und schaltet ihn an.

»Warum bist du hier?«, fragt Michio endlich, während er sich eine Zigarette anzündet und den Rauch inhaliert.

Ja, das möchte ich auch gerne wissen. Doch Layla bleibt ruhig.

»Ich hatte einen langen Weg und bin sehr müde. Habe bitte ein bisschen Verständnis und lasse mich wenigstens erst einmal Tee machen, bevor wir zur Sache kommen.« Sie holt sich die Früchte-Tee-Packung und gibt den Teebeutel in ihre Tasse, die sie anschließend mit kochendem Wasser füllt.

Michio beobachtet sie aus den Augenwinkeln, während er zwischendurch an seiner Kippe zieht.

»Möchte jemand von euch Tee?«, fragt Layla in die Runde und wir schütteln beide den Kopf.

»Komm endlich zur Sache«, knurrt Michio gestresst und sie zuckt leicht zusammen. Sie hat wohl nicht erwartet, dass er ihr gegenüber so grob sein kann.

»Na schön«, gibt sie nach und marschiert mit der Teetasse in der Hand durch den Raum. »Ich bin hier, weil ich mir Sorgen um dich mache, Michio.«

Ich stecke meine Hände in die Manteltaschen, um sie aufzuwärmen. Der kalte Luftzug strömt durch das offene Fenster und verursacht mir Gänsehaut am ganzen Körper.

Michio blinzelt bedächtig, dann stößt er den Rauch ganz langsam aus. »Sei unbesorgt«, ist seine knappe Antwort.

»Bin ich aber nicht«, Layla lässt sich ebenfalls neben mich auf das Sofa fallen und umklammert ihre heiße Tasse mit beiden Händen.

»Sei ehrlich, Layla«, sagt Michio und zieht noch ein letztes Mal an der Zigarette. Nachdenklich stößt er den Rauch aus, bevor er die Kippe ausdrückt und nach draußen fallen lässt. »Du hast doch nur einen Grund gesucht, um mich wiederzusehen. Ist das nicht so?«

Er schließt das Fenster, lehnt sich dagegen und schaut sie eindringlich mit zusammen gekniffenen Augen an.

»Wie bitte?«, Layla lacht verlegen, stellt ihre Tasse auf dem Boden ab und erhebt sich. »Ich bin hier, weil ich ES weiß.«

Ich frage mich, was sie damit meint, und sehe die beiden wissbegierig an.

Layla geht ein paar Schritte auf Michio zu und schaut ihm dabei tief in die Augen. »Ich weiß es. Ich weiß alles, Michio«, betont sie ihre Worte.

Was meint sie denn damit? Ich sehe, wie sich Michios Augen weiten und er angestrengt schluckt.

»Soll ich das ernsthaft vor Ivory ansprechen?« Sie deutet unsicher auf mich und Michio schweigt nachdenklich.

»Ich werde ganz sicher nicht weggehen!«, entgegne ich trotzig. »Was auch immer es ist – ich will es auch wissen!«

Layla nickt. »Bist du damit auch einverstanden, Michio?«

»Sag es. Na los, sprich es aus. Was auch immer es ist«, ermutigt er sie träge und senkt für einen kurzen Augenblick seine Augenlider.

»Du hast immer wieder betont, dass du diesen Job nur meinetwegen ausführst«, beginnt sie vorsichtig, »jetzt weiß ich, warum. Ich weiß auch, was dich davon abhält, den Job als Escort-Boy in diesem Club hinzuschmeißen. Michio, ich habe es herausgefunden. Und ich möchte dir helfen.«

Ich halte die Luft an und höre wie gebannt zu. Zu gern würde ich wissen, was der Grund ist, dass er weiterhin im Host Club arbeitet und nicht kündigen kann.

»Wie hast du es rausgefunden, Layla?«, fragt er leise.

»Es hat mich die ganze Zeit beschäftigt, dass du immer noch in diesem Club für George arbeitest, also habe ich viel recherchiert und habe herausgefunden, was der wahre Grund ist. Und nachdem ich das Gespräch zu

George gesucht habe und ihn darauf angesprochen habe, konnte ich an seiner Reaktion erkennen, dass ich den wunden Punkt getroffen habe.«

»Du hast mit George gesprochen? Wann war das? Bist du schon länger hier?«

»Ich war vor ein paar Tagen hier, um mit George zu sprechen, bin dann allerdings wieder abgereist. Aber das spielt jetzt keine Rolle. Viel wichtiger ist, dass ich dir helfen möchte.«

Was zum Teufel quasselt sie denn da? Ich ziehe misstrauisch meine Augenbrauen zusammen und versuche, ihre verschlüsselten Worte zu enträtseln, aber mein Gehirn kommt einfach nicht mit.

Michio wirkt nachdenklich. Sein Kinn mahlt.

»Es ändert sich dadurch gar nichts«, betont Layla sanft und legt ihre Hand an seine Brust. »Du bedeutest mir nach wie vor alles.«

»Ich bin ein Monster, Layla. Siehst du das denn nicht?«

Sie schüttelt traurig den Kopf. »Du hast ein gutes Herz, Michio. Du bist kein Monster.«

Ich stehe auf und gehe auf die beiden zu. Es reicht mir langsam! Was geht hier vor?

»Um was geht es hier eigentlich?«, fahre ich die beiden an. Was soll diese ganze Geheimnistuerei?

Michio atmet tief ein und aus. »Ich habe etwas Schlimmes getan.«

»Was?!«, schreie ich ihn ungeduldig an. »Was hast du getan? Rück endlich mit der Sprache raus!«

»Ich habe jemanden umgebracht.«

Mein Atem stockt und mein Herzschlag setzt für einen

kurzen Moment aus. Benommen stolpere ich nach hinten und hoffe, dass ich mich verhört habe.

»Ich habe Patrick umgebracht«, wiederholt Michio noch einmal.

Ich schüttele ungläubig den Kopf. »Wer zum Teufel ist Patrick? Und warum hast du das getan?!«

Layla kommt ein paar Schritte auf mich zu. »Ivory, bleib bitte ganz ruhig. Lass uns erst einmal hinsetzen und gefasst darüber reden.«

»Ich setze mich nirgendwohin!«, blaffe ich sie an und bleibe stur auf dem gleichen Platz stehen.

Sie schluckt angestrengt und versucht, gelassen zu bleiben. »Na schön. Dann schrei bitte wenigstens nicht so laut.«

»Wie kann ich denn ruhig bleiben, wenn ich nichts verstehe?«, kreische ich ganz aufgewühlt. »Wer ist Patrick? Und warum hast du das getan, Michio?!«

Michio kippt seinen Kopf nach oben und schaut nachdenklich die Decke an. »Ich verlange nicht von dir, dass du das verstehst, Prinzessin«, sagt er ruhig.

»Ivory, bitte«, Layla fasst mich behutsam an den Schultern und schiebt mich zurück auf das Sofa. »Setz dich erst einmal hin und atme ein paar Mal tief durch.«

Widerwillig lasse ich mich von ihr führen. Mein Kopf ist leer und meine Kehle ist trocken.

Was passiert hier eigentlich? Warum musste sie zurückkommen und mich mit dieser schrecklichen Nachricht belasten? Ist Michio tatsächlich ein Mörder? Und welche Motive stecken hinter seiner Tat? Wird er von der Polizei gesucht?

So viele Fragen schwirren in meinem Kopf, während ich mich auf das Sofa fallen lasse und ins Leere starre.

Layla drückt mir ihre Teetasse in die Hand. »Trink etwas«, fordert sie mich auf. Als würde mich ihr bekloppter Tee beruhigen!

Dennoch umklammere ich die warme Teetasse mit beiden Händen und nehme ein paar Schlucke davon.

»Ich möchte die ganze Geschichte hören. Erzählt mir alles«, verlange ich und schaue die beiden abwechselnd an.

Ganz egal, wie tief diese Dunkelheit sein mag, in der Michio gerade steckt, ich werde stark genug sein, um sie ertragen zu können.

Wie war das gleich noch mal?

Ich liebe die Dunkelheit. Die Dunkelheit führt mich in eine Welt hinein, in der ich dir nahe sein kann. Und sie gibt mir die Möglichkeit, ich selbst zu sein. Mich nicht mehr verstecken zu müssen. Alles, was uns beide verbindet, ist die Finsternis. Und sie ist bezaubernd. Entzückend. Schillernd. Sie ist nicht eintönig. Ganz und gar nicht. Sie ist wie wir beide. Vielseitig. Tiefgründig. Ich liebe die Finsternis, weil sie ein Teil von uns ist.

Also – ich bin bereit.

Kapitel 18

Es hat sich niemand so für dich aufgeopfert, wie er es getan hat.

Ich sitze mit hochgezogenen Knien neben Layla auf dem Sofa. Michio stellt sich uns gegenüber, holt tief Luft und blinzelt bedächtig, bevor er in die Hocke geht.

»Patrick ist mein ehemaliger bester Freund«, beginnt er gefasst.

»Ist Patrick derjenige, der Layla damals vergewaltigt hat?!«, kommen die entsetzten Worte aus mir herausgeschossen.

Layla beißt sich auf die Unterlippe. Es ist nicht zu übersehen, wie sehr sie das immer noch belastet.

Michio nickt mit zusammengebissenen Zähnen. »Nachdem ich das herausgefunden habe, habe ich ihn unter einem Vorwand in meinen Garten gelockt.«

»Um ihn dann zu ermorden …«, ergänze ich mit meiner zittrigen Stimme.

»Ja«, stimmt Michio trocken zu. »George hat es mitbekommen und mir dabei geholfen, seine Leiche zu beseitigen und das Ganze wie einen Selbstmord aussehen zu lassen.«

»Und jetzt bist du ihm was schuldig«, flüstere ich betroffen.

Ich bin immer noch fassungslos und weiß nicht, was mich am meisten von all den Dingen schockiert, die ich gerade eben erfahren habe. Ist es die Tatsache, dass Michio zu solch einer grausamen Tat fähig ist oder ist es eher die Information darüber, dass er es für Layla getan hat?

»Ich werde mit George reden«, sagt Layla entschieden. »Er kann dich nicht ewig dazu nötigen, für ihn zu arbeiten.«

»Nein. Lass es sein, Layla!« Seine harten Worte lassen sie leicht aufzucken.

»Ich möchte nicht, dass du meinetwegen leidest und das tust, was dir missfällt. Verstehst du es denn nicht, Michio? Ich fühle mich schuldig!« Sie schaut ihn verzweifelt an.

Michio rückt näher an Layla heran, stürzt sich mit den beiden Händen zwischen ihre Beine und neigt sein Gesicht dicht an ihres. »Meinst du nicht, dass ich mir auch ständig vorwerfe, was dir widerfahren ist?«, raunt er ihr zu. »Ich muss täglich damit leben und es zerreißt mich. Also lass es, Layla! Lass mich das tun, was meine Bestimmung ist.«

Es gefällt mir nicht, die beiden so vertraut zu sehen. Ich fühle mich irgendwie fehl am Platz. Jetzt streitet er mit Layla und hat mich wieder einmal vollkommen vergessen.

»Wann reist du wieder ab, Layla?«, möchte ich wissen. »Ich hoffe, so bald wie möglich.«

Ich sehe, wie Michio den Atem anhält und die Lippen zusammenpresst. Ich habe wohl einen wunden Punkt getroffen. Er hat gar nicht vor, sie gehen zu lassen. Es gefällt ihm, sie bei sich zu haben. Selbst wenn er das versucht zu verbergen und nur seine unnahbare Seite zeigt.

»Ich reise nicht ab, bevor ich das geklärt habe«, entgegnet Layla trotzig. »Außerdem haben wir in zwei Tagen Weihnachten. Ich würde gerne die Feiertage mit euch zusammen verbringen.«

»Hast du keine Familie, mit der du feiern kannst?«, lasse ich den bissigen Kommentar fallen. »Wir haben schon etwas ohne dich geplant.«

Michio wirft mir einen mahnenden Blick zu. »Natürlich kann Layla die Weihnachtstage mit uns zusammen verbringen«, sagt er scharf.

Ganz ehrlich, diese Bemerkung hätte nicht sein müssen. Es tut weh zu sehen, dass Michio sich so stark für Layla einsetzt. In diesem Augenblick wünsche ich mir, es gäbe sie nicht. Doch sie ist einfach da und er liebt sie immer noch. Das spüre ich. Das sehe ich.

Und es bringt mich um. Es bringt mich verdammt noch mal um!

Ich habe das Gefühl, fliehen zu müssen, also erhebe ich mich langsam. Michio wirft mir einen fragenden Blick zu.

»Ich werde jetzt nach Hause fahren«, sage ich fest entschlossen. »Ihr könnt euch meinetwegen aussprechen.«

Bilde ich es mir ein, oder leuchten seine Augen tatsächlich freudig auf? Es freut ihn anscheinend, dass ich jetzt gehe und ihn mit Layla alleine lasse.

Jedenfalls hält er mich nicht auf, als ich zu dem Lift marschiere.

»Komm gut nach Hause und pass auf dich auf, Prinzessin!«, ruft er mir lediglich hinterher. Das ist alles.

Ich nehme meine Tasche, steige in den Aufzug und verlasse die Wohnung.

Anscheinend bist du wirklich nur gekommen, um mir zu helfen, Layla. Ich frage mich immer noch, wie du mein dunkles Geheimnis herausgefunden hast. Aber du bist sehr intelligent und man kann dir nicht lange etwas vormachen.

Du hast so enttäuscht ausgesehen, als du festgestellt hast, dass ich die PIN-Nummer an dem Aufzug geändert habe. In dem Moment, als ich in deine traurigen Augen blickte, bereute ich es.

Ich gebe zu, ich wollte dich vergessen. Wollte dich vollkommen aus meinem Gedächtnis verbannen – aber vor allem aus meinem Herzen.

Und ich gebe zu, dass ich gehofft habe, dass du nur deshalb wieder hier bist, weil du uns eine neue Chance geben möchtest …

Aber so bist du nicht, Layla. So etwas würdest du niemals zugeben, selbst wenn es stimmen könnte. Du zeigst deine Gefühle nicht offen. Du bist viel zu stolz, um den ersten Schritt zu wagen. Also werde ich es tun. Ich werde alles versuchen, um dich zurückzugewinnen. Ich werde diese Chance nutzen, solange du noch hier bist.

Ich möchte nicht, dass du wieder abreist. Ich möchte, dass du bei mir bleibst. Für immer.

Du fragst dich bestimmt, was mit Ivory ist …

Ihre fiesen Seitenhiebe gegen dich lassen sie nur noch im schlechten Licht dastehen. Ich mag es nicht, wenn dich jemand so angeht.

Jetzt weiß sie wohl auch, wer ich bin und wozu ich fähig bin.

Was sie nun von mir denkt? Ich weiß es nicht und es lässt mich ehrlich gesagt auch kalt. Dann bin ich eben ein kaltblütiger Mörder in ihren Augen. Es interessiert mich nicht.

Layla, du bist die Einzige, die für mich eine Bedeutung hat.

Und ich werde dich immer verteidigen – mit meinem Leben.

***

Der kalte Wind zerzaust mir meine offenen Haare, während ich die Hände schützend um meinen Körper schlage. Was passiert hier eigentlich? Und warum lasse ich die beiden jetzt alleine in seiner Wohnung? Bin ich jetzt vollkommen übergeschnappt?

Diese eisige Kälte hier draußen bringt mich noch um. Ich hole mein Handy aus der Tasche und rufe ein Taxi an. Ich muss nach Hause, so schnell wie möglich. Länger halte ich es hier vor dem Host Club nicht mehr aus.

»Ivory, warte!«, höre ich Laylas Stimme hinter mir.

Ich drehe mich um und sehe sie auf mich zukommen. Warum sieht diese Frau, verdammt noch mal, immer so gut aus? Und warum muss Michio ausgerechnet sie lieben? Ich habe doch nie im Leben eine Chance gegen sie!

Layla bleibt direkt vor mir stehen und schaut mich mitfühlend an. »Können wir beide kurz sprechen?«

»Ist etwa nicht schon alles bereits gesagt?«, entgegne ich matt.

»Ich bin nur gekommen, um Michio zu helfen. Ich

bin nicht gekommen, um eure Beziehung zu zerstören.«
Ihre Worte prallen an mir ab. Sie kann mir sagen, was
sie will, ich vertraue ihr einfach nicht. »Glaub mir, Ivory.
Ich würde niemals einen vergebenen Mann ausspannen.
So bin ich nicht.«

»Ach ja?«, ich werfe ihr einen gelangweilten Blick zu.
»Du musst mich nicht daran erinnern, was für ein Unschuldsengel du doch bist! Bist du es eigentlich nicht
leid, ständig die perfekte, nette und hilfsbereite Layla
zu spielen?«

Ihre Augen weiten sich und ihre perfekten Augenbrauen ziehen sich zusammen. »Wer sagt denn, dass ich
perfekt bin? Meinst du nicht, dass ich auch Schwächen
und Ängste habe, so wie wir alle?«

»Warum bist du wirklich hier?«, ich schaue sie herausfordernd an. Der eisige Wind streift meine glühenden
Wangen. »Du kannst vielleicht Michio ganz einfach
manipulieren, aber nicht mich, Layla! Ich habe viel im
Leben durchgemacht und ich sehe solche Leute wie dich.
Du bist doch nur hier, weil du Michio noch liebst. Also
höre endlich auf, es zu leugnen und nach Ausreden zu
suchen!«

Sie schweigt. Anscheinend habe ich den wunden Punkt
getroffen.

»Hattest du nach Michio eigentlich noch andere Männer gedatet?«, werde ich persönlich. Es interessiert mich
tatsächlich.

Layla nickt etwas benommen. »Natürlich ...«

»Und warum kommst du ausgerechnet immer wieder
zu ihm zurück?«

Die Frage lässt sie nachdenklich auf ihrer Unterlippe kauen.

»Ich sage dir, warum, Layla!«, rede ich einfach weiter auf sie ein. »Es hat sich niemand so für dich aufgeopfert, wie es Michio getan hat! Ich meine ... welcher Mann wird denn bitte schön zum Mörder, um die Frau, die er liebt, zu schützen?« Meine Stimme zittert und die Tränen bilden sich, die ich so mühselig versucht habe zu unterdrücken.

Layla schaut mich mit glasigen Augen an und ihre Unterlippe bebt leicht. Sie schluckt angestrengt und versucht sich zu beherrschen. Und ich warte schon darauf, ihre Maske fallen zu sehen!

»Gib zu, du wusstest es schon länger«, dränge ich sie dazu, ein Geständnis abzulegen. »Das mit Patrick wusstest du schon länger! Du wusstest, dass es kein Selbstmord war! Du wusstest, dass Michio dahintersteckt!«

»Ich habe es geahnt«, gibt sie leise zu. »Ich wollte es die ganze Zeit nur nicht wahrhaben.«

»Du wusstest es, kommst ausgerechnet jetzt damit an?!«

Sie nickt unsicher. Ihre Augen sind voller Trauer und Schmerz. »Ich möchte ihm helfen. Er hat es nicht verdient, dass George ihn in den Host Club einsperrt.«

»Natürlich hat er das nicht verdient!«, brülle ich sie durch die Tränen an. »Er hat das alles nur für dich getan!«

Ihre Augen sind gerötet. »Ich weiß«, flüstert sie mit zittriger Stimme.

»Und was jetzt, Layla?«, schreie ich hysterisch in diese dunkle Nacht hinein. »WAS JETZT? Macht es dich glücklich, zu wissen, dass er bereit ist, so weit für dich zu gehen? Freut es dich, dass er alles für dich riskieren würde?! SAG ES MIR!«

Ich bin so wütend auf sie! Wütend, dass sie ihn in eine solche Situation gebracht hat!

Layla schluchzt auf und verdeckt ihr Gesicht mit beiden Händen. Weint sie etwa? Nein, ich habe kein Mitleid mit ihr. Absolut nicht.

»Was machst du, wenn George Michio niemals freilässt, weil er etwas gegen ihn in der Hand hat? Und was tust du, wenn Michio ins Gefängnis muss? Das alles werde ich dir niemals verzeihen, Layla! Hörst du?« Heiße Tränen rinnen an meinen Wangen entlang, während ich all das herausschreie, was mir auf der Seele liegt. »Es ist alles nur deinetwegen! Ich hasse dich dafür! Ich hasse dich, weil Michio deinetwegen leiden muss!«

Sie sackt verzweifelt auf die Knie, ihr Gesicht ist immer noch mit beiden Händen verdeckt, während sie schluchzende Geräusche von sich gibt.

Bin ich vielleicht zu weit gegangen? Layla wirkt so zerbrechlich und schwach, dass ich beinahe Mitleid mit ihr habe. Aber nur beinahe.

Ich habe sie durchschaut. Sie kann mit ihrer liebevollen Art vielleicht die anderen blenden, aber nicht mich.

»Bist du es nicht leid, immer den Engel zu spielen? Die Schule, die du in Indien für benachteiligte Kinder eröffnet hast und dort unterrichtest – das alles ist doch nur eine Maske von dir! Wem möchtest du damit imponieren?«, bombardiere ich sie immer weiter mit Vorwürfen und habe gar nicht vor, damit aufzuhören.

»Es reicht jetzt!«, höre ich auf einmal Michios Stimme und mein Körper verkrampft sich ruckartig, als ich seine Gestalt in dieser dunklen Nacht erblicke.

Er stellt sich schützend vor Layla, die immer noch auf dem Boden sitzt und mit verheultem Gesicht aufschaut. Sie scheint genauso überrascht wie ich zu sein.

Warum ist er hier? Und wie viel von all dem hat er eigentlich mitbekommen? Plötzlich schäme ich mich für meine unkontrollierten Wutanfälle.

»Du verurteilst Layla viel zu voreilig«, Michio wirft mir einen enttäuschten Blick zu. »Du weißt doch gar nichts über sie! Wie kannst du nur Layla all das vorwerfen, wenn du ihr nicht einmal die Chance gibst, sie richtig kennenzulernen?«

Ich beiße mir fest auf die Unterlippe, in der Hoffnung, dass dieser Schmerz in meiner Brust verschwindet. Zittrig wische ich mir die Tränen aus dem Gesicht.

»Layla ist der liebste Mensch, den ich kenne«, sagt er weich und dieser Satz ist wie ein Stich ins Herz. Es ist nicht gerecht, dass er sie jetzt verteidigt, obwohl ich sie nur seinetwegen verbal angegriffen habe. »Sie hat genauso eine schwere Vergangenheit wie wir beide – mit dem einzigen Unterschied, dass sie ihr gutes Herz bewahrt hat. Obwohl das Leben nicht immer fair zu ihr war, hat sie nie die Hoffnung an das Gute verloren.«

Michio ist enttäuscht von mir. Das ist nicht zu übersehen. Aus den Augenwinkeln nehme ich wahr, wie ein Auto auf den Parkplatz abbiegt. Die Scheinwerfer blenden meine geröteten Augen.

»Dein Taxi ist da«, macht mich Michio darauf aufmerksam. »Du solltest jetzt besser gehen.«

Ich schlucke bitter. Dann drehe ich mich um und lasse die beiden alleine.

Es ist genau das passiert, was ich eigentlich nicht wollte. Jetzt stehe ich als Sündenbock da und Layla ist wieder einmal sauber aus der Nummer raus.

Sie hat gewonnen. So wie immer.

Kapitel 19

Im Endeffekt wolltest du nur sie. Nicht wahr, Michio?

Gestern habe ich den ganzen Tag alleine verbracht und bin zu dem Entschluss gekommen, mich bei Layla zu entschuldigen. So habe ich sie angerufen und es widerwillig hinter mich gebracht. Ich gebe zu, ich wollte nur einen guten Eindruck bei Michio hinterlassen. Meine Entschuldigung war nicht mal ernst gemeint.

Und nun sind wir heute alle drei bei Alice in der Wohnung. Es ist Heiligabend und wir haben uns in der Küche versammelt.

Die Wohnung von Alice ist klein, aber sehr gemütlich eingerichtet.

Die Tapeten sind alle mit einem grauen Streifendesign versehen. Im Wohnzimmer steht bereits ein geschmückter Weihnachtsbaum und die Lichtervorhänge sorgen für einen absoluten Blickfang. An den Wänden hängen Hochzeitsbilder von Alice und ihrem verstorbenen Mann. Und jedes einzelne Zimmer ist mit flauschigen Teppichen ausgestattet.

Die Küche ist ebenfalls weihnachtlich geschmückt. Auf dem großen Holztisch steht ein Adventskranz, auf dem alle vier Kerzen brennen.

Im Hintergrund läuft leise klassische Musik, für die Layla gesorgt hat.

Und was soll ich sagen? Es ist perfekt. Alles ist so vollkommen und einwandfrei, dass es mir schon fast Angst einjagt.

Wir reden nicht über unseren letzten Streit, worüber ich sehr froh bin.

Michio und Layla sind gerade dabei, die cremige Champignonsuppe zu probieren, die als Vorspeise gedacht ist. Und ich muss zugeben, dass die beiden wirklich ein gutes Team sind. Sie lachen, necken sich und albern zusammen in der Küche herum.

Alice und ich decken währenddessen den Tisch festlich ein.

»Ich werde gleich noch einen Chicoree-Salat mit Walnüssen und Äpfeln zubereiten«, sagt Layla entschieden und macht sich gleich daran, die Äpfel zu waschen. »Schmeckt mega gut und ist auch noch gesund dazu.«

»Mit Balsamico oder Honig als Dressing?«, fragt Michio.

»Mit Honig, weil du ihn so gerne magst.« Layla wirft Michio ein vielsagendes Lächeln zu. »Selbst in den Matcha-Tee gibst du immer etwas Honig dazu.«

Sie scheint ihn gut zu kennen. Von außen betrachtet geben die beiden ein süßes Pärchen ab. Bei diesem Gedanken zieht sich mein Magen schmerzhaft zusammen.

Seit Layla wieder da ist, sieht Michio ausgeglichen und glücklich aus. Er ist den ganzen Tag am Lächeln und seine süßen Grübchen sind der Wahnsinn. Oh Gott … Diese Grübchen – sie rauben mir einfach den Verstand! Ich darf nur nicht daran denken, dass das Lächeln nicht mir gilt, sondern Layla.

Ganz ehrlich, ich habe ihn noch nie so zufrieden und unbeschwert gesehen wie heute. Einerseits freut es mich, andererseits bin ich enttäuscht, dass nicht ich der Grund für seine gute Laune bin.

»Wir sollten unbedingt noch Kekse backen«, schlägt Layla vor und stupst mich leicht an, »was meinst du, Ivory?«

Ich zucke gleichgültig mit den Schultern. »Können wir machen. Ich habe noch nie Kekse gebacken.«

»Echt nicht? Dann wirst du es lieben! Es gibt nichts Schöneres als gemeinsam zu backen!« Sie zwinkert mir zu, als wären wir beste Freundinnen, dann wendet sie sich wieder Michio zu, der gerade dabei ist, ein Reisgericht umzurühren und greift ihm unter die Arme. »Lass mich das weitermachen, Michio. Ich habe ein paar Gewürze aus Indien mitgebracht, du wirst sie lieben!«

»Heute kochen wir anscheinend nur vegetarisch«, stellt Alice schmunzelnd fest.

»Layla ist Vegetarierin«, erwähnt Michio beiläufig und ich verdrehe heimlich die Augen. Auch das noch! Lasst es mich kurz zusammenfassen: Sie liebt Kinder, sie liebt Tiere, sie liebt alles und jeden um sich herum. Sie kann einfach keinen Hass empfinden! Aber wie kommt es dazu? Wie kann ein Mensch nur so perfekt und liebevoll sein? Hat sie überhaupt eine Schwäche? Momentan sieht es nicht danach aus …

Und es ist frustrierend.

Ich bin das komplette Gegenteil von ihr.

***

Layla rollt den Teig für die Plätzchen aus und Alice holt die Ausstechformen aus dem Schrank.

»Ich bin so froh, euch alle hier bei mir zu haben«, sagt

sie wehmütig und stellt ein Körbchen mit den Ausstechformen auf den Tisch. »Ich habe mir schon immer Kinder gewünscht, aber irgendwie wollte der liebe Gott mir diesen Wunsch nicht erfüllen.«

»Ironie des Schicksals«, murmelt Michio trocken und ich weiß genau, was er damit meint. Die Menschen, die es nicht verdienen, bekommen Kinder – so wie Michios und meine Eltern …

Und die, die es besser machen könnten, denen wird die Chance verwehrt.

»Ich habe mir schon immer eine liebende Mutter gewünscht«, teilt uns Layla ihre Gedanken mit. In ihren Augen zeichnet sich eine unglaubliche Traurigkeit ab.

»Kennt ihr den Film *Million Dollar Baby*? Aus etwa so einer Familie komme ich. Meine Mutter hat schon immer meine kleine Schwester bevorzugt. Ich dagegen wurde abgrundtief gehasst. Und ich weiß bis heute nicht, weshalb. Vielleicht, weil ich meinem Vater ähnele, der sie betrogen und verlassen hat.«

Das ist das erste Mal, dass sie ihre Maske ablegt und uns ihre verletzliche Seite zeigt. Das hat also Michio damit gemeint, als er mir sagte:

Sie hat genauso eine schwere Vergangenheit wie wir beide, – mit dem einzigen Unterschied, dass sie ihr gutes Herz bewahrt hat. Obwohl das Leben nicht immer fair zu ihr war, hat sie nie die Hoffnung an das Gute verloren.

Die perfekte Fassade, die Layla bis dahin ganz erfolgreich aufgebaut hatte, bröckelt allmählich ab. Und nun erkenne ich sie auch – die kleinen Risse hinter der dicken Mauer, die sie um sich errichtet hat. Es hat bis vor Kurzem auf mich so gewirkt, als hätte sie das perfekte Leben. Aber anscheinend ist selbst Layla keine Superwoman, sondern ein ganz normaler Mensch mit ihren eigenen Schwächen und Problemen.

»Unmöglich«, schüttelt Alice betroffen den Kopf. »Wie kann man dich denn nicht mögen?«

»Das frage ich mich auch«, entgegnet Michio und legt tröstlich den Arm um Layla. »Deine Mutter hat dich nicht verdient. Aber das habe ich dir bereits mehrere Male gesagt.«

»Ich weiß«, flüstert sie bedrückt.

»Lasst uns nun endlich Plätzchen backen!«, wechselt Alice das Thema, um uns alle aufzumuntern.

Und plötzlich wird mir mit einem mal klar, wie ähnlich doch die Geschichte zwischen Michio und Layla ist.

Beide sind die Erstgeborenen, die von ihren Müttern verstoßen wurden. Ich schlucke diese Erkenntnis bitter runter und versuche, ihr nicht viel Bedeutung beizumessen.

Michio nimmt eine Herzform und sticht einen Keks aus. Anschließend nimmt er das Messer in die Hand und ritzt den Buchstaben L mitten auf das Herz drauf. Ich muss zwei Mal hinschauen, um mich davon zu überzeugen. Hat es tatsächlich gerade getan? Auch Alice schaut etwas verwirrt. Ich bin also nicht die Einzige, der das aufgefallen ist.

Aber anscheinend macht er auch kein Geheimnis daraus. Im Gegenteil!

»Für dich, Layla«, sagt er und legt das fertige Plätzchen auf das Backblech.

Ich hoffe, mich verhört zu haben, aber so wie Alice mir einen fragenden Blick zuwirft, haben mich meine Ohren wohl nicht getäuscht.

»Was ist mit Ivory?«, fragt Layla nach.

Selbst ihr ist es aufgefallen! Na, schönen Dank auch! Sag mal, hat er vergessen, dass ich auch noch existiere?

»Sorry, Prinzessin. Du bekommst natürlich auch ein Plätzchen von mir.« Michio nimmt eine Ausstechform in die Hand und sticht eine Figur aus dem Teig, die er dann behutsam auf das Backblech legt. Ich schiele neugierig rüber und kann es einfach nicht fassen. Ein Tannenbaum?! Ist das sein verdammter Ernst?!

Alice schaut mich bemitleidend an.

»Keine Krone für deine Prinzessin?«, kommt die verwunderte Frage über ihre Lippen.

Nein, anscheinend nicht. Nicht einmal eine fucking Krone!

Layla bekommt ein Herz und ich einen Tannenbaum! Ich fühle mich so ausgegrenzt und überflüssig.

»Danke«, murmele ich beleidigt. Die Lust am Backen ist mir definitiv vergangen!

Ich wollte ihn retten. Aber Layla hat es anscheinend vor mir geschafft.

Fakt ist, er wollte nur von ihr gerettet werden.

Ach, Michio, ich möchte dir so viel sagen. Aber es hat einfach keinen Zweck mehr.

All das, was ich für dich geopfert habe, war wohl vergeblich. Ihre kurze Anwesenheit hat viel mehr bewirkt als all die lange Zeit, die ich in diese Beziehung reingesteckt habe.

Der ganze Kampf um dich und das ganze Drama waren letztendlich zwecklos gewesen. Sie musste nur ein Mal kommen und schon hatte sie dein Herz.

Sie konnte dir in dieser kurzen Zeit wohl genau das geben, was du wirklich brauchtest. Das, was ich dir nicht geben konnte.

Im Endeffekt wolltest du nur sie. Nicht wahr, Michio?

***

Michios Gedanken
Du denkst, du kannst mich retten, Prinzessin. Aber ich muss dich leider enttäuschen. Das kannst du nicht. Also höre bitte damit auf, dich weiterhin selbst zu belügen. Nur eine hat die Macht dazu. Und das bist leider nicht du.

Okay, ich gebe zu, du warst eine gute Ablenkung. Und beinahe hätte ich auch daran geglaubt, dass ich dich liebe. Doch das tu ich nicht.

Seit Layla hier ist, sehe ich nur sie. Sie ist mein Licht. Mein Engel.

Seit sie hier ist, bin ich zum ersten Mal seit Langem wieder glücklich.

Ich weiß, es ist nicht fair von mir, aber ich suche die ganze Zeit unbewusst den Körperkontakt zu Layla und es interessiert mich nicht, ob du mich eventuell dabei beobachtest, Prinzessin.

Neckisch strubbele ich ihr durch das Haar, um noch

einmal den vertrauten süßen Duft wahrzunehmen, den sie immer trägt. Ihre Haare duften verführerisch nach Kokos und Vanille. Niemand duftet so gut wie Layla.

Ich kann einfach nicht anders und kneife ihr liebevoll in die Hüfte, um noch einmal ihre Haut zwischen meinen Fingern zu spüren. Ihre weiche Haut fühlt sich immer noch genauso an, wie ich es in meiner Erinnerung habe. Sie zuckt leicht zusammen und weicht zurück. Stumm deutet sie auf dich, als möchte sie mir damit sagen: *Was soll das, Michio? Du hast jetzt Ivory. Kümmere dich lieber um sie.*

So ist Layla eben – denkt immer zuerst an andere und leugnet dabei ihre eigenen Gefühle. Sie würde niemals dazwischenfunken. Im Gegenteil. Nachdem du Layla letztens so angegangen bist, hat sie dich trotzdem in Schutz genommen und Verständnis für deine Reaktion gezeigt. Das weißt du aber nicht, denn du warst schon auf dem Weg nach Hause.

Ich bin mir sogar ziemlich sicher, dass Layla für mich ebenfalls die gleichen Gefühle empfindet, die ich für sie habe. Ich frage mich nur, warum sie die nicht offen zeigt und immer wieder zu verstecken versucht?

Aber sie ist hier – und das alleine zeigt mir schon, dass ich sie nicht kalt lasse.

Ich werde alles dafür geben, um sie zurückzugewinnen. Ich werde nicht zulassen, dass sie mich noch einmal verlässt.

Leider bist du nicht die Richtige, Prinzessin. Es tut mir leid.

Kapitel 20

Drohbriefe und tote Maus

Es ist bereits der zweite Weihnachtstag und Michio meldet sich immer noch nicht bei mir. Auf meine Anrufe reagiert er ebenfalls nicht.

Zwei Tage ohne ihn und ich fühle mich so leer.

Soweit ich weiß, hat Layla die Tage bei Alice übernachtet, während Michio in seiner Wohnung die Nächte verbracht hat.

Irgendwie konnte ich es schon ahnen, dass sie alles durcheinanderbringen wird, was Michio und ich uns monatelang aufgebaut haben.

Ivory, ich weiß, dass es zurzeit alles sehr schwer für dich ist und es tut mir wirklich sehr leid. Aber ich bitte dich noch um etwas Geduld. Sobald wir alles geregelt haben und Michio frei von all den Verpflichtungen George gegenüber ist, werde ich abreisen. Dann gehört er wieder ganz alleine dir.

   Layla

Diese Nachricht hat sie mir heute Morgen auf meinem Handy hinterlassen. Ehrlich gesagt, habe ich keine Ahnung, was ich davon halten soll. Und ich bin mir nicht sicher, ob ich noch weiterhin die Stärke besitze, noch länger auf Michio zu warten.

Außerdem fühle ich mich ausgeschlossen. Warum nehmen sie mich nicht mit zu George? Ich könnte ihn genauso zur Rede stellen. Hat Layla etwas gegen George in der Hand? Etwas, das Michio aus seiner Escort-Branche befreien könnte? So viele Fragen schwirren zurzeit in meinem Kopf und ich habe keine einzige Antwort darauf.

Ich beschließe, Alice anzurufen.

»Hi Liebes«, begrüßt sie mich, »wie geht es dir?«

»Nicht so gut«, seufze ich und öffne den Küchenschrank, um die Weinflasche rauszuholen. Im Moment scheint Alkohol meine einzige Lösung zu sein. Eigentlich wollte ich damit aufhören. Ich habe nicht vor, so zu werden wie meine Eltern. Ich möchte nicht meine Probleme mit Alkohol lösen. Doch ich bin schwach. Viel zu schwach, der Versuchung zu widerstehen und viel zu schwach, der Abhängigkeit ein Ende zu setzen.

»Ich weiß«, sagt Alice darauf, »und ich kann es mir denken, warum du dich so schlecht fühlst.«

Ich öffne die Flasche und schenke mir ein Glas davon ein.

»Warum geht es mir denn so schlecht, Alice? Warum tut mein Herz so weh?«

»Wegen der Liebe, Kindchen. Wegen der Liebe«, wiederholt sie und holt tief Luft.

Ich leere mein Glas und schenke mir erneut etwas ein.

»Ich habe alles für ihn aufgegeben«, flüstere ich verzweifelt in den Hörer. »Ich habe mich von Melton scheiden lassen. Weil ich ihn liebe. Warum muss die Liebe so kompliziert sein?«

»Ich weiß es nicht, Liebes«, entgegnet sie ebenfalls leise. »Aber so wie ich Layla kenne, musst du dir keine Sorgen machen.«

»Und was ist mit Michio? Es ist ja nicht zu übersehen, wie sehr er Layla mag.« Ich exe das zweite Glas Wein und gehe in der Küche auf und ab.

»Das ist eine gute Frage«, Alice atmet tief ein und scheint nachzudenken.

»Was soll ich machen?« Ich hoffe auf irgendeinen klugen Ratschlag von ihr. Doch auch Alice scheint lange zu schweigen.

»Wenn es nur einseitige Liebe ist, dann würde ich an deiner Stelle die Beziehung beenden«, sagt sie schließlich.

Abrupt bleibe ich stehen und habe das Gefühl zu ersticken. Mein Magen krampft sich schmerzhaft zusammen.

»Das ist unmöglich«, wispere ich entsetzt, »ich kann ohne ihn nicht leben.«

»Du bist stark, Ivory. Du schaffst es.«

Ich schüttele den Kopf, was Alice zum Glück nicht sehen kann, widerspreche ihr aber nicht. Stattdessen bedanke ich mich für das Gespräch und lege auf.

Nein, ich bin nicht stark. Ganz und gar nicht. Solche Menschen wie Layla sind vielleicht stark. Aber nicht ich.

Entschlossen tappe ich zu dem Esstisch, greife nach dem Wein und trinke den Rest direkt aus der Flasche.

Verflucht, Michio! Was zum Teufel ist mit dir los? Warum tust du mir das an? Warum ignorierst du mich und tust so, als hätte ich nie existiert?

Nachdem ich die ganze Flasche geleert habe, fällt mir plötzlich ein, dass ich noch mit Gina verabredet bin. Ich schlüpfe in meinen Mantel und streife mir die Stiefel über, bevor ich die Wohnung verlasse. Torkelnd stürze ich die Treppen nach unten. Meine Beine sind zu schwach, um mich zu tragen, und mein Verstand viel zu benebelt, sodass ich stolpere und beinahe hinfalle. Benommen halte ich mich an dem Geländer fest und versuche, meinen Schwindelanfall zu ignorieren.

Ich hätte weniger trinken sollen. Das, was ich meinem Körper antue, kann auf Dauer nicht gutgehen. Ich werde noch zugrunde gehen. Und das wahrscheinlich ziemlich bald.

Als ich endlich unten angekommen bin, entdecke ich in meinem Briefkasten einen roten Umschlag, der zur Hälfte rausschaut. Neugierig nehme ich das Kuvert in die Hand und öffne es sofort. Ein kleiner Zettel fliegt mir entgegen und ich halte angespannt die Luft an, während ich ihn auseinanderfalte und lese:

Lass Michio in Ruhe, wenn du noch am Leben bleiben möchtest.

Für einen kurzen Augenblick weicht mir das Blut aus dem Gesicht. Soll das eine Drohung sein? Und wer könnte es geschrieben haben?

Aber eigentlich ist es mir egal. Solche leeren Drohungen können mir gestohlen bleiben! Ich zerknülle den lächerlichen Brief und werfe ihn in den nächstliegenden Mülleimer.

Gina und ich treffen uns im Sushi-Restaurant. Vor uns auf dem Tisch steht eine Flasche Pflaumenwein, die wir gemeinsam leeren.

»Was ist los mit dir, Schatz?«, fragt mich meine Freundin, während ich nachdenklich nach draußen blicke und die verschneite Gegend bewundere.

Ich zucke leicht mit den Schultern. »Layla ist zurück. Das ist los.« Und dann erzähle ich Gina alles, was ich vorher so erfolgreich versucht habe, vor ihr zu verheimlichen.

»Ach du Scheiße …«, murmelt sie entsetzt, als ich mit dem Erzählen fertig bin, und winkt den Kellner zu sich, um die zweite Flasche Wein zu bestellen.

»Ja … das kannst du wohl laut sagen.«

Unsere zweite Flasche Wein wird geöffnet und die Gläser werden gefüllt.

»Was willst du jetzt tun?«, fragt Gina.

»Nichts. Was kann ich schon tun? Michio meldet sich nicht mehr, seit Layla hier ist, und meine Nachrichten werden auch von ihm ignoriert. Wir haben sogar den Heiligabend alle zusammen verbracht. Mit ihr.«

»Moment, was?!«, kreischt Gina aufgeregt. »Layla hat den Heiligabend mit euch gefeiert?«

»Nicht nur das. Michio hat für sie einen Herzkeks geformt und das direkt vor meiner Nase!«, beschwere ich mich. »Was glaubst du, wie ich mich dabei gefühlt habe?«

»Ach du heilige Scheiße!«, ruft sie aus und hält sich die Hand vor den Mund.

Ich nicke stumm und trinke meinen Wein auf ex.

»Und als ob es nicht schon schlimm genug wäre, habe ich heute auch noch einen lächerlichen Drohbrief bekommen. Es stand dort, ich solle Michio in Ruhe lassen, sonst bin ich tot. So was in der Art … Ich hab den Brief natürlich entsorgt«, erzähle ich etwas eingeschnappt weiter.

»Oh mein Gott! Ivory, so etwas entsorgt man nicht, sondern übergibt es der Polizei.«

»Sind doch eh nur leere Drohungen«, entgegne ich lässig. »Bestimmt hat es Layla geschrieben und dachte, die könnte mir damit Angst einjagen.«

Gina schaut mich mit weit aufgerissenen Augen an. »Meinst du echt, dass sie dahintersteckt?«

»Wer sonst!«, gebe ich empört zurück. »Sie ist hier und plötzlich bekomme ich einen Drohbrief. Merkwürdig, nicht? Was ein Zufall!« Ich lache provokant.

»Hast du vor, Michio davon zu erzählen?« Gina nippt an ihrem Wein.

Ich schüttele den Kopf. »Nein, natürlich nicht. Er wird es mir niemals abkaufen! Du hättest ihn sehen sollen! Er ist hin und weg von ihr! Michio wird es ihr niemals zutrauen. Eher wird er mich verdächtigen und mir unterstellen, dass ich das alles nur erfunden habe, um sie schlechtzureden.«

»Traust du ihr das wirklich zu?«, fragt Gina ernst.

»Sie wirkt auf mich nicht echt. Dieses Gutmensch-Getue kaufe ich ihr einfach nicht ab!«

»Bei dir scheint zurzeit wirklich ganz schön viel los zu sein. Dagegen ist mein Leben schon beinahe langweilig.«

»Ich hoffe, dass etwas Ruhe einkehrt, sobald Layla wieder abgereist ist«, entgegne ich und starre gedankenverloren nach draußen. »Doch was tu ich nur, wenn sie plötzlich beschließt, hierzubleiben?«

»Bist du dann bereit, Michio gehen zu lassen?« Gina schenkt mir erneut etwas von dem Wein ein.

»Nein«, flüstere ich gedankenverloren. »Ich kann ihn nicht gehen lassen. Dafür empfinde ich schon viel zu viel für ihn. Ich werde um ihn kämpfen, egal wie schwer der Kampf auch sein wird.«

»Ich hoffe für dich, dass sich der Kampf überhaupt lohnt.« Sie wirft mir einen traurigen Blick zu. Ich hasse es, wenn mich alle bemitleiden.

»Es wird sich lohnen«, entgegne ich mutig.

»Und falls nicht … es gibt noch andere Männer.«

Ich schaue sie entsetzt an. »Ich möchte keinen anderen, außer Michio.«

Gina merkt, dass es keinen Zweck hat, mir zu widersprechen. Seufzend wechselt sie das Thema.

Es ist schon ziemlich spät, als ich träge die Treppen nach oben steige. Ich bin müde und möchte mich nur noch auf das Bett werfen, sobald ich in meiner Wohnung bin. Der Alkohol in meinem Blut macht mich kraftlos und schläfrig.

Als ich endlich vor der Tür stehe und nach dem Schlüssel greife, um diese aufzuschließen, erstarre ich vor Schreck. Meine Nackenhaare sträuben sich.

Direkt vor meiner Tür liegt eine tote Maus mit dem gleichen roten Umschlag, den ich heute schon einmal bekommen habe.

Völlig fassungslos greife ich nach dem Kuvert und ziehe den Zettel heraus, der dort verstaut ist.

Beende deine Beziehung mit Michio und ich werde dich in Ruhe lassen! Sonst wird es dir wie dieser Maus ergehen!

Ich stehe wie benommen da und überlege, ob ich möglicherweise viel zu betrunken bin und mir das alles nur einbilde. Aber dieser Drohbrief in meiner Hand scheint so real zu sein und diese tote Maus vor meiner Tür …

Mir wird schlecht.

Kann es wirklich Layla gewesen sein? Mein Kopf fühlt sich dumpf an und ein Schwindelgefühl bereitet mir Schwierigkeiten, klare Gedanken zu fassen.

Soweit ich weiß, ist Layla Vegetarierin. Sie würde niemals so etwas Grausames einem Tier antun. Es sei denn, es ist nur eine Masche von ihr, um keinen Verdacht auf sich zu ziehen …

Ich schließe für einen kurzen Augenblick meine Augen und versuche, kontrolliert zu atmen. Verdammt, so langsam verliere ich allmählich meine Beherrschung!

Meine Hände zittern, als ich den Brief zerknülle.

Wer auch immer dahintersteckt, wird es nicht schaffen, mich aus der Fassung zu bringen.

Es wird niemandem gelingen, einen Keil zwischen Michio und mir zu treiben.

Solche Aktionen wie das hier können mir keine Angst einjagen – denn meine einzige und größte Angst ist, Michio zu verlieren …

Kapitel 21

Ich habe dich gewarnt, Ivory!

Den ganzen Tag brummt mein Schädel und ich bin einfach nur froh, dass ich noch Urlaub habe und nicht zur Arbeit muss. Die Sache mit der toten Maus und den Drohbriefen, die ich gestern erhalten habe, muss ich erst einmal verdauen.

In der Küche öffne ich eine Schublade und hole eine Packung Schmerztabletten heraus. Diese verdammten Kopfschmerzen! Ich nehme gleich zwei Stück davon und spüle das Aspirin mit Leitungswasser runter.

Während ich auf die Wirkung warte, klingelt mein Handy. Es ist Melton.

»Hi«, begrüße ich ihn.

»Ivory, geht es dir gut? Wie war dein Weihnachten?«

»Du weißt doch genau, dass ich Weihnachten hasse. Also warum fragst du?«, ich gehe auf das Fenster zu und schiebe die Gardinen beiseite, um den Verkehr draußen besser beobachten zu können.

»Hast du etwa die Tage alleine verbracht? Wo war denn dein Michio?«, fragt er provokant.

»Tut mir leid, dich enttäuschen zu müssen, aber Michio und ich haben Weihnachten zusammen gefeiert«, entgegne ich bissig. »Sonst noch Fragen?«

Für einen kurzen Moment ist es still in der Leitung. »Ich habe etwas für dich«, unterbricht Melton endlich das Schweigen. »Kann ich es dir persönlich vorbeibringen?«

»Was möchtest du mir denn vorbeibringen, Melton?«

»Dein Weihnachtsgeschenk, Baby.« Hat er mich jetzt tatsächlich Baby genannt? Ich halte angespannt die Luft an.

»Melton … hör mal, wir sind nicht mehr zusammen. Ich möchte nichts von dir haben.«

Er lacht am anderen Ende der Leitung.

»Ich möchte dich nicht gleich entführen, Ivory, sondern nur kurz etwas vorbeibringen. Also, wann kann ich kommen?«

»Und ich möchte nichts von dir haben!«, wiederhole ich etwas härter als beabsichtigt und lege auf.

Was ist denn mit Melton los, verdammt noch mal? Warum möchte er mir etwas schenken? Michio und ich haben uns nicht einmal gegenseitig an Weihnachten beschenkt – was ich übrigens sehr gut finde. Denkt Melton ernsthaft, er könnte mit seinen blöden Geschenken meine Liebe zurückerkaufen? Kennt er mich denn immer noch nicht gut genug? Ich bin nicht käuflich.

Immer noch mit Handy in der Hand gehe ich ins Wohnzimmer und werfe mich auf das Sofa. Die Kopfschmerzen haben zum Glück etwas nachgelassen und ich beschließe, Michio zu schreiben, selbst wenn ich dafür in Kauf nehme, wieder einmal von ihm ignoriert zu werden.

Michio, was ist los? Warum meldest du dich nicht mehr bei mir? Ist Layla immer noch bei dir oder ist sie schon abgereist? Ich vermisse dich so sehr.

Es ist nun mal meine Art, Gefühle offen einzugestehen. So bin ich. Auch wenn ich vielleicht dadurch anhänglich rüberkomme.

Ich schicke die Nachricht ab und warte. Wenn er jetzt nicht zurückschreibt, dann werde ich zu ihm hingehen. Mir egal, ob er die Zeit mit Layla alleine verbringen möchte oder nicht! Schließlich bin *ich* seine Freundin und nicht Layla!

In diesem Augenblick vibriert mein Handy und eine Nachricht von Michio wird angezeigt. Endlich! Ich atme erleichtert auf und ein Glücksgefühl breitet sich in meinem Inneren aus.

Tut mir leid, dass ich dich vernachlässigt habe, Prinzessin. Layla ist immer noch da, aber sie ist heute bei ihrem Vater zu Besuch. Ich komme gleich zu dir. Kann es kaum erwarten, dich in meine Arme schließen zu können.

Ich lege mein Handy zur Seite, als es plötzlich an der Tür klingelt. Verwundert springe ich von dem Sofa auf und eile in den Flur. Ist Michio etwa schon da? So früh? Wahrscheinlich war er schon unterwegs zu mir, als er die Nachricht verfasst hatte.

Ich reiße die Tür auf und erstarre.

Wer zum Teufel ist denn das?! Eine maskierte Gestalt steht direkt vor meiner Tür und schweigt mich an. What the fuck?

»Wer bist du und was willst du von mir?«, frage ich entspannt. »Haben wir etwa schon Fasching?«

»Ganz schön mutig, Ivory!« Die weibliche Stimme kommt mir bekannt vor.

Ich lache. »Soll ich zittern oder was?« Also wirklich! Ich habe schon einiges in meinem Leben durchgestanden und diese lächerliche Maske ist wirklich das Letzte, was mir Angst einjagen könnte!

Als die Unbekannte mich aber dann zur Seite schubst und einfach in den Flur hereinspaziert, ohne dass ich ihr meine Erlaubnis dazu erteilt habe, runzele ich verwirrt die Stirn.

»Wie ich sehe, wurden dir gute Manieren wohl nicht beigebracht! Was willst du von mir?«

»Ich habe dich gewarnt, Ivory!«, zischt sie.

»Los, zieh die Maske runter und zeig dich!«, fordere ich sie auf, während ich versuche zu enträtseln, wer sich hinter dieser dunklen Stoffmaske verbergen könnte. »Ich weiß, dass du diejenige bist, die mir Drohbriefe geschrieben hat!«

Und ich lache erneut, diesmal provokant. »Dachtest du etwa, dass ich deswegen Michio verlassen werde? Ich bitte dich! Da muss schon mehr kommen als nur leere Drohungen!«

»Wie du willst!« Blitzschnell stürzt sie sich auf mich und ich werde mit voller Wucht gegen die Wand geschleudert. Auf ihren plötzlichen Angriff war ich nun wirklich nicht vorbereitet. Mein Verstand ist benebelt und es dauert eine Weile, bis ich registriere, was vor sich geht.

Los, reiß ihr die Maske vom Gesicht, erteilt mir mein Gehirn den Befehl, doch bevor ich überhaupt dazu komme, sehe ich, wie sie ein Messer zückt und mit der scharfen Metallklinge auf mich zeigt.

Sie hat doch nicht ernsthaft vor, mich zu erstechen? Ich balle angespannt meine Hände zu Fäusten und überlege, welche Ausweichmöglichkeiten mir zur Verfügung stehen.

»Finger weg von Michio oder du bist tot!«, betont sie ihre Drohung noch einmal.

»Das hättest du wohl gerne!«, entgegne ich trotzig, mein Körper bleibt immer noch an der Wand gepresst. Meine flache, hastige Atmung befördert nur teilweise den notwendigen Sauerstoff in den Brustkorb. In diesem Augenblick stürzt sie sich erneut auf mich, mit dem Messer in der Hand, und ich schaffe es gerade noch rechtzeitig auszuweichen. Das Messer verfehlt nur knapp mein Gesicht. Ich atme erschrocken auf und spüre, wie das Herz in meiner Brust laut hämmert. Doch mir bleibt keine Zeit, weiter nachzudenken, denn sie greift erneut an. Mein Gehirn sendet meinem Körper die Signale, schnell zu reagieren, und diesmal schaffe ich es, ihr Handgelenk festzuhalten, bevor sie erneut auf mich zustechen kann.

Gezielt lenkt sie die Messerspitze auf meine linke Brust, während ich mit meiner ganzen Kraft versuche, sie davon abzubringen. Nach einer Weile gelingt es mir tatsächlich, ihre Hand nach unten zu drücken.

»Das hast du wohl nicht erwartet, was?«, fauche ich sie atemlos an. »Soll ich dir ein kleines Geheimnis verraten? Ich habe jahrelang auf der Straße gelebt, kenne alle möglichen Tricks und kann mich gut wehren! Mir kannst du keine Angst einjagen!«

»Na und!«, schreit sie mich an und ist wieder dabei, das Messer in meine Richtung zu lenken. Verdammt! Woher nimmt sie ihre ganze Kraft? Während ich mit meiner linken Hand ihr rechtes Handgelenk mit dem

Messer immer noch festhalte und von mir wegschiebe, führe ich einen schnellen, harten Low-Kick aus. Mein rechtes Schienbein trifft mit voller Wucht ihren linken Oberschenkel. Mit schmerzverzerrtem Gesicht schreit sie laut auf und gleich darauf nutze ich die Chance, um sie mit meiner letzten Kraft aus der Wohnung zu stoßen.

Anschließend knalle ich die Tür hinter mir zu und werfe mich atemlos von innen dagegen.

Was war das denn gerade? Und wer ist sie?

Die Stimme kommt mir bekannt vor, doch vor lauter Panik kann ich sie keiner Person zuordnen. Layla war es jedenfalls nicht. Oder doch? Ich bin ziemlich durcheinander und bevor ich überhaupt dazu komme, noch weiterzurätseln, wer es sein könnte, hämmert es wild an der Tür.

»Du bist tot!«, höre ich sie wie eine Irre kreischen. »Du bist verdammt noch mal tot, Ivory, sollte ich dich noch einmal mit ihm sehen!«

Ich schließe meine Augen und versuche erst einmal durchzuatmen.

***

Ich muss wohl auf dem Sofa eingenickt sein, als es plötzlich erneut an der Tür klingelt. Schläfrig reibe ich mir die Augen und stehe langsam auf. Habe ich das alles nur geträumt oder wurde ich vor ein paar Minuten tatsächlich angegriffen? Immer noch etwas benommen, tappe ich in den Flur und schaue misstrauisch durch den Türspion.

Melton? Aber was macht er denn hier? Habe ich ihm nicht deutlich genug zu verstehen gegeben, dass er hier nicht willkommen ist?

Ich reiße verärgert die Tür auf. »Melton, was machst du hier? Michio wird jeden Augenblick kommen! Also mach dich vom Acker!«

»Was ist hier eigentlich verdammt noch mal los?«, schreit er mich aus heiterem Himmel an und ich zucke zusammen. Sein Gesichtsausdruck ist verärgert und gleichzeitig … besorgt? Aber weshalb denn? Nur weil er nicht willkommen ist?

Ich seufze leicht genervt. »Melton, hör mal. Zwischen uns ist es schon lange vorbei. Also geh jetzt, bitte.«

»Das ist für mich kein Grund, dich trotzdem nicht zu beschützen!« Seine blauen Augen schauen mich eindringlich an.

»Weshalb solltest du mich denn beschützen?«, ich sehe ihn stutzig an und sein Gesichtsausdruck wird etwas weicher.

»Wenn es tatsächlich nichts gibt, wovor ich dich beschützen kann, dann erkläre mir bitte, was das an deiner Tür zu bedeuten hat?!« Er packt mich grob an meinem Handgelenk und zerrt mich aus der Wohnung. Und da seh ich es auch.

Eine weitere Drohnachricht, die in weißer Kreide meine Tür verziert. Die einzelnen Buchstaben sind viel zu groß, um sie übersehen zu können.

Lass Michio in Ruhe, du Schlampe!

Mir weicht das Blut aus dem Gesicht. Es hat wohl keinen Zweck, die Sache zu verharmlosen oder zu leugnen. Also schweige ich.

Melton zieht mich an sich und drückt mich sanft. Sein starker Körper hat eine beruhigende Wirkung auf mich und in diesem kurzen Augenblick fühle ich mich tatsächlich beschützt und geborgen.

»Hast du ein feuchtes Tuch?«, fragt er nach einer Weile und ich nicke an seiner Brust. Er lässt mich aus seiner Umarmung los und ich begebe mich wieder in die Wohnung, um nach einem Putztuch zu suchen.

In der Küche finde ich einen Lappen, den ich kurz unter den Wasserhahn befeuchte. Damit gehe ich wieder zu Melton und fange an, die geschriebene Drohnachricht abzuwischen.

Melton reißt mir den Putzlappen aus der Hand. »Lass mich das machen. Geh zurück in die Wohnung und ruh dich aus. Ich komme gleich nach.«

»Ich bleibe hier«, gebe ich leise zurück. »Danke übrigens, dass du keine Fragen stellst. Ich bin nämlich nicht gerade in der richtigen Verfassung, welche zu beantworten.«

»Es ist alles offensichtlich. Das erspart mir die Fragen, die ich an dich hätte«, entgegnet Melton gefasst, während er die Drohung mit dem feuchten Tuch beseitigt. Als er damit fertig ist, drückt er mir den verschmierten Lappen wieder in die Hand und holt etwas aus seiner großen Jackeninnentasche heraus.

»Eigentlich bin ich nur hier, um dir das hier zu geben.« Er überreicht mir ein Geschenk, das in grünes Papier gewickelt ist.

»Was ist das?«, frage ich irritiert, während ich es in der Hand halte.

»Dein verspätetes Weihnachtsgeschenk, Baby.«

»Nenn mich nicht Baby, Melton! Wir sind nicht mehr zusammen und ich möchte auch keine Geschenke von dir haben«, protestiere ich aufgebracht.

»Glaub mir, Darling. *Dieses* Geschenk möchtest du haben! Es wird dein Leben verändern.« Beschwörend schaut er mich mit seinen blauen Augen an und streicht sich seine dunklen Locken aus dem Gesicht.

»Wenn das so ist«, murmele ich verwirrt und frage mich, was sich in dem Päckchen befindet, das mein Leben verändern soll.

»Was macht denn der Trottel hier?«, ertönt plötzlich Michios Stimme in dem Treppenhaus und ich sehe ihn zu uns hinaufsteigen.

Kapitel 22

Witzig. Wirklich sehr witzig, Melton.

Ich werfe Melton einen verzweifelten Blick zu und teile ihm stumm in Gedanken mit, bloß nichts von der Nachricht an der Tür zu erzählen. Ich möchte Michio nicht mit solchen banalen Dingen belasten. Und vor allem möchte ich nicht, dass er sich meinetwegen Schuldgefühle einredet.

Aber Melton ignoriert mein stummes Flehen und sein Gesichtsausdruck ändert sich schlagartig, als Michio vor uns steht.

»Was willst du hier, Bruderherz? Bist du immer noch hinter meiner Prinzessin her?« Michio lehnt sich lässig gegen die Wand und wirft Melton einen abschätzenden Blick zu.

Meltons Kiefer mahlt angespannt und sein Kinn bebt. Ich ahne nichts Gutes, deshalb versuche ich so schnell wie möglich einzugreifen.

»Du solltest jetzt lieber gehen«, sage ich zu Melton.

Doch er ignoriert meinen gutgemeinten Vorschlag, stattdessen geht er einen Schritt auf Michio zu und packt ihn am Kragen.

»Deinetwegen bekommt Ivory Drohnachrichten«, zischt er zwischen zusammengepressten Zähnen hervor.

Michio schaut besorgt zu mir rüber. »Ist das wahr, Prinzessin? Du hast mir nichts davon erzählt.«

»Melton, lass ihn los!«, versuche ich zwischen den beiden zu vermitteln. »Michio kann nichts dafür. Jemand hat sich nur einen kleinen, dummen Scherz erlaubt. Mehr steckt da nicht dahinter!«

»Ach ja?«, blafft er mich an und denkt immer noch nicht daran, Michio von seinem Griff loszulassen. »Deinem Zustand nach zu urteilen, sah das aber gar nicht so harmlos aus, wie du es mir weismachen willst!«

»Loslassen, du Penner! Oder ich werde dich gleich die Treppen nach unten katapultieren«, Michio packt Melton ebenfalls am Kragen und die beiden sehen sich feindselig an.

Oh Gott, was geschieht denn hier? Sie werden sich doch hoffentlich nicht hier im Treppenhaus, direkt vor meiner Haustür, prügeln? Oder etwa doch? So langsam bekomme ich Panik.

»Wegen deinem Scheißjob wird Ivory von deinen verrückten Fans verfolgt, du Mistkerl!« Völlig außer sich vor Wut presst Melton Michio noch enger gegen die Wand. Michio blinzelt nachdenklich, löst seinen festen Griff von Melton und wirft mir einen bekümmerten Blick zu.

»Das wusste ich nicht, Prinzessin«, sagt er leise.

Jetzt ist genau das eingetreten, was ich vermeiden wollte. Michio macht sich Vorwürfe, obwohl ihn keine Schuld trifft.

»Hör auf damit, Melton! Und lass ihn endlich los!«, flehe ich ihn an. »Wenn meine Nachbarn diese Auseinandersetzung mitbekommen, habe *ich* am Ende Schwierigkeiten! Das möchtest du doch bestimmt nicht.«

»Ich warne dich, *Bruder*! Sollte Ivory deinetwegen etwas zustoßen, bist du ein toter Mann«, faucht Melton gereizt, bevor er Michio loslässt und wütend davonmarschiert.

Ich atme erleichtert auf, als er endlich weg ist. Was ist denn das für ein beschissener Tag?! Zum Glück weiß Melton nichts von dem Messerangriff! Ich möchte es mir nicht ausmalen, was geschehen wäre, wenn er davon etwas mitbekommen hätte.

»Ist das wahr, Prinzessin?«, fragt Michio leise und kommt auf mich zu.

»Ach was! Irgendwelche Spinner haben etwas an die Tür gekritzelt. Mehr nicht. Melton übertreibt mal wieder!«, weiche ich aus.

Doch Michios bedrückter Blick verrät mir, dass er mir das nicht abkauft. »Ich denke nicht, dass Melton übertreibt. Ich möchte alles wissen«, verlangt er.

»Lass uns erst mal reingehen«, flüstere ich stattdessen und stelle mich auf die Zehenspitzen, um ihm einen Kuss auf die Lippen zu drücken.

Michios Gedanken

Ich gebe zu, ich habe dich wirklich vermisst, Prinzessin. Anscheinend mag ich dich doch viel mehr, als ich es vermutet habe. Allmählich wird mir klar, dass du die Einzige bist, die mich nie im Stich lässt und immer für mich da ist. Du bist die einzige Person, die mich so nimmt, wie ich bin.

Ich habe dich die letzten Tage etwas vernachlässigt. Es tut mir leid. Ich war zu sehr damit beschäftigt, Laylas Herz zurückzuerobern. Und das ohne Erfolg.

All die Annäherungsversuche, die ich unternommen

habe, waren wirkungslos. Und dennoch kann ich ihre Gefühle mir gegenüber an ihren Augen ablesen. Wie ist das möglich? Ich sehe zwar ihre Liebe in den Augen, aber ich komme nicht an sie heran.

Heute ist Layla den ganzen Tag bei ihrem Vater. Er ist das einzige Familienmitglied, zu dem sie noch Kontakt pflegt.

Morgen wird sie abreisen. Sie ist der Meinung, dass *wir* beide zusammengehören, Prinzessin. Glaubst du das auch?

Ich habe das Gefühl, dass sie das als eine Ausrede verwendet, um von ihren eigenen Gefühlen leichter fliehen zu können.

Vielleicht aber … stimmt sogar ihre Behauptung.

Als ich dich im Treppenhaus zusammen mit Melton gesehen habe, bin ich fast ausgeflippt vor Wut. Was will der Penner noch von dir? Vermisst der edle Prinz etwa seine Prinzessin, die der böse Drache von ihm entführt hat? Möchtest du denn in sein Schloss zurück?

Soll ich ehrlich sein, Prinzessin? Es wäre wahrscheinlich besser für dich. Aber das willst du nicht, habe ich recht?

Manchmal überlege ich, dich einfach gehen zu lassen. Meine verkorkste Welt ist viel zu gefährlich für dich. Ich habe schon einmal Layla in Gefahr gebracht und nun dich …

Du bekommst also Drohnachrichten von meinen Fans?

Eins kann ich dir versichern, Prinzessin, sollte dir jemand zu nahe kommen, kann ich für nichts garantieren.

***

Sobald wir im Flur stehen und die Tür hinter uns verschlossen ist, drückt mich Michio sanft gegen die Wand. Er reißt mir das verpackte Geschenk sowie den Putzlappen aus den Händen und lässt beides auf den Boden gleiten.

Seine Hände umschließen meine und seine dunklen Augen starren mich voller Begierde an. Sein hypnotisierender Blick geht unter die Haut und versetzt mich in Ekstase.

»Hast du es vermisst, von mir berührt zu werden?«, raunt er mir ins Ohr und beißt leicht ins Ohrläppchen. Sein heißer Atem raubt mir den Verstand.

»Ja«, hauche ich voller Erwartungen. Seine weichen Lippen wandern an meiner Wange entlang und bleiben behutsam auf meinem Mund ruhen.

»Dann musst du mir alles erzählen«, verlangt er mit dunkler Stimme, »ansonsten werde ich damit aufhören.«

»Das ist nicht fair, Michio«, flüstere ich dicht an seinen Lippen, »du erpresst mich damit.«

»Es ist auch nicht fair von dir, dass du mir verschweigen wolltest, dass du bedroht wirst«, gibt er zurück und küsst mich zurückhaltend, bevor er mir seine Lippen wieder entzieht.

»Und? Wirst du mir später alles erzählen, Prinzessin?«

Ich nicke völlig atemlos und möchte nur, dass er weitermacht. Seine Küsse, seine Berührungen, all das wirkt wie eine Droge auf mich – macht mich abhängig und machtlos. Mein Verlangen nach mehr wächst ins Unermessliche. Oh Gott, wie ich diesen Mann begehre! Er bedeutet einfach ALLES für mich.

»Ich vertraue dir«, sagt er mit gedämpfter Stimme und

küsst mich erneut. Seine Zunge dringt in meinen Mund, begleitet von dem vertrauten Zigarettengeschmack, und lässt mich erschaudern. Völlig überwältigt schließe ich meine Augenlider und genieße die Nähe und Zärtlichkeiten, die er mir gewährt.

Michio umfängt meine beiden Handgelenke mit seiner rechten Hand und hält sie an der Wand über meinem Kopf fest. Mit der anderen freien Hand schiebt er behutsam meinen Pullover nach oben und ich atme scharf ein. Zärtlich und voller Hingabe streicht seine Handfläche an meinem Körper entlang, während er seine heißen Küsse über meinen Hals verteilt.

»Ich bin so froh, dass du nur die übergroßen Hoodies trägst und unten drunter nichts. Noch nicht einmal eine Strumpfhose, das gefällt mir.« Er befreit meine Handflächen von seinem Griff und seine rechte Hand wandert an meinem Innenschenkel entlang. Ich presse ihm mein Becken entgegen und er schiebt den Slip beiseite, bevor er mit beiden Fingern in mich eindringt. Ich stöhne laut auf und werfe meinen Kopf nach hinten.

»Michio, bitte«, hauche ich atemlos und möchte ihn nur noch in mir spüren.

Sein Mund umschließt meine Lippen und während er mich sanft küsst, reißt er mir gleichzeitig mit einem Ruck mein Höschen kaputt. Das kommt ziemlich unerwartet und ich schnappe nach Luft. Ein zitterndes Beben durchfährt meinen Körper, als er die Hose öffnet und in mich eindringt.

»Du fühlst dich so gut an, Prinzessin«, raunt er mir zwischen den harten Stößen zu.

Und oh mein Gott … während er mich im Stehen an der Wand nimmt, verliere ich vollkommen die Kontrolle über meinen Körper. Michio ist einfach perfekt. So gut.

Ich bin von all diesen gewaltigen und intensiven Emotionen derart überwältigt, dass mir schwindelig ist.

Dieser Mann treibt mich in den Wahnsinn und macht mich schwach. So schwach …

***

Wir machen es uns auf dem Teppich im Wohnzimmer bequem und Michio schaut mich erwartungsvoll an.

»Nun musst du dein Versprechen mir gegenüber einlösen. Erzähl mir alles. Haargenau. Also, von wem wirst du bedroht?«

Nervös zeichne ich mit meinem Zeigefinger die verschnörkelten Muster am Teppich nach.

»Ich weiß es nicht, Michio. Wirklich nicht. Jemand schreibt mir Briefe, ich solle dich in Ruhe lassen. Und ich weiß einfach nicht, wer dahintersteckt.«

»Zeig mir diese Briefe«, verlangt er.

»Ich habe sie nicht mehr«, ich halte inne und werfe ihm einen vorsichtigen Blick zu, »ich habe sie nämlich entsorgt.«

Er seufzt enttäuscht. »Hast du jemanden in Verdacht, der dahinterstecken könnte?«

Ich schüttele frustriert den Kopf. Dass ich zuerst Layla verdächtigt habe, erzähle ich ihm lieber nicht. Er wird sie sowieso nur in Schutz nehmen. Außerdem bin ich mir nicht mehr sicher, ob sie auch wirklich dahintersteckt.

»Ist sonst noch etwas passiert, was ich erfahren sollte?«

»Nein, sonst nichts«, lüge ich ihn an und habe nicht vor, ihm von dem Angriff zu berichten, der auf mich ausgeübt wurde. Ich möchte nicht, dass er sich meinetwegen noch mehr schuldig fühlt und sich Sorgen macht.

Michio nickt gedankenversunken und ich habe den Eindruck, dass er gekränkt ist. »Und warum hast du davon Melton erzählt und nicht mir?«

»Ich habe es ihm nicht erzählt«, streite ich kopfschüttelnd ab. »Er hat es nur zufällig herausgefunden.«

Er legt seinen Kopf leicht schief und kneift seine Augen zusammen. »Ach ja? Wie denn?«

»An meiner Tür stand eine Drohnachricht. Jemand muss die mit Kreide geschrieben haben und Melton hat es gelesen.«

»Warum war er heute überhaupt bei dir?«

Ist Michio etwa eifersüchtig? Ich versuche mir ein Lächeln zu verkneifen, während ich ihn nachahme und den Kopf ebenfalls leicht schräg lege.

»Er wollte mir etwas schenken. Warum auch immer.«

»Das Geschenk, das du in der Hand hattest, war also von Melton«, stellt Michio fest.

»Jap. Und nun liegt es immer noch im Flur.«

»Willst du es auspacken?« Michio deutet mit der Kopfbewegung in den Flur und hebt fragend eine Braue hoch.

Ich zucke gleichgültig mit den Schultern. »Warum nicht.«

Daraufhin steht er auf und verlässt das Wohnzimmer. Als Michio wieder zurückkommt, hat er das Geschenk in der Hand. Er reicht es an mich weiter und setzt sich im Schneidersitz mir gegenüber auf den Teppich.

Ich befreie das Geschenk aus der grünen Verpackung und reiße überrascht die Augen auf, als ich sehe, dass es sich um ein Buch handelt. Ein Buch? Was zum Teufel …? Melton sollte mich doch kennen. Ich lese keine Bücher.

Auch Michio sieht überrascht aus, seine Brauen schnellen in die Höhe.

»Ich hasse Bücher«, murmele ich verwirrt und als ich die Überschrift lese, gibt es mir den Rest.

Beziehungsratgeber:
Ohne lügen und betrügen
erfolgreich eine neue Beziehung starten

Daneben liegt eine Karte:

Ich hoffe, Michio wird mehr Glück mit dir haben.
Und ich wünsche dir trotz allem alles Glück dieser Welt.
Melton

Ich lege das Buch wieder auf den Teppich und bin fassungslos.

Witzig. Wirklich sehr witzig, Melton.

Unsicher schiele ich zu Michio rüber, um seine Reaktion darauf zu sehen. Er nimmt das Buch in die Hand und blättert kurz darin. Seine Mundwinkel zucken und ich sehe, wie er sich große Mühe gibt, um nicht loszulachen.

»Was ist daran so lustig?«, frage ich sauer.

In diesem Augenblick verliert er komplett seine Beherrschung und lacht laut los.

»Sorry, Prinzessin«, er beugt sich nach hinten und hält sich am Bauch, während er immer noch am Lachen ist, »aber das ist wirklich witzig.«

Ich verschränke gekränkt die Arme und werfe ihm einen wütenden Blick zu. Aber um ehrlich zu sein, kann ich ihm einfach nicht böse sein. Er sieht so unglaublich süß dabei aus, wenn er lacht. So ausgelassen und losgelöst. Seine Grübchen umschmeicheln seine wunderschönen Gesichtszüge.

»Ich mag Melton nicht, aber ich muss gestehen – sein Humor ist echt unschlagbar!«, gibt er offen zu. Ich verdrehe die Augen und lächele matt.

»Ihr beide seid eben Brüder.«

Kapitel 23

Wovor läufst du eigentlich weg, Layla? Erkläre es mir.

Heute ist ein neuer Tag. Michio hat die letzte Nacht in seiner Wohnung verbracht. Warum auch immer. Er wollte alleine sein. Nachdenken. Worüber denn? Über die letzten Stunden, die er heute noch mit Layla verbringen kann, bevor sie endlich in den Flieger steigt und uns verlässt? Wie auch immer, ich bin jedenfalls froh, dass sie bald nicht mehr da sein wird.

Ich habe einen roten XXL-Pullover an und trage dazu einen passenden Lippenstift, was sehr untypisch für mich ist. Meine Haare sind streng zusammengebunden. Layla möchte sich gleich mit mir in der *Sunrise* Bar treffen und ich bin gespannt, was sie mir zu sagen hat. Ich streife meine Overknees über und ziehe meinen weißen Mantel an, bevor ich die Wohnung verlasse und mich zu der Bar begebe.

Diese perfekte Bar ist so typisch für Layla. Alles ist so kitschig und bunt. Ich gehe an den vielen Tischen vorbei, bis ich endlich eine ruhigere Ecke finde, wo ich Platz nehme.

Die bunten Lämpchen geben der Inneneinrichtung eine gewisse Leichtigkeit. Hier drinnen hat man das Gefühl, als befinde man sich in einer schützenden Blase. Abgeschirmt von all dem Leid der bösen Außenwelt. Die orangene Wandfarbe und die Sessel aus Samtstoff verleihen einem das Gefühl der Sicherheit und Wärme.

Hier scheint die Welt in Ordnung zu sein. Die Klaviertöne im Hintergrund wirken beruhigend.

In diesem Augenblick trifft es mich wie ein Blitz! Die Drohnachrichten können gar nicht von Layla sein! Das passt einfach nicht zu ihr! Und es ergibt überhaupt keinen Sinn. Wenn sie wollte, könnte sie Michio schon lange haben, ohne mir drohen zu müssen. Er würde ohne zu zögern mit mir Schluss machen, um nur mit ihr zusammenzubleiben.

Und ich frage mich, ob Layla in Wahrheit vor irgendetwas davonläuft. Läuft sie möglicherweise vor all dem Schmerz und Leid davon? Findet sie in Indien ihre Zuflucht? Hat sie sich dort vielleicht ihre eigene kleine Welt aufgebaut, in der sie sich vor nichts mehr zu fürchten braucht? Auf mich persönlich wirkt sie jedenfalls konfliktscheu und ziemlich harmoniebedürftig.

»Hi Ivory«, reißt mich Laylas warme Stimme aus meinen Gedanken und ich schrecke hoch.

»Hallo Layla«, begrüße ich sie.

Sie nimmt mir gegenüber Platz und rückt den Mosaik-Behälter zurecht. Ihre Nägel sind himmelblau lackiert – in der gleichen Farbe wie ihr Pullover mit den Fledermaus-Ärmeln. Dazu trägt sie eine hautenge dunkle Jeanshose. Ihre langen braunen Haare sind leicht gelockt und in ihren Ohren stecken silberne Creolen.

Layla sieht aus wie ein Püppchen und ich muss zugeben, dass ich schon etwas neidisch auf ihre Schminkkünste bin. Der hellblaue Lidschatten mit den Glitzerpartikeln verleiht ihren Augen einen extravaganten Look. Sie sieht wie immer makellos aus.

Und ich stelle mir die Frage, ob sie sich möglicherweise hinter dieser perfekten Fassade zu verstecken versucht. Wovor fürchtet sie sich eigentlich? Vor der Imperfektion? Vor der Menschlichkeit? Das alles werde ich wahrscheinlich nie erfahren.

Wir bestellen uns Pfefferminztee und ich komme direkt zur Sache.

»Warum wolltest du mich hier treffen, Layla?«

»Ich wollte mich verabschieden«, sagt sie, als wäre es das normalste der Welt. »Heute Nacht geht mein Flieger los und ich reise zurück nach Indien.«

»Schön für dich und gute Reise«, entgegne ich knapp. Meine Worte klingen gleichgültig und emotionslos. Sollten sie auch, denn das ist pure Absicht.

»Warum trägst du so viel Wut in dir, Ivory?«, sie legt ihren Kopf leicht schief, als versuche sie durch meine Seele hindurchzuschauen. »Bist du immer so oder nur bei mir?«

»Was spielt es denn für eine Rolle.« Ich zucke desinteressiert mit den Schultern.

»Bist du sauer auf mich? Ist es wegen Michio?«

»Kann sein«, ich nehme die heiße Tasse in die Hand und nippe an meinem Tee, der uns gebracht wurde. Ich versuche, beherrscht und gelassen zu sein. So wie Layla. Sie hat eine ruhige Art, die Michio liebt. Also versuche ich, wie sie zu sein.

»Du liebst ihn sehr«, stellt Layla fest und streicht sich ihre Locken zur Seite. »Es macht mich glücklich, zu wissen, dass Michio geliebt wird.«

»Konntest du ihn eigentlich aus Georges Fesseln befreien?«, möchte ich wissen.

Sie schaut mich etwas irritiert an. »Hat Michio es dir nicht erzählt?«

»Wir waren anderweitig beschäftigt«, ich werfe ihr ein schelmisches Lächeln zu. Tja, wie fühlt sich das an, Layla?

»Wenn das so ist«, murmelt sie und spielt nervös an ihrem Ohrring. »Michio muss nicht mehr für George arbeiten.«

Ich reiße verwundert die Augen auf und nehme erneut ein paar Schlucke von dem Tee. »Wie hast du denn das angestellt?«

»Ich habe einiges gegen ihn in der Hand. Das ist alles. Er ist zwar mein Onkel, aber das heißt noch lange nicht, dass er sich deswegen alles erlauben kann. Für Michio würde ich alles tun. Auch meinen eigenen Onkel verpfeifen – wenn es sein muss.«

»Dein WAS?«, schreie ich entgeistert und verschlucke mich beinahe an meinem Tee. Schnell stelle ich die Tasse wieder auf dem Tisch ab.

Layla legt ihren Zeigefinger auf die Lippen. »Psst, Ivory. Sei doch bitte nicht immer so laut!«

»George ist dein Onkel?!«, frage ich diesmal etwas leiser, aber immer noch fassungslos.

»Ja. Deswegen kennen Michio und ich uns schon sehr lange. George hat ihn mit sechs Jahren adoptiert und wir beide haben uns schnell angefreundet. Zuerst war Michio sehr verschlossen und verschüchtert. Aber dann hat er gesehen, wie ähnlich wir uns beide sind, und hat sich mir gegenüber immer mehr geöffnet. Er hat mitbekommen, wie ich von meiner Mutter und Schwester behandelt wurde, und hat immer wieder versucht, mich in Schutz zu nehmen. Er ist schon immer mein Held gewesen.« Während sie mir davon erzählt, leuchten ihre Augen.

So ist das also. Ganz schön bitter für mich. Ich schlucke schwer und versuche, tapfer zu sein. Sie haben nicht nur eine rührende Liebesgeschichte, die sie verbindet, sondern auch noch eine tiefe Freundschaft. Kein Wunder, dass er nie über sie hinwegkommt.

»Zuerst war es nur Freundschaft«, erzählt sie verträumt weiter, »und später entwickelte sich mehr daraus. Mit siebzehn sind wir zusammengekommen. Durch Alkohol und Feiern haben wir beide versucht unsere schmerzhafte Vergangenheit auszublenden. Bis das mit Patrick passiert ist ...«

Sie spricht die Vergewaltigung nicht aus und ich erkenne den Schmerz in ihren Augen, der immer noch sehr tief sitzt.

»Und dann hast du die Beziehung mit Michio beendet. Warum eigentlich, Layla?«

»Ich musste den Vorfall erst einmal selbst verarbeiten«, ihre Stimme zittert leicht.

»Aber Michio macht sich bis heute noch Vorwürfe deswegen!«, entgegne ich empört. Sie kommt mir so egoistisch rüber, dass ich erneut wütend werde.

»Das wollte ich nicht«, gibt sie leise zurück.

Ich schaue sie vorwurfsvoll an. »Er liebt dich mehr als alles andere auf dieser Welt. Das ist dir doch hoffentlich klar?!«

Wie lange möchte sie das noch weiterhin leugnen? Sie kann doch gar nicht so blind sein und es nicht merken!

»Ich weiß«, flüstert sie. »Ich liebe ihn auch. Mehr als alles andere auf dieser Welt.«

»Und wovor hast du Angst?«, frage ich mit ruhiger Stimme. »Wovor läufst du dann weg, Layla? Erkläre es mir.«

Sie senkt traurig ihre Augenlider und schweigt. Mein Blick fällt auf ihre langen, dichten Wimpern. Ich frage mich, ob die echt sind oder nur aufgeklebt.

Layla sieht bedrückt aus.

Und ganz ehrlich, ich verstehe sie nicht. Wirklich nicht.

Das Ganze ist so skurril. Während ich Michio ständig hinterherlaufen muss, läuft sie ihm einfach davon.

Was läuft falsch bei ihr?

»Ich bin die Vergangenheit«, sagt sie schließlich entschlossen. »Er muss ohne mich weiter. Ich habe mir in Indien ein glückliches und zufriedenes Leben aufgebaut. Die Kinder, die ich dort täglich unterrichte, machen mich vollkommen. Ich habe die Vergangenheit hinter mir gelassen.«

Möchte sie mir das jetzt ernsthaft weismachen? Wen von uns beiden möchte sie hier eigentlich verarschen? Mich oder sich selber?

»Sieht nicht danach aus«, behaupte ich einfach und schürze nachdenklich die Lippen. »Immerhin kommst du ab und zu zurück, um Michio zu sehen.«

»Das war das letzte Mal«, sie schluckt angestrengt. Ihre Augen sind leicht gerötet. »Ich wollte nur Michio helfen. Ivory, sei bitte immer für ihn da. Er ist nicht so stark, wie er sich nach außen hin gibt.«

Es ist dramatisch.

Verdammt, Layla! Warum veranstaltest du eigentlich so ein Drama? Macht es dir Spaß? Gefällt es dir zu leiden? Selbst mir geht das alles sehr nahe. Warum läufst du vor deinen eigenen Gefühlen weg? Fürchtest du dich von der Liebe?

Du hast es geschafft, dass sogar ich mitfühle und mitfiebere, dass ihr beiden wieder zueinander findet …

Es ist so dumm von dir, die Liebe deines Lebens einfach so aufzugeben. So dumm, Layla, dass mir die Worte fehlen.

Deshalb nicke ich nur stumm, während ich gegen die Tränen ankämpfe.

Du bist der dümmste Mensch, den ich kenne …

***

Michios Gedanken

Nun sitzt du vor mir in meiner Wohnung und starrst ins Leere. Du möchtest also tatsächlich abreisen, Layla. Ich bin so wütend auf dich!

»Du hättest nicht kommen sollen«, sage ich kühl. Und ich meine es ernst, Layla! Verdammt! Was spielst du nur für fucking Spiele?

»Ich wollte dir nur helfen.« Du versuchst die Tränen zu unterdrücken.

Tu nicht so stark, denn das bist du nicht. Los, zeig deine Gefühle! Öffne dich mir gegenüber, Layla.

Am liebsten würde ich dich auf meine Matratze werfen, dir die Kleidung von deinem hübschen Körper reißen und dich einfach nur lieben … die ganze Nacht.

So lange, bis du deinen verdammten Flieger verpasst! So lange, bis du endlich erkennst, was dir entgeht!

Aber selbst dafür bin ich viel zu wütend auf dich! Ich hasse dich, Layla! Ich hasse dich wirklich! Warum tust du mir das an?

Verdammt! Ich liebe dich.

»Gibt es jemanden, der dort auf dich wartet?« Ich stehe auf und bewege mich auf das Fenster zu, um es zu öffnen. Dann ziehe ich aus der Zigarettenpackung eine Kippe heraus, die ich mir in den Mund stecke und direkt anzünde.

»Nein«, du schüttelst vehement den Kopf, stehst ebenfalls auf und kommst auf mich zu. »Dafür hast du hier jemanden. Ivory.«

What the fuck, Layla? Du weißt doch ganz genau, dass sie nur zweite Wahl ist. Selbst Ivory ist das nicht entgangen. Also, höre bloß auf damit!

Ich ziehe an meiner Zigarette und inhaliere den Rauch. Dann blicke ich dir tief in die Augen, während ich ganz langsam den Rauch ausstoße, der dein Gesicht streift. Du hustest ein wenig.

»Mit Ivory ist es vorbei«, sage ich entschieden. »Ich werde Schluss machen.«

»Nein, das kannst du nicht tun«, protestierst du aufgebracht. Was ist los, meine Hübsche? Tief in deinem Inneren erhoffst du dir doch genau das. Kannst du es dir denn nicht eingestehen?

»Du bist die Einzige, die ich liebe. Das ist nur fair Ivory gegenüber«, ich drücke die restliche Kippe an der Fensterbank aus und werfe sie nach draußen, bevor ich das Fenster schließe.

Dann presse ich dich zärtlich, aber bestimmt gegen die Wand. Wehre dich nicht, Layla. Ich weiß, du willst das auch.

Du siehst so verdammt gut aus. Gib zu, du hast dich doch nur für mich so hübsch gemacht. Wolltest du mich damit beeindrucken? Das ist dir gut gelungen.

Ich neige meinen Kopf schief und blicke dir intensiv in die Augen, während ich deine Hände leicht an der Wand gedrückt halte.

»Ich lasse dich nicht gehen, Layla«, sage ich entschieden mit rauer Stimme. »Du dachtest wohl, dass du mir so einfach entkommen kannst. Aber da hast du dich geirrt.«

»Mach es mir bitte nicht noch schwerer, als es schon ist«, flüsterst du, nach Luft japsend. Du bist doch nicht etwa atemlos? So kenne ich dich gar nicht. Wo ist deine Coolness und Selbstbeherrschung geblieben?

Ich beuge mich rüber und unsere Gesichter berühren sich … Oh Layla, du duftest unglaublich süß nach Vanille und Kokos. Was ist das für ein Parfum, das du immer trägst?

Deine Augenlider senken sich und ich höre dein Herz rasen.

»Wehre dich nicht dagegen«, murmele ich gedämpft und spüre jeden deiner Atemzüge, die hauchzart mein Gesicht streifen.

»Das ist Ivory gegenüber nicht fair«, du versucht mir zu entwischen, doch ich verstärke meinen Griff und schüttele den Kopf.

»Nur ein Abschiedskuss. Was ist schon dabei«, raune

ich dir zu und meine Lippen streifen behutsam deine. Du lässt es geschehen, wehrst dich nicht mehr dagegen. Ich fahre leicht mit der Zungenspitze an deinen Lippen entlang, bevor ich mir den Zugang zu deinem Mund verschaffe. Du schmeckst so unglaublich gut, Layla, weißt du das?

Ich kann einfach nicht genug von dir bekommen.

Meine Hände lassen deine Handflächen los und gleiten an deinen Hüften entlang. Langsam schiebe ich deinen hellblauen Pullover nach oben, berühre dich am Bauch. Deine Haut fühlt sich unglaublich weich an. Ich werde dir die Kleidung von deinem hübschen Körper zerren, dich auf die Matratze werfen und daran erinnern, was wir beide mal hatten.

Es war zwischen uns etwas Einzigartiges. Etwas, das ich bei keiner anderen Frau gespürt habe. DU bist die Einzige, die ich je geliebt habe und immer lieben werde. Und das weißt du auch.

Als ich gerade dabei bin, dir den Pullover auszuziehen, löst du dich von mir und schiebst meine Hände weg.

»Michio, nicht«, wisperst du.

Ich neige meinen Kopf zur Seite und ziehe eine Braue nach oben. »Warum nicht, Layla? Du willst es doch genauso wie ich.«

Du schluckst trocken. »Es wird mir das Abschiednehmen noch mehr erschweren.«

»Dann bleib«, verlange ich.

Doch du schüttelst nur den Kopf. »Kümmere dich gut um Ivory. Sie liebt dich wirklich«, sagst du.

»Und du? Was ist mit dir, Layla?«, frage ich dich. Mich

interessieren nur deine Gefühle. Also, höre bitte damit auf, mir immer wieder auszuweichen!

»Was ich fühle, ist nicht mehr wichtig.«

»Wenn du heute gehst, werde ich dir das nie verzeihen«, meine Stimme klingt entschlossen und ernst, während ich das ausspreche, was mir gerade durch den Kopf geht. »Und ich möchte dich dann auch nie wiedersehen. Komme bloß nicht auf die Idee, hier wieder aufzutauchen!«

Deine Augen werden feucht und deine Unterlippe zittert leicht. Du wirst doch nicht etwa weinen, Layla? Das ist so falsch und feige von dir.

Du kommst einen Schritt näher auf mich zu, stellst dich auf die Zehenspitzen und schaust mir dabei tief in die Augen.

»Ich liebe dich, Michio«, sprichst du endlich das aus, was ich schon lange herbeigesehnt habe. »Und ich werde dich immer lieben. Aber ich muss gehen. Es tut mir leid.«

Mit diesen Worten nimmst du deinen Mantel, der noch auf der Couch liegt, und verlässt die Wohnung.

Nein, Layla. Dein *Tut mir leid* kannst du dir sonst wohin stecken! Das werde ich dir nie verzeihen. Das, was du mir damit antust, ist einfach unverzeihlich!

Du warst die Einzige, die mich noch retten konnte. Meine einzige Lichtquelle. Und nun hast du vor, mich wieder einmal zu verlassen.

Die Leere, die du in mir hinterlässt, ist unerträglich. Dieser Schmerz beißt sich fest in mein Inneres und ist kaum noch zu bändigen, geschweige denn zu ertragen.

Damit zerstörst du mich vollkommen. Wärst du lieber in Indien geblieben!

Ich kann dich nicht gehen lassen, wo ich dir doch wieder einmal nahe sein konnte. Ich kann dich nicht verlieren, wo ich dich doch vor ein paar Minuten noch geschmeckt habe.

Ich beiße die Zähne zusammen und balle meine rechte Hand fest zu einer Faust.

»Fuck you, Layla!«

Dann donnere ich mit voller Wucht mit meiner Faust gegen die Wand.

Meine Knöchel platzen auf und ein tröstlicher Schmerz durchfährt meinen rechten Arm. Doch dieser körperliche Schmerz ist einfach nicht stark genug, um meine seelischen Qualen zu mildern.

»Fick dich, Layla!«, schreie ich frustriert. Das Gefühl der Trauer wird nun von der Wut übertönt. »Hörst du?! Fick dich einfach! Du verdienst mich gar nicht!«

Fluchend schlage ich erneut mit voller Kraft gegen die Wand. Immer und immer wieder, bis das rote Blut an meinen Fingern entlangtropft.

Ich bin definitiv an meiner Grenze angelangt. Es gibt nichts, was mir mehr Schmerzen bereiten könnte als deine Abwesenheit.

Kapitel 24

Das hier ist eindeutig MEIN UNTERGANG.

Ich ziehe mir ein langes schwarzes Kleid an und flechte meine blonden Haare zu einem Zopf nach hinten. Als Nächstes greife ich zu der Mascara und tusche mir damit meine Wimpern.

Wenn ich doch nur ansatzweise so hübsch wie Layla sein könnte …

Ich werfe meinem Spiegelbild ein müdes Lächeln zu und trage zum Schluss etwas Lipgloss auf die Lippen.

Es ist Silvesterabend und Michio wollte sich mit mir im Host Club treffen. Es wundert mich ein wenig, denn soweit ich weiß, muss er dort gar nicht mehr arbeiten. Das hat mir so zumindest Layla vor ihrer Abreise mitgeteilt und ich hoffe sehr, dass sie mich nicht angelogen hat.

Jedenfalls bin ich einfach nur froh, dass wir sie endlich los sind. Meinetwegen kann sie für immer in Indien bleiben.

Ich steife mir meinen Mantel über und ziehe schwarze Overknees an. Das Neujahr kann nur gut starten, ohne Layla. Der Gedanke, Michio endlich nur für mich alleine zu haben, gefällt mir.

Zufrieden greife ich nach meiner Handtasche und verlasse schließlich die Wohnung. Unterwegs beschließe ich Gina anzurufen. Ich nehme das Handy in die Hand und wähle ihre Nummer.

»Hi«, meldet sie sich.

»Gina, hast du heute Abend schon etwas vor?«, frage ich sie, während ich durch den verschneiten Gehweg schreite und mir überlege, ob es nicht sinnvoller wäre, mit dem Taxi zum Host Club zu fahren. Außerdem ist es schon ziemlich dunkel, denn es ist bereits einundzwanzig Uhr.

»Ähmm … falls du heute den Silvesterabend mit mir verbringen möchtest, muss ich dich enttäuschen. Ich habe schon etwas vor.«

»Keine Sorge, ich bin mit Michio im Host Club verabredet. Wir feiern heute dort«, erkläre ich grinsend. »Ich wollte nur wissen, was du heute so vorhast.«

»Feiern, was sonst«, lacht sie.

»Ja, das weiß ich doch!«, entgegne ich seufzend und bleibe vor einer roten Ampel stehen. »Ich wollte wissen, mit wem? Du verschweigst mir doch glatt etwas!«

Die Autos huschen an mir vorbei und ich drücke mein Handy dichter ans Ohr, um Ginas Worte zu verstehen.

»Es ist noch nichts Ernstes zwischen uns«, druckst sie herum und es verwirrt mich ein wenig, dass sie so ein Geheimnis daraus macht. Gina war noch nie etwas peinlich gewesen.

»Ist dein Neuer so schrecklich, dass du ihn mir verschweigst?«, necke ich sie.

»Ich werde dir irgendwann mal mehr über ihn erzählen«, entgegnet sie schnippisch.

Die Ampel zeigt auf Grün und ich überquere die Straße.

»… wenn die Zeit reif dafür ist«, fügt Gina leise hinzu.

»Wie du meinst. Hauptsache, es ist nicht dieser komische Marc. Ich konnte ihn nie leiden.« Das weiß sie aber auch. Und ich hoffe für meine Freundin, dass sie aus ihren Fehlern gelernt hat. »Feiere schön, mit wem auch immer.«

»Danke. Du auch mit deinem unwiderstehlichen Michio.« Bei diesen Worten muss ich schmunzeln und lege auf.

***

Als ich endlich den Host Club erreiche, wird mir klar, dass ich seit dem letzten Abend mit Michio keinen Alkohol mehr zu mir genommen habe. Diese Erkenntnis macht mich stolz.

Vielleicht bin ich doch stark genug, um meiner Sucht zu widerstehen. Vielleicht bin ich doch nicht so wie meine Eltern.

Layla hat auch eine schwere Vergangenheit und sie war trotz allem stark genug, um dem Alkohol den Rücken zu kehren. Warum also auch nicht ich?

Ich betrete den Eingangsbereich und hänge meinen Mantel ordentlich auf den Bügel der Wandgarderobe auf, bevor ich mich George zuwende.

Er hebt selbstgefällig eine Braue nach oben. »So sieht man sich wieder. Grüß dich, Ivory.«

Stirnrunzelnd betrachte ich seine Gesichtszüge genauer. Ist er tatsächlich der Onkel von Layla? Ich kann einfach keine Ähnlichkeiten zwischen den beiden feststellen.

»Hi George. Ich bin heute mit Michio verabredet.«

Er winkt mich weiter. »Geh nur rein. Ist schon okay.«

Was ist mit ihm los? Er verlangt noch nicht einmal, dass ich für die Stunden im Host Club zahle. Irgendetwas stimmt nicht mit ihm. Eigentlich sollte er grimmiger und wütender sein, denn Michio wird nicht mehr länger für ihn arbeiten. Es sei denn, George hat noch Hoffnung, dass sein bester Mitarbeiter sich irgendwann eines Besseren besinnt und zu ihm zurückkehrt. Darauf kann er allerdings lange warte! Innerlich muss ich grinsen, während ich den langen schmalen Flur entlangschreite. Die Musik, die aus dem Hauptbereich ertönt, hebt meine Stimmung noch mehr an.

Ich stelle fest, dass selbst der lange Korridor bereits geschmückt ist. An den Wänden hängen goldene Vorhänge, die unter der schwachen Beleuchtung besonders gut zur Geltung kommen. Alles schreit nach Silvester und Party und ich bin mir sicher, dass es im Hauptbereich noch viel festlicher aussieht.

Und dann entdecke ich Michio, der aus dem großen Saal auf mich zuschwankt. Er torkelt tatsächlich … und sieht sehr bedrückt aus.

Unsicher bleibe ich mitten im Flur stehen. Wie viel hat er eigentlich getrunken?

Michio bleibt dicht vor mir stehen und begutachtet nur flüchtig mein Outfit, was mich ein wenig verletzt.

»Ivory«, lallt er. »Gut, dass du da bist.«

Ivory? Es wundert mich, dass er mich nicht wie üblich Prinzessin nennt. Und überhaupt … er sieht nicht gerade glücklich und in Feierlaune aus.

Ich möchte ihn umarmen, doch er schiebt mich von

sich weg. So langsam werde ich unruhig. Warum wollte er mich überhaupt sehen, wenn er jetzt so abweisend ist?

»Was ist los, Michio?«, frage ich vorsichtig.

Er legt den Kopf leicht schief. »Ich muss mit dir reden.«

Oh Gott. Das hört sich aber gar nicht gut an. Mein Herz klopft bis zum Hals. Ich ahne wirklich nichts Gutes. Befangen streiche ich mein Kleid glatt, um mich irgendwie abzulenken.

»Du bist traurig, dass Layla wieder abgereist ist«, beginne ich nervös. »Das verstehe ich. Und ich verspreche, immer für dich da zu sein.«

Michio streicht sich ein paar seiner dunkelblonden Strähnen aus den Augen und blinzelt bedächtig. So wie er das immer tut. Sein Augenaufschlag ist so unwiderstehlich und sexy.

Er ist ganz in Schwarz gekleidet und sieht aus wie ein gefallener Engel. Ist er wahrscheinlich auch, so gebrochen, wie er ist. An seinem rechten Handgelenk baumeln mehrere schmale Lederbänder und seine Hand ist … mit einem Verband umwickelt.

Behutsam möchte ich seine Hand berühren, doch er entzieht sie mir.

»Was ist passiert?«, frage ich besorgt.

»Nichts. Konzentrieren wir uns lieber auf das Wesentliche, denn wir haben nicht gerade viel Zeit, um uns zu unterhalten. Ich erwarte gleich in einer halben Stunde eine Kundin.«

Darum war George also so gut gelaunt!

»Ich verstehe das nicht«, murmele ich verwirrt. »Du bestellst mich hierhin und sagst mir im gleichen Augenblick, dass wir nicht viel Zeit haben. Was soll das, Michio? Ich habe mich heute besonders hübschgemacht, weil ich der Meinung war, dass wir heute zusammen Silvester feiern. Und warum arbeitest du hier wieder? Layla hat mir erzählt, dass alles geregelt ist und du nicht mehr länger in diesem Host Club gefangen bist. Du bist frei, Michio.«

»Die Frage ist, möchte ich das überhaupt noch sein? Und die Antwort lautet Nein. Was hat es denn für einen Zweck, wenn sie nicht hier ist?«

»Also waren ihre Bemühungen wohl umsonst«, bemerke ich schnippisch. Ich verstehe diesen Mann einfach nicht! Was hat er für ein Problem?

»Sie hätte einfach nicht kommen sollen«, entgegnet er kühl. »Lass uns in den großen Saal gehen.« Er geht schwankend vor und ich folge ihm.

Was möchte er damit bezwecken? Er hat doch nicht ernsthaft vor, hier weiterhin als Escort-Boy zu arbeiten! Aber weshalb denn? Möchte er sich damit an Layla rächen? Ihr damit zeigen, wie erfolglos ihre Bemühungen, ihn aus Georges Fesseln zu befreien, waren? Ihr damit weismachen, dass er nicht auf ihre Hilfe angewiesen ist?

Ich verstehe es nicht. Ich verstehe IHN nicht.

Meine Stimmung ist im Keller. Vage nehme ich den dekorierten Raum wahr, als wir an einem Tisch Platz nehmen. Die Menschenmenge um uns herum ist in Feierlaune und alle wirken ausgelassen und glücklich. Nur wir beide nicht.

Ich frage mich, was mit Michio heute los ist. Er ist

nicht mehr wiederzuerkennen. So abwesend und kühl habe ich ihn noch nie erlebt.

»Möchtest du etwas trinken?«, fragt er und deutet mit einem Kopfnicken auf die Bartheke. Ich schüttele den Kopf. Mir ist einfach nicht mehr danach. Das Einzige, was ich mir wünsche, ist, von ihm in den Arm genommen zu werden. Doch er hält mich heute auf Abstand und ich frage mich warum.

»Wie du willst. Ich muss dir etwas sagen.«

Ich schlucke schwer und bin für alles Mögliche gewappnet.

»Ich werde es kurz und schmerzlos machen«, beschließt er und ich reiße erschrocken die Augen auf. Befangen rutsche ich auf meinem Sitz hin und her. Mein Herz hämmert so stark, dass es wehtut.

Oh nein, Michio. Was möchtest du mir damit sagen?

Michio merkt meine zunehmende Anspannung und nimmt meine Hand, was mich nur teilweise beruhigt.

»Ich weiß, dass du stark bist«, sagt er und meine Augenlider flattern nervös. Bitte nicht … Ich ahne Schlimmes und starre ihn regungslos an.

ICH. BIN. WIE. ERSTARRT.

Ich atme nicht einmal.

Michio seufzt nachdenklich.

»Es ist aus«, sagt er dann entschieden. »Ich brauche etwas Zeit für mich. Tut mir leid.«

Mein Magen zieht sich schmerzhaft zusammen. Meine Kehle ist wie zugeschnürt.

»Nein«, flüstere ich und schüttele wild meinen Kopf. »Nein. Nein. Nein.«

Er ist betrunken und weiß nicht, was er da von sich gibt. Das ist alles, versuche ich mir einzureden. Ich werde jetzt nicht weinen.

»Tut mir leid«, wiederholt er.

»Nein, Michio«, meine Stimme ist beschlagen und meine Unterlippe bebt. Ich konzentriere mich darauf, nicht in Tränen auszubrechen. »Nein, das akzeptiere ich nicht.«

Er schließt seine Augen und atmet tief ein. Als er seine Augenlider wieder aufschlägt, ist sein Blick bekümmert, aber auch irgendwie distanziert.

»Das kannst du mir nicht antun«, wispere ich durch die Tränen, die schlussendlich doch die Übermacht gewinnen. Im selben Augenblick versuche ich ihm meine Hand zu entziehen, doch er lässt mich nicht los.

In meinem Kopf dreht sich alles. Meine Sicht verschwimmt und ich fühle mich wie betäubt.

»Du bist stark, Ivory. Mach jetzt bitte keine Dummheiten«, mahnt er mich, doch ich bin wie taub und seine Worte erreichen mich nur noch bedingt.

Ich fühle nichts mehr. Ich höre nichts mehr.

Der Raum dreht sich und ich beiße mir stark auf die Unterlippe, um irgendetwas zu fühlen. Doch ich spüre nichts.

Einfach gar nichts.

Das hier ist eindeutig MEIN UNTERGANG.

Kapitel 25

Ich bin der böse Drache. Schon vergessen?

Michio hält mir ein Glas Wasser hin. »Trink«, fordert er mich sanft auf.

Ich kann mich immer noch nicht rühren. Sitze regungslos nur da und starre ins Nichts.

»Trink etwas«, wiederholt er erneut. »Komm schon, Ivory.«

Ivory. Er sagt nur noch Ivory.

»Ich brauche Wodka«, nuschle ich emotionslos.

Er schüttelt den Kopf. »Wirst du hier nicht bekommen. Sonst machst du nachher irgendwelche Dummheiten.«

»Was spielt es denn noch für eine Rolle.« Träge nehme ich das Glas Wasser in die Hand und trinke alles auf ex. Dann schaue ich ihn mit leeren Blick an. »Zufrieden?«

Michio nickt unmerkbar.

»Du solltest zu Melton zurückkehren. Er ist der Richtige für dich. Und … er liebt dich noch.«

Ist das sein Ernst? Ist das sein FUCKING ERNST?

»Und du?«, schniefe ich und wische mir die Tränen aus dem Gesicht.

»Ich habe Layla geküsst«, gesteht er. »Sie ist die Einzige, die ich liebe.«

»Und wenn schon«, flüstere ich mit zittriger Stimme. »Das ist kein Grund, um mich zu verlassen, Michio.«

Ich kann und will das Ende dieser Beziehung einfach nicht akzeptieren!

»Du verdienst einen besseren Mann.«

»Was, wenn ich keinen besseren haben möchte?« Mein Kopf brummt und gleichzeitig habe ich das Gefühl, als würde ich ersticken. Ohne ihn ist mein Leben sinnlos. Alles ist ohne ihn sinnlos.

»Ich bin der böse Drache«, er neigt seinen Kopf leicht schief und lächelt mich vage an. »Schon vergessen?«

Und ich breche erneut in Tränen aus, verdecke mein Gesicht zwischen den Händen und schluchze vor mich hin. Ich möchte etwas erwidern, aber ich bekomme keinen vernünftigen Satz zustande.

Meine Sicht ist durch die Tränenschleier vernebelt, als ich ihn wieder anschaue.

Eigentlich warst du niemals der Drache. Du warst immer nur mein Prinz, liegt es mir auf der Zunge, doch mein Mund bewegt sich nicht.

»Na ihr Hübschen«, sagt jemand. Die Stimme kommt mir sehr bekannt vor. Ich blicke hoch und vor uns steht Denise. Sie legt ihre Hand auf Michios Schulter und ihre Augen funkeln mich siegessicher an.

»Was macht sie hier?«, frage ich kaum hörbar und deute angewidert mit dem Zeigefinger auf Denise.

»Sie ist meine Kundin«, erklärt mir Michio ruhig, als wäre es das Normalste der Welt.

Das ist zu viel. Das ist alles einfach viel zu viel für mich.

Träge erhebe ich mich, schwanke leicht und halte mich kurz an dem Tisch fest, während ich versuche, nicht umzufallen. Michio steht ebenfalls auf.

»Ich begleite dich«, bietet er mir an und fasst mich liebevoll am Oberarm.

»Nicht nötig«, entgegne ich mit rauer Stimme und stoße ihn von mir weg. »Ich hoffe, du wirst deinen inneren Frieden noch finden, Michio.«

Sein Blick ist leer, als er die Worte in sich aufnimmt. Irgendwie tut er mir sogar leid.

Es tut mir leid für ihn, dass er den Abgrund bevorzugt. Und es tut mir leid für ihn, dass er solche Qualen haben muss, dass er anscheinend keinen anderen Ausweg findet.

Und deshalb akzeptiere ich seine Entscheidung.

Ich werde es überleben. Irgendwie.

Noch ein letztes Mal blicke ich in seine dunklen Augen und mein Herz zerbricht dabei. Es ist so viel Schmerz in diesen Augen und ich fühle es mit.

Glaub mir, Michio. Ich leide mit dir. Auch wenn du es nicht wahrhaben möchtest – wir sind seelenverwandt. Ich befinde mich genau wie du in diesem Augenblick in der tiefsten Hölle, die es gibt. Wir BEIDE brennen lebendig. Du magst den Schmerz, nicht wahr? Also werde ich lernen, ihn anzunehmen und ebenfalls zu mögen.

Ich drehe mich um und gehe schwankend davon. Die Stimmen und die Musik um mich herum sind viel laut und es ist so stickig hier, dass ich große Mühe habe, den Sauerstoff in meine Lungen zu befördern. Und warum dreht sich eigentlich der ganze Raum?

Ich weiß nicht, wie, aber ich schaffe es gerade noch in den Eingangsbereich, wo ich achtlos meinen Mantel überwerfe und den verfluchten Host Club verlasse. Selbst George sieht besorgt aus und bietet mir seine Hilfe an, die ich jedoch ablehne.

Endlich an der frischen Luft atme ich tief ein und aus und bemühe mich vergeblich, die Übelkeit zu ignorieren, die sich langsam einschleicht.

Benommen stehe ich da und versuche zu begreifen, was gerade passiert ist. Es ist endgültig vorbei. Er hat mich verlassen.

Er hat mich tatsächlich verlassen …

Mein Herz rast und mein Magen hebt sich. Ich beuge mich vor, keuche und würge. Meine Hände sind auf die Oberschenkel gestützt, während ich würge und würge und würge. Aber es kommt nichts.

Mein ganzer Körper zittert und es dreht sich alles. Ich hasse den Winter. Und ich hasse den Schnee. Ich hasse alles. Alles ist sinnlos. Ohne ihn.

Das hier ist eindeutig der tiefste Abgrund, in dem ich jemals in meinem Leben war. Ich schließe die Augen und sacke auf die Knie. Ich spüre keine Nässe, keine Kälte. Nichts. Ich weiß nur, dass ich falle. Tiefer und immer tiefer. Bis ich die Finsternis erreiche.

Mach's gut, Michio. Für mich warst du immer nur mein Prinz.

Es hat mir nichts ausgemacht, dass ich nur zweite Wahl war.

Es hat mir ebenso nichts ausgemacht, dass ich von deinen Fans bedroht wurde.

Und es hat mir nicht einmal etwas ausgemacht, zu wissen, dass du jemanden ermordet hast.

Ich habe noch nie jemanden so geliebt, wie ich dich liebe …

»Ivory?!«, ich höre verzweifelte Rufe in der Ferne und

schnelle Schritte, die sich mir nähern. »Oh mein Gott, Ivory!«

Jemand kniet sich neben mich hin und legt seine Hand um mich.

»Ivory, alles in Ordnung?« Es ist Meltons Stimme.

Melton? Aber was macht er hier?

»Hey Schatz … was ist passiert?« Es ist Gina, sie geht ebenfalls neben mir in die Hocke und legt behutsam ihre warme Hand an meinen Oberschenkel.

Melton und Gina sind hier. Träume ich?

»Was macht ihr hier?«, frage ich träge und schaue die beiden teilnahmslos an.

»Michio hat Melton angerufen und ihn gebeten, sich um dich zu kümmern«, erklärt Gina und drückt mich an sich. »Oh mein Gott, Schatz, warum sitzt du hier auf dem kalten Boden? Was ist passiert?«

»Er hat mich verlassen«, schluchze ich an ihrer Brust und lasse meinen Tränen freien Lauf. Gina streichelt mir liebevoll über den Rücken.

»Ich mach den Scheißkerl fertig!«, zischt Melton zähneknirschend und steht auf.

»Melton! Das hier ist jetzt nicht der richtige Zeitpunkt dafür!«, Gina wirft ihm einen mahnenden Blick zu. »Wir sollten für Ivory da sein. Sie braucht uns jetzt.«

Michio hat also Melton angerufen und ihn gebeten, sich um mich zu kümmern. Doch weshalb ist eigentlich Gina hier? Die beiden sind doch nicht etwa … ein Paar? Ist *Melton* der neue geheimnisvolle Freund von Gina, den sie mir verheimlichen wollte?

Mein Verstand ist viel zu benebelt, um dieser Sache

weiterhin Beachtung zu schenken, und außerdem ist mir das alles sowieso gleichgültig.

Ich löse mich aus Ginas Armen und sie hilft mir dabei, aufzustehen.

»Lass uns nach Hause fahren«, sagt Gina leise und ich nicke nur, obwohl ich nicht weiß, welches Zuhause sie eigentlich meint.

»Ich werde ihn so was von zusammenschlagen!« Melton kocht vor Wut und Gina schafft es gerade noch, ihn an seinem Unterarm zu packen.

»Hör nun endlich damit auf!«, fährt sie ihn verärgert an. »Es geht dir nicht um Ivory, sondern darum, dich an ihm zu rächen. Lass es sein!«

»Melton«, ich stehe kraftlos da und schüttele schwach den Kopf. »Geh bitte nicht da rein. Lass Michio in Ruhe. Er kann doch nichts dafür. Gefühle kann man eben nicht erzwingen.«

»Warum verteidigst du diesen Arsch immer noch?«, er wirft mir einen verletzten Blick zu. Mein Körper zittert unkontrolliert. Mir ist so kalt.

»Lass uns endlich nach Hause fahren!«, herrscht meine Freundin den inzwischen eingeschüchterten Melton an und zieht ihn am Ärmel. Dann hakt sie sich bei mir ein und führt uns zu dem schwarzen BMW, der sich in der Nähe auf dem Parkplatz befindet.

Ich frage nicht, von welchem Zuhause hier eigentlich die Rede ist, sondern steige schweigsam in das Auto und mache es mir auf dem Beifahrersitz bequem. Gina setzt sich nach hinten und Melton hinters Lenkrad.

Die Fahrt verläuft sehr ruhig und ich schaue ununterbrochen aus dem Fenster.

Ich bin wie betäubt und nehme nicht einmal meinen eigenen Körper wahr.

»Ich möchte nicht klugscheißern«, bricht Melton das Schweigen, »aber ich habe dich gewarnt, Ivory. Ich wusste, dass er dir das Herz brechen wird. Es war nur eine Frage der Zeit. Du hättest dich damals nicht für Michio entscheiden sollen.«

»Melton!«, mahnt Gina streng. »Ivory braucht jetzt keine Vorwürfe, sondern unsere Unterstützung.«

»Mit dir könnte ich niemals glücklich werden. Meine Entscheidung war richtig«, nuschele ich emotionslos und beobachte weiterhin die Gegend, die an uns vorbeizieht, während Melton noch stärker auf das Gaspedal drückt. Wir rasen an den Rapsfeldern entlang, die in der Dunkelheit kaum noch sichtbar sind.

Ich bin für jede Sekunde dankbar, die ich mit Michio verbringen konnte, und dafür nehme ich einiges in Kauf.

Ich akzeptiere die Flammen, die mich in diesem Augenblick lebendig verbrennen. Ich akzeptiere den Schmerz und die Qualen, die ich dabei erleide.

Ich lerne, die Schmerzen anzunehmen und sie zu lieben. So wie Michio das tut.

Und ich weiß genau, dass er in diesem Augenblick genauso wie ich lebendig am Verbrennen ist.

Wir parken vor dem Penthouse. Irgendwie habe ich es bereits geahnt, dass Melton uns zu sich nach Hause bringen wird.

Ich steige schweigend aus dem Auto und schlage die Tür hinter mir zu. Melton und Gina gehen vor und ich tappe träge hinter ihnen her.

Melton schließt die Eingangstür auf und wir steigen die Treppen nach oben. Den Aufzug zu nehmen, wäre mir zwar lieber, aber ich bin nicht imstande, zu widersprechen. Mir ist nicht nach Reden zumute. Die Stimmung ist bedrückt. Wahrscheinlich habe ich den beiden die geplante Silvesterfeier versaut.

Als wir endlich vor Meltons Tür stehen, öffnet er diese und lässt uns herein, bevor er sich dazugesellt. Ich streife mir meine Overknees ab und stelle sie ordentlich in die Ecke. Träge bewege ich mich in den Wohnbereich und werfe mich auf das Sofa. Die beiden folgen mir und werfen sich gegenseitig stumme Blicke zu. Sie wissen nicht, wie sie sich mir gegenüber verhalten sollen. Und ich weiß es auch nicht. Ich fühle sowieso nichts mehr.

»Seid ihr jetzt ein Paar?«, frage ich ohne jegliche Gefühlsregung.

Ohne Michio bin ich eine leere Hülle. Ich gebe nur vor, zu leben, um Melton und Gina nicht zu beunruhigen, aber innerlich bin ich schon lange tot.

Gina räuspert sich und kommt zu mir rüber. Sie macht es sich neben mir auf dem Samtsofa gemütlich und legt ihre Hand auf meinen Oberschenkel.

»Ich habe dir doch erzählt, dass ich als Reinigungskraft bei jemandem angestellt war«, beginnt sie unsicher. »Das war bei Melton. Wir haben uns so gut verstanden und dann …«

Sie hört mittendrin auf und nimmt hilfesuchend Augenkontakt zu ihm auf. Melton zuckt lediglich mit den Schultern und sucht das Weite.

Deshalb also die ganze Geheimnistuerei um ihre neue Arbeitsstelle.

»Wollt ihr was trinken?«, ruft Melton aus der Küche.

»Lenk nicht ab, Melton«, verlange ich und werfe meiner Freundin erneut einen fragenden Blick zu. »Erzähl weiter.«

»Nun …«, stottert sie eingeschüchtert, »wie das so ist … Wir wohnen jetzt zusammen.«

»Ihr seid also ein Paar«, stelle ich nüchtern fest. »Glückwunsch.«

»Glückwunsch?« Gina scheint gerührt zu sein. »Ich hatte solche Angst vor deiner Reaktion, Ivy. Wirklich. Weil … du weißt schon. Melton ist schließlich dein Ex-Mann und ich deine beste Freundin.«

»Alles gut«, sage ich und meine das auch so. Für Melton empfinde ich sowieso nichts. Außerdem möchte ich, dass er wieder glücklich ist. Und so wie es aussieht, haben sich die beiden verliebt. »Ich freue mich für euch. Ehrlich.«

Melton kommt aus der Küche zurück und stellt die gekühlte Orangensaft-Flasche sowie drei Gläser auf dem Couchtisch ab.

»Kein Champagner am Silvesterabend?«, frage ich matt. Schade, denn eigentlich hatte ich vor, mich zu betrinken und alles zu vergessen.

»Nein, Ivory«, sagt Melton bestimmt. »Alkohol ist in deiner Verfassung nicht gerade die beste Lösung. Eigentlich ist Alkohol gar keine Lösung.«

»Dann nicht. Mir ist sowieso alles egal«, murmele ich.

Melton öffnet die Orangensaft-Flasche und füllt unsere Gläser. Ich fühle mich wie in Trance. Alles scheint so weit weg zu sein. So unreal. Es ist, als wäre ich ganz weit weg und beobachte das Geschehen aus der Ferne. Es ist, als hätte die Seele meinen Körper verlassen.

»Los, stoßen wir mit dem Orangensaft auf das neue Jahr an«, Gina hebt feierlich ihr Glas und zwinkert mir zu. »Auf den Neuanfang, Ivory!«

»Auf den Neuanfang«, wiederholt Melton und wir stoßen an.

Es ist Punkt null Uhr und ich weiß echt nicht wie, aber die beiden haben es tatsächlich geschafft, mich nach draußen zu zerren. Sie geben wirklich ihr Bestes, um mich aufzuheitern. Selbst wenn ihre Versuche, mich abzulenken, scheitern, bin ich dennoch froh, Gina und Melton um mich zu haben.

Wir stehen da und blicken staunend nach oben, während um uns herum ein Feuerwerk erblüht. Der ganze Himmel leuchtet in den prächtigsten Farben über unseren Köpfen auf.

Es kracht, zischt und pfeift.

»Sieh mal, wie schön«, staunt Gina. Ihre Augen leuchten vor Begeisterung.

»Bezaubernd«, pflichtet Melton ihr bei.

Ich stehe regungslos daneben und die Tränen laufen über mein Gesicht.

Wie soll ich bitte schön ohne ihn weiterleben?

Kapitel 26

Spielen wir ein Spiel, Denise.

Michios Gedanken

Ich weiß nicht wie viel ich bereits getrunken habe, Layla. Jedenfalls bin ich so dicht, dass ich nicht mehr in der Lage bin, dich von Denise zu unterscheiden.

»Du hattest mir mal vorgeschlagen, Layla zu spielen«, erinnere ich Denise, die beklommen nach Luft schnappt. »Gilt das noch? Das könnte ich heute gut gebrauchen.«

Warum starrt sie mich so erschrocken an? War doch alles ihre Idee gewesen.

»Was auch immer du willst, Michio«, willigt sie zögernd ein.

Na also, geht doch.

Ich reiche ihr eine Papiertüte in die Hand, die sie stirnrunzelnd annimmt.

»Geh in die Waschräume und zieh dich in der Kabine um«, gebe ihr die Anweisung.

»Was ist das?«, unsicher schaut sie in die Tüte rein.

»Ein Kleid. Und jetzt geh.«

Sie nickt leicht irritiert und schleicht sich davon. Ganz ehrlich, ich habe absolut keinen blassen Schimmer, weshalb die Frauen immer das tun, was ich von ihnen verlange. Auch Denise kann mir meinen Wunsch einfach nicht abschlagen.

Sie wird dein Kleid tragen, Layla. Das Kleid, das du an meinem Geburtstag getragen hast. Ich habe den gleichen Fummel in einem kleinen Laden entdeckt und ihn direkt gekauft.

Nein, gesund ist es schon lange nicht, das, was ich tu. Es ist krank. Absurd.

Denise könnte mir widersprechen, mich anschreien, mir vorwerfen, wie hirnrissig doch diese Idee sei. Doch sie folgt stumm meinen Befehlen. So wie sie alle das tun.

Nur du, Layla, bist die Einzige, die sich mir immer widersetzt. Warum? Dabei bist du die Einzige, die ich wirklich will.

Früher waren wir unzertrennlich. Wir waren sogar immer in derselben Klasse. Wir saßen auch zusammen und ich weiß noch, wie ich dir damals Herze auf ein Blatt Papier gemalt habe. Ich war so verliebt in dich.

Schon immer gewesen.

Weißt du noch, wie unsere Mitschüler in der ersten Klasse mich damit aufgezogen haben, dass ich keine Eltern habe?

»Niemand liebt Michio«, haben sie über mich gelacht, »nicht einmal seine eigenen Eltern!«

Dann hast du dich vor mich gestellt. »Hört sofort damit auf! Michio ist liebenswürdig«, hast du gesagt.

»Ach ja?«, spotteten die Kinder weiter, »warum lebt er dann bei deinem Onkel und nicht bei seiner Mama und Papa? Niemand liebt Michio! Niemand liebt Michio!«

»Ich liebe ihn«, hast du laut verkündet.

Und sie lachten. »Verliebt, verlobt, verheiratet …«, haben sie gesungen. »Layla ist in Michio verliebt, Layla ist in Michio verliebt!«

Doch das hat dir nichts ausgemacht.

»Und wenn schon.« Du hast lässig mit den Schultern gezuckt und mir einen Kuss auf die Wange gedrückt.

Die Kinder lachten nur noch mehr. »Layla ist verliebt! Layla hat Michio geküsst!«

Ich wollte mich auf sie stürzen und auf sie einprügeln, damit sie aufhören, sich über dich lustig zu machen, doch du hast mich davon abgehalten.

»Lass sie doch«, hast du mir zugeflüstert. »Sie haben recht. Ich bin in dich verliebt.«

Layla, du warst schon immer mein Engel gewesen. Meine einzige Lichtquelle. Mein Ein und Alles.

»Fertig«, verkündet Denise und dreht sich langsam um ihre eigene Achse.

Das dunkelgrüne Kleid steht ihr ausgezeichnet und betont ihre weiblichen Kurven.

Ich nehme den Tumbler und kippe den restlichen Whiskey in meinen Rachen. Das angenehme Brennen zeigt die erhoffte Wirkung. Physische Schmerzen lindern allgemein die seelischen.

Ich erhebe mich und stelle mich dicht neben Denise. Meine Hände umfassen ihre Hüften und wandern langsam zu ihrem Hintern. Sie atmet kaum noch.

»Du siehst bezaubernd aus, Layla«, raune ich ihr ins Ohr. An ihrem erschrockenen Blick erkenne ich, dass sie mir widersprechen möchte.

»Vergiss nicht das Spiel«, ermahne ich sie. »Heute bist du nicht mehr Denise. Heute bist du Layla. Für mich.«

»Ich möchte nur wissen, warum … es dir so wichtig ist«, stammelt sie und sieht dabei etwas enttäuscht aus.

»Damit machst du mich glücklich«, entgegne ich schlicht.

»Wenn das so ist«, sagt sie gedankenverloren, »dann bin ich bereit dazu.«

»Lass uns zu mir nach oben gehen«, meine raue Stimme an ihrem Ohr lässt sie erschaudern. Sie ist mir verfallen. Eindeutig. »Ich kann dir versprechen, dass es sich für dich lohnen wird.«

Denise schaut mich verlegen an und ihre Wangen erröten leicht. Ihr Atem stockt. Sie will mich, ihre glasigen Augen verraten sie.

»Ich möchte nicht, dass du falsch von mir denkst«, murmelt sie eingeschüchtert. »Ich bin nicht diese Sorte Frau, die … du weißt schon. Aber dir kann ich einfach nicht widerstehen, Michio.«

»Das ist mir nicht entgangen«, sage ich selbstgefällig. »Ob du dich jetzt rar machst oder nicht, dadurch wird mein Interesse an deiner Person nicht steigen.«

»Warum willst du dann mit mir schlafen?«, fragt sie etwas verwirrt.

Ich schaue ihr tief in die Augen und blinzele bedächtig. »Ich möchte einfach etwas Spaß haben. Du doch auch?«

»Ja«, flüstert sie atemlos. »Wenn ich ehrlich bin, habe ich schon immer davon geträumt, mit dir Sex zu haben.«

»Na also.« Lächelnd nehme ich ihre Hand und ziehe sie hinter mir her. Vor dem Aufzug bleiben wir kurz stehen und ich tippe die PIN-Nummer ein, die mich an Ivory erinnert. Meine Prinzessin. Sie ist ohne mich besser dran.

Als wir in dem Aufzug sind und die Türen hinter uns zugleiten, drücke ich Denise gegen die Wand und sie keucht auf.

»Vergiss nicht, wer du heute bist«, erinnere ich sie noch einmal und halte ihre Hände an der kühlen Wand gepresst, während ich meinen Körper dicht an ihren dränge.

Ganz langsam, wie im Zeitlupentempo, neige ich meinen Kopf leicht schief und beobachte ihre Reaktion. Sie atmet schwer und kann es wohl kaum erwarten, von mir gefickt zu werden. Ich muss zugeben, ihre Lust macht mich an.

Ich beuge mich vor und sie streckt mir ihre Lippen entgegen, in der Erwartung, von mir geküsst zu werden. Doch ich schüttele lächelnd meinen Kopf. So schnell bekommt sie den Kuss nicht von mir. Ich erkenne die Enttäuschung in ihrem Blick.

»Nicht so schnell«, flüstere ich ihr zu.

Die Türen gleiten zur Seite und ich deute ihr, vorzugehen. Unsicher betritt sie meine Wohnung und schaut sich verwundert um.

»Willkommen in meiner bescheidenen Ein-Zimmer-Wohnung«, präsentiere ich stolz und muss mir das Lachen verkneifen.

Denise lässt ihren Blick verstohlen durch das Zimmer gleiten.

Der dunkle Parkettboden, die Wände, die in cremiger Farbe gehalten sind, die Matratze, die auf den Paletten gelagert ist, die kleine Küche in der Ecke, die abgenutzten Stühle mit dem dunklen Holztisch, das rissige Sofa aus schwarzem Kunstleder, die einsame Glühbirne an der Decke … DAS hat sie wohl nicht erwartet!

Und nein, ich besitze keine Bilder, keine Gardinen, keinen Teppich. Nichts. Nur ein paar Pflanzen.

»Na?«, frage ich und umarme sie von hinten, »hast du etwas anderes erwartet?«

»Na ja …«, stammelt sie, »ich dachte … du verdienst sehr viel.«

»Wie kommst du darauf?«, frage ich dicht an ihrem Ohr und muss schmunzeln.

»Ich muss tausend Euro für eine Stunde mit dir hinblättern«, ihre Stimme klingt verwirrt. »Du bist der Star im Host Club. Alle Frauen sind verrückt nach dir. Du bist auf dem ersten Platz. Warum lebst du so bescheiden?«

»Damit ich Frauen wie dich aus der Fassung bringen kann«, behaupte ich einfach und beiße ihr ins Ohrläppchen. »Layla würde niemals so etwas fragen. Sie würde vor sich hinlächeln und mir sagen: Ich liebe deine Bescheidenheit, Michio.«

Ich lasse sie aus meiner Umklammerung los und drehe sie an den Schultern zu mir um. Sie beißt sich auf die Lippen und scheint nachzudenken.

Dann flüstert sie: »Ich liebe deine Bescheidenheit, Michio.«

In diesem Moment habe ich das Gefühl, als würdest du vor mir stehen, Layla.

»Layla«, sage ich mit warmer Stimme und umfasse ihr Gesicht mit beiden Händen.

»Küss mich, Michio«, schnurrt sie atemlos und ich

streiche behutsam mit dem Daumen über ihre feuchten Lippen. Ihre Augen schauen mich erwartungsvoll an und ich schiebe meinen Daumen in ihren Mund, lasse sie kurz daran saugen, bevor ich ihn wieder entziehe. Dann beuge ich mich vor, lege meine Lippen auf ihre und küsse sie stürmisch. So wie ich dich gerne geküsst hätte, Layla. Aber du bist nicht hier.

Denise ist gerade hier, um mich aufzufangen. Und das ist okay. Für eine Nacht wird es reichen.

Benommen ringt sie nach Luft, während meine Zunge fordernd in ihren Mund vorstößt. Sie ist hin und weg von mir. Und das jetzt schon. Dabei haben wir gerade erst angefangen.

»Es ist verrückt«, japst sie und löst sich von dem Kuss, »aber ich würde alles für dich tun, Michio. Wirklich alles. Das, was du von mir verlangst, nimmt inzwischen kranke Züge an. Aber ich bin bereit dafür. Bereit für dich, deine Layla zu spielen. Du tickst zwar nicht ganz richtig, aber selbst das macht mich an. Und da ich auch nicht ganz bei Sinnen bin, folge ich deinen Wünschen, ohne sie zu hinterfragen. Bin ich verrückt?«

Du bist gewöhnlich, liegt es mir auf der Zunge, doch ich verkneife es mir.

Stattdessen neige ich meinen Kopf leicht schief. »Sind wir nicht alle ein bisschen verrückt?«

Sie nickt stumm und ich streiche ihr zärtlich die braunen Haare hinters Ohr. »Du bist so schön, Layla. Ich liebe deine Haare. Sie haben einen warmen Schokoladenton.«

»Danke«, murmelt Denise. Ich sehe die Unsicherheit

in ihren Augen. Sie fragt sich, ob das Kompliment auch wirklich an sie gerichtet ist.

Ich ziehe eine Braue nach oben. »Jetzt weißt du, wie *ich* mich immer fühle, wenn ich eine Rolle spielen muss, um dich oder andere Frauen in diesem Host Club zu beeindrucken.«

»Tut mir leid«, flüstert sie. »Es muss schwer sein, in diesem Bereich zu arbeiten.«

»Erleichtere es mir«, fordere ich und küsse sie an ihrem Hals entlang, »spiele deine Rolle gut. Das ist das Einzige, was ich von dir verlange. Spiele für mich eine selbstbewusste, aber liebevolle Layla.«

»Mach ich, Michio«, wispert sie benommen und neigt den Kopf zur Seite, um mir mehr Hautfläche zu gewähren. Während ich an ihrem Hals knabbere, versuche ich dabei zu ignorieren, dass sie anders als Layla duftet.

Ich umfasse mit meiner rechten Hand die Innenseite ihres Oberschenkels und schiebe sie qualvoll langsam nach oben. Sie stöhnt laut auf. »Du machst mich ganz verrückt, Michio.«

»Ich weiß«, ich lasse meine Finger in ihr Höschen gleiten und schiebe sie langsam vor und zurück.

»Oh Gott«, keucht sie atemlos und ich ziehe etwas selbstgefällig eine Braue nach oben. Bringe ich sie etwa so schnell schon aus der Fassung?

»Zieh dich aus«, befehle ich mit dunkler Stimme und sie gehorcht sofort. Im Nu liegt ihr Kleid auf dem Boden.

»Den Slip auch.«

Sie folgt meinen Forderungen und ich blicke zufrieden auf ihren nackten Körper. »Wunderschön.«

Das Einzige was ich ausziehe, ist meine Hose und meine Calvin-Klein-Boxershorts. Den Rest behalte ich an. Sie muss meine Verbrennungen und Schnittwunden nicht sehen, denn es würde zu viele Fragen mit sich bringen, die ich gerne vermeiden möchte.

»Sag mir, dass ich es dir besorgen muss, Layla«, verlange ich und presse meinen Körper dicht an ihren. »Sag mir, dass du nach mir verrückt bist und dass ich der einzige Mann bin, den du je lieben wirst.«

»Fick mich bitte, Michio«, wispert sie. »Ich bin so verrückt nach dir. Du bist der einzige Mann, den ich je lieben werde.«

Das lasse ich mir nicht zweimal sagen. Ich hebe sie hoch und trage sie auf die Matratze. Dann streife ich mir ein Kondom über.

Ich stelle mir dich vor, Layla, während ich in sie eindringe und hart zustoße. Vergrabe mein Gesicht in ihren wunderschönen Haaren und halte ihr den Mund mit der Hand zu, damit sie nicht zu laut schreit.

Sie ist mir hoffnungslos ausgeliefert. Das erkenne ich an ihren glasigen Augen.

Das hier ist definitiv das schönste Silvester, das sie je hatte!

Kapitel 27

Das Spiel ist vorbei. Du warst miserabel.

Michios Gedanken

Ach, Layla. Du hast mich verändert. Und das ist kein Kompliment an dich. Das ist ein Vorwurf. Wer hätte gedacht, dass du ein Monster erschaffen kannst, das eiskalt die Frauen zu seinem Vorteil ausnutzt?

»Michio«, murmelt Denise und kuschelt sich an meine Brust. »Du hast immer noch den Pullover an.«

»Unwichtig, oder?«, entgegne ich.

»Hm…« Sie hebt den Kopf leicht an und blickt mir verträumt in die Augen. »Danke.«

»Wofür?«, ich runzele verwirrt die Stirn.

»Für diese Nacht.«

»Kein Problem«, entgegne ich lässig.

Sie kann dich einfach nicht ersetzen, Layla. Sie ist nur Denise. Du hättest dich niemals dafür bei mir bedankt. So langsam lässt der Whiskey nach und ich sehe alles klarer. Nüchtern stelle ich fest, dass keine andere Frau jemals an dich rankommen wird.

»Ich muss dir etwas gestehen«, sagt Denise verlegen. Ihre Wangen sind gerötet. »Ich habe mich schon lange in dich verliebt, Michio. Aber das weißt du ja schon. Allerdings sind meine Gefühle für dich nach der heutigen Nacht noch intensiver geworden.«

Abrupt stehe ich auf und streife mir die Calvin-Klein-Boxershorts sowie die Hose über.

»Das Spiel ist vorbei, Denise«, verkünde ich kühl. »Du kannst jetzt gehen.«

»Ich habe dir gerade gestanden, dass ich mich in dich verliebt habe«, flüstert sie benommen und steht langsam auf, »warum schickst du mich weg?«

»Zieh dich an«, sage ich trocken. Verwirrt lässt sie ihren Blick durch den Raum schweifen. Wahrscheinlich sucht sie vergebens nach ihren eigenen Klamotten. Da sie diese aber hier nicht findet, streift sie sich verzweifelt das dunkelgrüne Kleid über, das ich gekauft habe.

»Du kannst das Kleid behalten«, werfe ich in den Raum.

Sie stellt sich neben mich und legt ihre Hand auf meine Brust. »Warum schickst du mich weg, Michio?«, wiederholt sie die Frage. Ihre Stimme zittert.

»Das Spiel ist vorbei, deshalb.«

»Habe ich etwa nicht gut mitgespielt?«, fragt sie unsicher.

»Du warst eine miserable Schauspielerin. Tut mir leid. Du kannst Layla nicht ersetzen.« Ehrlichkeit tut zwar weh, aber sie hat es darauf angelegt.

»Ich werde mir das nächste Mal mehr Mühe geben«, verspricht sie mir.

»Es wird kein nächstes Mal geben«, ich schiebe ihre Hand von meiner Brust weg. »Du solltest jetzt lieber gehen.«

»Schick mich bitte nicht weg, Michio«, ihre Augen sind gerötet. »Ist es wegen Layla? Du liebst nur sie, nicht wahr?«

»Layla ist nicht hier!«, fahre ich sie an und sie zuckt leicht zusammen. »Sie ist in Indien! Und sie kommt auch nie wieder!«

»Dann ist es wegen dieser anderen Frau«, flüstert Denise traurig. »Ivory, oder? Deine Prinzessin …«

»Denise«, ich seufze leicht genervt. »Bitte geh jetzt. Ich empfinde nichts für dich.«

»Aber du hast mit mir geschlafen«, klagt sie unter Tränen. Oh Gott, jetzt weint sie auch noch. »Warum hast du das getan?«

»Ich habe nicht versprochen, dich gleich danach zu heiraten«, entgegne ich kühl. »Was hast du denn erwartet? Wir kennen uns kaum.«

»Sag das bitte nicht«, sie schüttelt verzweifelt den Kopf. »Ich habe Unmengen von Schulden deinetwegen gemacht, um dich in diesem Club besuchen zu können. Das Einzige, was ich wollte, war nur deine Aufmerksamkeit … Ich habe mich in dich verliebt.«

»Ich bin nicht für deine Schulden verantwortlich. Es war deine eigenständige Entscheidung, den Host Club zu besuchen.«

»Meine Schulden sind mir egal«, schreit sie verzweifelt. »Das Einzige, was ich will, bist du, Michio!«

»Denise, du solltest jetzt wirklich gehen«, betone ich noch einmal und versuche, sie sanft zu dem Lift zu bewegen. Widerwillig gibt sie nach.

»Es ist alles nur wegen Ivory!«, schluchzt sie bitterlich auf. »Du musst sie verlassen und uns beiden eine Chance geben! Bitte, Michio …«

Dass ich sie bereits verlassen habe, erwähne ich nicht.

Tut nichts zur Sache. Außerdem begreife ich es nicht, wie sie ausgerechnet auf Ivory kommt.

»Was hat jetzt Ivory damit zu tun?« Denise begreift einfach gar nichts. Ist sie wirklich so dumm?

»Ich kann für dich auch Ivory spielen, wenn du es möchtest«, schnieft sie.

Heilige Scheiße, ist sie wirklich so verzweifelt? Wie tief möchte sie noch sinken?

»Vergiss es«, schnaube ich verächtlich und öffne die Tür zum Aufzug. »Geh jetzt!«

Denise sackt auf die Knie und klammert sich verzweifelt an meinem Bein fest. Oh Gott, jetzt übertreibt sie total. Damit sinkt ihr Wert für mich noch tiefer, als es ohnehin der Fall war.

»Ich liebe dich, Michio!«, schluchzt sie durch die Tränen.

»Wie kannst du mich lieben, wenn du mich überhaupt nicht kennst?!«, ich atme genervt aus.

»Wir hatten viele Gespräche«, jammert sie und klammert sich immer noch an meinem Bein fest. »Ich kenne dich, Michio.«

Von welchen Gesprächen ist hier eigentlich die Rede? Das Einzige, was sie über mich weiß, ist, dass ich nach Layla verrückt bin und … dass Ivory meine Prinzessin ist. Das ist alles.

Sie scheint ja noch hartnäckiger als Sophie zu sein. Was ist denn mit der Frauenwelt los?

»Steh auf, Denise«, ich deute ungeduldig auf die bereits geöffnete Tür, »und verlasse auf der Stelle mein Zimmer!«

Schluchzend lässt sie mich los, kommt auf die Beine und läuft mit Tränen in den Augen davon. Endlich. Erleichtert atme ich auf.

Ich wünsche, es wäre alles so wie früher. Ich wünsche mir die Zeit zurück, in der ich noch unbeliebt war.

Damals, in meiner Schulzeit, wollte niemand etwas von mir wissen. Nur du alleine hast zu mir gehalten, Layla.

Was ist nun plötzlich geschehen? Es ist ziemlich anstrengend, so beliebt zu sein. Und ausgerechnet die Frau, die ich am meisten begehre, läuft vor mir weg. DU läufst vor mir weg, Layla.

***

Wir sitzen alle zusammen am Esstisch und vor uns liegen frische Croissants mit Honig, Waffeln, Sandwiches und belegte Brötchen. Melton hat es wie immer mit dem Frühstück übertrieben. Außerdem gibt es noch Cappuccino und frisch gepressten Orangensaft.

»Wie sollen wir denn das alles aufessen?«, frage ich träge. Eigentlich habe ich überhaupt gar keinen Hunger.

Gina reibt sich glücklich die Hände und leckt mit ihrer Zungenspitze über die Lippen. »Ich schaffe das sogar locker alleine!«

»Das glaub ich nicht«, behaupte ich einfach.

Melton trinkt seinen Orangensaft hastig aus, schiebt den Stuhl nach hinten und erhebt sich. »Ich geh dann mal«, sagt er, während er seine Krawatte zurechtrückt. »Die Pflicht ruft.«

»Welche Pflicht denn?«, frage ich blöde. »Wir haben heute Feiertag.«

»Nicht alle können an einem Feiertag so einfach blaumachen«, entgegnet er.

Und das ist so typisch für ihn. Er hat sich kein bisschen geändert. Arbeit war schon immer seine oberste Priorität.

Gina bleibt gelassen. Es macht ihr nichts aus, dass er nicht einmal mit uns zusammen gefrühstückt hat. Sie wirft ihm einen Luftkuss zu.

»Tschüß, Bärchen«, ruft sie ihm hinterher.

Melton zwinkert ihr zu. »Bis dann, mein Kätzchen. Mach's gut, Ivory.«

»Tschau«, murmele ich und blicke verwirrt zwischen den beiden hin und her. Bärchen? Kätzchen? *Würg.* Innerlich verdrehe ich die Augen.

Gut gelaunt und vor sich hin pfeifend marschiert Melton aus der Wohnung.

»Los, Ivory, nimm dir eine Waffel oder wenigstens ein Croissant«, animiert mich Gina zu essen und drückt mir ein Croissant in die Hand.

Widerwillig nehme ich es an und schmiere etwas Honig darauf.

»Wie geht es dir heute?«, stellt sie mir die völlig überflüssige Frage.

Ich beiße vom Croissant ab, kaue und nuschele mit vollem Mund: »Beschissen.«

Und dann passiert etwas, was mir gar nicht ähnlich sieht. Ich schlinge das Croissant gierig in mich rein und hole mir die Waffeln, die ich ebenfalls wahllos in mich reinstopfe. Als Nächstes sind die Sandwiches an der Reihe und zum Schluss die belegten Brötchen.

Ich esse und esse und esse. Bis ich platze.

Gina beobachtet mich mit weit aufgerissenen Augen und leicht geöffnetem Mund, traut sich aber gar nicht einzugreifen.

Als ich dann auch noch meinen Cappuccino hinterherkippe, spüre ich, wie sich die Übelkeit langsam einschleicht.

Mein Magen hebt sich, ich verziehe das Gesicht und keuche. Dann schiebe ich ruckartig meinen Stuhl nach hinten, erhebe mich und stolpere die Treppen nach oben ins Bad. Dort beuge ich mich über die Toilette und übergebe mich. Ich breche alles hinaus, was sich in meinem Magen befindet. Alles, was ich davor wahllos in mich hineingestopft habe.

Ich spüre, wie Ginas Hand auf meinem Rücken ruht. Sie ist mir nachgegangen. Besorgt schaut sie mich an, als ich die Toilettenspülung betätige.

Ich stöhne erschöpft auf und atme erst einmal durch.

»Kann es vielleicht sein, dass du schwanger bist, Schatz?«, fragt sie vorsichtig.

Ich erstarre. Wie kommt sie denn darauf?

»Das alles ist nur wegen der Trennung«, winke ich ab. »Die Trennung macht mich so fertig.«

Mühsam richte ich mich auf und schwanke zu dem Waschbecken, um mir den Mund abzuspülen. Anschließend lasse ich minutenlang kaltes Wasser über mein Gesicht laufen.

»Trotzdem müssen wir auf Nummer sicher gehen und

einen Test machen«, schlägt Gina vor. »Ich werde mich jetzt anziehen und dann in den Laden flitzen, der sich hier in der Nähe befindet, um dir einen Schwangerschaftstest zu besorgen. Du bleibst hier und ruhst dich aus.«

Ich nicke kraftlos.

»Und mach keine Dummheiten«, wirft sie mir hinterher und verschwindet hinter der Tür.

Michio hat mich gestern verlassen. Es fühlt sich immer noch an, wie ein schlimmer Albtraum. Am liebsten würde ich mich auf der Stelle betrinken. Das einzige, was mich davon abhält, ist die Wahrscheinlichkeit, dass ich schwanger sein könnte.

Ich bin am Ende.

Die Schmerzen in meiner Brust sind kaum noch auszuhalten.

Ich rufe Layla an.

»Ivory?«, begrüßt sie mich irritiert. »Ist etwas passiert?«

Ich ignoriere ihre Frage und komme sofort zur Sache. »Verrate mir bitte nur eine Sache, Layla: Was – hast – du – mit – Michio – gemacht?« Den letzten Satz betone ich mit Absicht.

»Was meinst du?«, flüstert sie leise und besorgt. »Ist Michio etwas zugestoßen?«

»Er hat mich verlassen. DEINETWEGEN! Nachdem du abgereist bist!«, schreie ich in den Hörer. »WARUM? Was hast du, was ich nicht habe? Sag mir, warum er dir so nachläuft?!«

Sie atmet kaum noch. Es herrscht lange Stille in der Leitung.

»Wie geht es ihm?«, wispert sie kaum hörbar.

WIE GEHT ES IHM?! Spinnt sie?

»Schrecklich! So wie es mir geht! Was glaubst du wohl?!«, fahre ich sie an. Sie macht mich einfach so WÜTEND!

»Verrate mir bitte, warum er dir so nachläuft, Layla«, verlange ich noch einmal.

»Ich war die einzige Bezugsperson, die er hatte«, ihre leise Stimme klingt gedämpft und traurig. »Früher in der Schule war Michio nicht gerade beliebt gewesen. Und ich war die Einzige, die immer zu ihm gehalten hat.«

»Aber ich halte doch auch immer zu ihm!«, klage ich unter Tränen. »Ich verstehe es nicht.«

»Das kannst du nicht vergleichen«, erklärt sie ruhig. »Früher hatte Michio niemanden. Jetzt liegt ihm die halbe Frauenwelt zu Füßen. Verstehst du es jetzt?«

Ja. Ich begreife es tatsächlich. Ich bin einfach nur zu spät. Das ist alles.

»Es ist nicht deine Schuld, Ivory«, redet Layla auf mich ein. »Du hast dein Bestes gegeben.«

»Danke«, ich lege auf.

Wie in Trance bewege ich mich auf die Kommode zu, die sich in dem Bad befindet, und durchsuche alle Schubladen.

Endlich finde ich den gesuchten metallischen Gegenstand, den ich fest mit meiner verschwitzten Hand umklammere. Ich stelle mich vor den Spiegel und ein höhnisches Grinsen breitet sich auf meinem Gesicht aus.

ICH . BIN. WIE. VOM. TEUFEL. BESESSEN.

Schadenfroh klimpere ich mit der Schere in meiner Hand und fange an, meine Haare zu schneiden.

Ich schneide und schneide und schneide und kann gar nicht mehr damit aufhören. Im Spiegelbild betrachte ich anschließend meinen neuen Bürstenhaarschnitt. Ich sehe furchtbar aus. Doch ich habe immer noch nicht genug.

Und so durchtrieben, wie ich in meiner momentanen Verfassung bin, lasse ich die Schere auf den Boden gleiten und nehme stattdessen einen Rasierer in die Hand.

Kapitel 28

Ein Grund, weiterzuleben.

Ich verziehe meinen Mund und halte den Rasierer dicht an meiner Kopfhaut bereit.

»Genug«, höre ich Melton sagen. Er löst meine Finger sanft von dem Rasierer.

Ich habe ihn nicht kommen sehen, so vertieft war ich in die Aufgabe, mich selbst zu verstümmeln.

»Was machst du hier?«, fahre ich ihn an. Ich bin sauer, weil er mich daran gehindert hat, meine Haare vollständig abzurasieren. »Musst du nicht auf der Arbeit sein?«

»Gina hat mich angerufen und mich darum gebeten, auf dich aufzupassen, während sie weg ist.«

»Warum meint ihr denn eigentlich alle, dass ihr auf mich aufpassen müsst?!«, schreie ich ihn entgeistert an. »Was glaubt ihr denn, was ich mir antun werde? Haltet ihr mich hier alle für verrückt und psychisch labil?«

Er starrt nur stumm auf meine restlichen Haare auf meinem Kopf und sagt nichts. Doch sein Blick verrät mir: *Ja, Ivory. Du bist psychisch nicht gerade stabil.*

Und mir wird klar, dass er recht hat. Ich sacke auf die Knie und schluchze verzweifelt auf.

Melton kniet sich neben mich und legt tröstlich seine Hand auf meinen Rücken.

»Hey, nicht weinen«, versucht er mich zu beruhigen. »Wir sind alle für dich da.«

»Ich habe solche Angst«, flüstere ich und wische mir

mit dem Ärmel die Tränen aus dem Gesicht. »Ich bin vielleicht schwanger.«

»Ich weiß. Gina hat es erwähnt.«

»Ich habe Angst, dass ich es nicht schaffen werde, Melton. Ich habe eine solche Angst vor dieser Herausforderung.«

Er drückt mich liebevoll an sich. »Das schaffst du schon, Ivory. Du bist die stärkste Frau, die ich kenne. Und außerdem sind Gina und ich auch noch da.«

»Die stärkste?«, ich löse mich von seiner Umarmung und schüttele den Kopf. »Wohl eher die schwächste Frau, die du kennst.«

»Du hast ein falsches Bild von dir«, widerspricht er mir ruhig. Ich schaue ihn dankbar an und … OH MEIN GOTT, er hat so schöne blaue Augen. Seine Augen sind eine Mischung aus kristallblauem Meer und wolkenlosem Himmel. Warum ist mir das nie früher aufgefallen?

»Bist du glücklich mit Gina?« Ich weiß nicht, warum ich das ausgerechnet jetzt infrage stelle. Es rutscht einfach so heraus.

Melton atmet hörbar aus. »Ich habe noch Gefühle für dich«, gesteht er und streicht sich eine braune Locke aus dem Gesicht. »Doch manchmal ist es besser, die Vergangenheit hinter sich zu lassen und einen Neuanfang zu starten. Du solltest es auch tun, Ivory.«

»Ich kann Michio nicht vergessen und ich möchte nicht mehr ohne ihn weiterleben. Was soll ich bloß tun, Melton?«

Er spricht es nicht aus, doch seine Augen verraten mir bereits die Antwort und ich nicke.

»Für dein ungeborenes Kind«, fügt er hinzu. » ... falls du überhaupt schwanger sein solltest. Und wenn nicht, dann wenigstens für deinen eigenen Seelenfrieden.«

Ich nicke erneut. »Therapie also«, murmele ich entschlossen und beiße mir fest auf die Unterlippe. »Ich werde eine Therapie machen.«

»Ich bin stolz auf dich.« An seinem Gesichtsausdruck erkenne ich, dass er es ernst meint.

»Übrigens, Melton«, sage ich, »dein Weihnachtsgeschenk an mich ... also das Buch ... ich fand die Aktion ganz schön fies und überhaupt nicht lustig.«

Und da grinst er bis über beide Ohren. Dieser Schlingel!

***

»Was hast du nur getan, du Dummerchen?!«, kreischt Gina aufgebracht und hält sich die Hand vor den Mund, als sie meine kurzen Haare sieht.

Ich zucke nur leicht mit den Schultern.

Melton wirft ihr einen tadelnden Blick zu und daraufhin verkneift sie sich jeden weiteren Kommentar, was meine Haare betrifft.

»Wann hattest du eigentlich das letzte Mal deine Periode?«, fragt Gina stattdessen und ich muss erst einmal nachrechnen.

»Ich bin eine Woche überfällig«, stelle ich betroffen fest.

»Das könnte auch deine Übelkeit erklären. Na los, mach den Test! Einfach darauf pinkeln ... du weißt schon. Lies aber sicherheitshalber die Packungsbeilage durch. Melton und ich warten solange draußen vor der Tür.«

Ich nicke und die beiden lassen mich alleine.

Mein Herz klopft wie verrückt, als ich den Schwangerschaftstest durchführe.

Und soll ich ehrlich sein? Tief in meinem Inneren wünsche ich mir, schwanger zu sein. Ein Teil von mir findet den Gedanken sogar tröstlich, ein Kind von Michio zu haben.

Verrückt, oder?

Ich schließe die Augen und hoffe darauf, dass sich wenigstens dieser Wunsch von mir erfüllt. Ein Kind könnte mein Neuanfang sein.

Und … ein Grund, weiterzuleben.

Ich atme tief durch und schlage meine Augenlider wieder auf. Anschließend werfe ich einen unsicheren Blick auf das Ergebnis des Schwangerschaftstests und mein Herz springt vor Freude.

Positiv. Ich bin schwanger.

»Danke, danke, danke«, flüstere ich wie in Trance und die Tränen fließen an meinen Wangen entlang. Ich bin so glücklich …

OH WOW! Ich kann einfach nicht glauben, aber ich bin tatsächlich schwanger!

Von ihm …

»Ich bin schwanger!«, schreie ich überglücklich wie eine Verrückte und stürme aus dem Bad. »Ich bin schwanger! Oh mein Gott, ich kann es nicht glauben! Ich bin tatsächlich schwanger!«

Melton und Gina schauen überrascht auf und wechseln Blicke.

»Zeig mal her«, meine Freundin reißt mir den Schwangerschaftstest aus der Hand. Fassungslos starrt sie das Teil an.

»Tatsächlich …«, murmelt sie dann. »Und das freut dich?«

Melton schließt mich in die Arme. »Gratuliere, Ivory. Wie ich sehe, bist du glücklich darüber. Du wirst ganz bestimmt eine gute Mutter sein. Du schaffst das. Auch ohne Michio an deiner Seite.«

Bei diesen Worten zieht sich mein Magen schmerzhaft zusammen und ich schluchze in seinen Armen auf. »Ich liebe ihn so … und deshalb freut es mich, dass ich schwanger bin. Das Einzige, was mir von ihm bleibt, ist ein Kind …«

»Na ja«, entgegnet Gina etwas benommen, »das ist aber nicht gerade eine gute Voraussetzung, ein Kind in die Welt zu setzen.«

»Die Schwangerschaft ist ein Grund für mich, weiterzuleben«, flüstere ich.

»Na dann, lass mich dich auch umarmen.« Gina gesellt sich zu uns und ich lasse mich ebenfalls von ihr drücken.

»Gruppenkuscheln«, lacht Melton und legt seine Arme um uns beide.

»Ich frage mich allerdings, wie Michio wohl darauf reagieren wird«, hauche ich besorgt und löse mich aus der Umarmung. »Ob er sich auch darüber freuen wird?«

Melton zuckt die Achseln. »Das kannst du nur herausfinden, indem du ihn in deine Schwangerschaft einweihst.«

»Wann hast du vor, ihm davon zu erzählen?«, fragt Gina.

»Ich weiß es nicht. Sobald ich bereit dazu bin …« Ich lege meine rechte Hand an den Bauch. Es fühlt sich tröstlich an. Ein Teil von Michio befindet sich in meinem Körper. Dieses Wissen bringt etwas Heilung in meine kaputte Seele. Ich liebe das ungeborene Kind jetzt schon.

***

Melton hat den besten Psychologen für mich ausfindig gemacht. Und ich habe absolut keine Ahnung, wie viel er dafür hingeblättert hat, dass der Therapeut all seine anderen Termine beiseiteschieben konnte und sich dazu bereit erklärt hat, vorerst meinem Fall Zeit zu widmen.

Und heute stehe ich tatsächlich in seinem ordentlichen Büro und fühle mich überraschenderweise sehr entspannt. Ich trage einen übergroßen schwarzen Pullover mit einer ebenfalls schwarzen Jeanshose. An meinen Füßen leuchten schneeweiße Skechers. Mein nachdenklicher Blick schweift durch das Zimmer.

Der Raum ist mittelgroß und die Wände sind in olivgrünen Pastelltönen gestrichen, die dem Zimmer einen freundlichen Eindruck verleihen. Mitten im Zimmer steht ein nussbrauner Holztisch mit zwei Bürosesseln, die gegenüber voneinander angeordnet sind. Auf dem Tisch befinden sich ein PC, ein paar Notizblöcke sowie ein Stiftehalter, in dem eine Menge Kugelschreiber zu finden sind. Außerdem sind viele Pflanzen in dem Raum verteilt. Auf der rechten Wandseite steht ein Buchregal mit mehreren Büchern, die der Größe nach geordnet sind. An der linken Wandseite hängt ein großes Wandbild, welches die Blume des Lebens aufzeigt.

Vor mir steht ein attraktiver Mann, etwa Mitte vierzig. Er hat leicht ergraute Haare und grüne Augen, die mich mit einem stechenden Blick neugierig mustern. Sein Kleidungsstil ist lässig. Er trägt eine beige Hose und ein kariertes Hemd.

»Guten Tag. Mein Name ist Doktor Bryan«, der Therapeut streckt mir seine rechte Hand entgegen und ich erwidere die Begrüßung mit einem leichten Händedruck.

»Ivory James«, entgegne ich. »Aber nennen Sie mich ruhig einfach nur Ivory.«

»Freut mich, Ivory. Nehmen Sie bitte Platz.«

Ich mache es mir auf dem ledernen Sessel bequem und Doktor Bryan setzt sich mir gegenüber.

»Na schön, Ivory. Möchten Sie etwas trinken? Wir haben hier Wasser, Kaffee oder Tee.« Er setzt sich die Brille auf, die er sorgfältig zurechtschiebt.

Ich schüttele den Kopf. »Nein, danke.«

»Auch gut.« Der Therapeut nimmt sich einen Kugelschreiber sowie einen Block in die Hand und notiert etwas. »Dann wollen wir mal beginnen. Erzählen Sie mir etwas über sich.«

»Ich weiß nicht, was ich erzählen soll«, murmele ich und zucke leicht mit den Schultern.

»Der Anfang ist immer schwer«, stimmt er mir zu.

»Fangen Sie doch einfach an. Egal womit, von mir aus auch in der Mitte. Erzählen Sie mir, was Ihnen gerade in den Sinn kommt.«

Ich atme tief ein und überlege eine Weile.

Was mir gerade in den Sinn kommt, hat Doktor Bryan gesagt. Und das Einzige, was mir gerade in den Sinn kommt, ist meine Liebe zu Michio.

Er verfolgt mich ununterbrochen in meinen Gedanken. Tage- und nächtelang. Ich kann ihm einfach nicht entkommen. Er bestimmt mein ganzes Leben. Ohne ihn scheint alles sinnlos zu sein. Ohne ihn befinde ich mich in einer trostlosen Finsternis.

»Ich habe ihn zu dem Mittelpunkt meines Lebens gemacht«, ist der erste Satz, der über meine Lippen kommt, während ich gedankenverloren auf den Schreibtisch starre. »Ohne ihn ersticke ich. Sie können mir nicht helfen. Niemand kann mir dabei helfen, ihn zu vergessen.«

»Es wird zwar nicht sofort geschehen«, verspricht mir Doktor Bryan, »doch wir werden unser Bestes geben, um Sie auf den richtigen Weg zu bringen.«

Und was genau ist der richtige Weg, möchte ich fragen. Doch ich schweige.

»Erzählen Sie mir etwas über Ihre Kindheit«, animiert mich der Psychologe und rückt erneut seine Brille zurecht.

»Ist es denn so wichtig?«, nervös streiche ich mir durch meine restlichen kurzen Haare.

»Das ist von großer Bedeutung, Ivory. Wir müssen die Probleme an der Wurzel packen.«

»Nun«, ich räuspere mich, »ich rede nicht gerne darüber.«

»Das sollten Sie aber.« Er schaut mich erwartungsvoll an und ich senke erneut meinen Blick.

»Meine Eltern sind Alkoholiker«, mein Fuß wippt nervös hin und her. Es fällt mir wahnsinnig schwer, darüber zu reden. »Mein Vater hat mich immer verprügelt, wenn er betrunken war. Es war sogar so schlimm, dass ich Angst hatte, dabei zu sterben. Es gab auch Tage, an denen er mich bewusstlos geschlagen hat … Und meine Mutter … sie war einfach nur froh, dass es nicht sie, sondern mich trifft. Sie hat mich niemals in Schutz genommen. Im Gegenteil, sie hat sogar mitgemacht. Mit vierzehn bin ich von zu Hause abgehauen …«

Doktor Bryan zieht eine ernste Miene und macht sich ein paar Notizen in sein Buch.

»Aber was haben denn jetzt meine Eltern mit meinem Herzschmerz zu tun?«, frage ich ungeduldig.

»Das werden wir gleich zusammen herausfinden. Ich möchte mehr über den Mann erfahren, den sie nicht vergessen können. Erzählen Sie mir alles.«

Am Anfang fällt es mir schwer, darüber zu reden, aber dann kommen die Worte von ganz allein aus meinem Mund. Ich rede und rede …

Doktor Bryan hört mir aufmerksam zu und stellt ab und zu Fragen.

Anschließend legt er seinen Stift mit dem Block zur Seite und atmet hörbar aus.

»Nun«, beginnt mein Therapeut vorsichtig und sieht mich mit seinen stechenden grünen Augen an. »Ist es vielleicht kein Zufall, dass Sie sich einen Mann ausgesucht haben, dem Sie nicht wichtig sind?«

Ich blinzele dümmlich, während ich versuche, den Satz zu begreifen. Es folgt ein zähes, langes Schweigen.

Dann zucke ich ratlos die Achseln. »Worauf möchten Sie hinaus?«

»Zwischen Ihrer Kindheit und dem jetzigen Leben sind einige Parallelen zu erkennen. Es wird ein langer, harter Kampf werden, um aus der gewohnten Routine auszubrechen. Doch gemeinsam werden wir es schaffen. Sie müssen nur bereit dazu sein. Und … Sie brauchen einfach mehr Zeit. Wir werden mehrere Sitzungen benötigen, um Ihre Traumata aufzuarbeiten.«

Kapitel 29

Sein Gift ist berauschend. Ich kann einfach nicht genug davon bekommen.

Meine Liebe zu Michio ist Gift für mich. Zu viel davon – und es könnte lebensgefährlich werden.

Und trotz dieser Erkenntnis habe ich mich an dieser Liebe festgeklammert, wie eine Ertrinkende. Mein naives Ich hat alles akzeptiert, ohne es zu hinterfragen.

Würde ich es wieder so machen? Ja. Verdammt, ja!

Immer und immer wieder. Er ist es einfach wert.

Ich werde ihn immer lieben. Keine Therapie der Welt wird es schaffen, ihn aus meinem Herzen zu verbannen. Ich kann ihn einfach noch nicht vollständig aufgeben.

Vielleicht bin ich einfach nur unbelehrbar oder fahrlässig. Oder beides.

Ich wickele den Mantel enger um meinen zitternden Körper, während ich an dem Park entlangschreite, der sich in der Nähe vom Host Club befindet. In meiner Hand halte ich mein Handy und tippe mit den kalten Fingern eine Nachricht an Michio.

Michio, können wir reden? Nur noch ein letztes Mal …
Bitte.
Ich warte hier im Park auf dich.

Nachdem ich die Message abgeschickt habe, lasse ich mich auf eine Bank fallen und schließe bekümmert die Augen.

Mein Handy klingelt. Es ist Melton.

»Hi«, begrüße ich ihn tonlos.

»Ivory, wo bist du? Ich mache mir Sorgen. Gerade eben wollte ich dich von deiner Therapiesitzung abholen und du warst nicht mehr da!«

»Ich bin im Park in der Grünewald-Gasse«, erkläre ich ihm. »Tut mir leid. Ich wollte dich nicht beunruhigen. Ich möchte nur noch ein letztes Mal mit Michio reden.«

Er seufzt genervt in den Hörer. »Was gibt es denn noch zu bereden?«

»Ich erwarte ein Kind von ihm. Er hat ein Recht darauf, diese Nachricht zu erfahren.«

»Verstehe«, Melton hört sich immer noch besorgt an. »Ich komme gleich.«

»Wie – du kommst gleich? Ich möchte nicht, dass du mit dabei bist!«

»Keine Widerrede. Bin schon unterwegs«, entgegnet Melton trotzig und legt einfach auf. Muss er sich denn immer einmischen? Genervt verdrehe ich die Augen.

Während ich hier auf der Bank sitze und auf Michio warte, beobachte ich fasziniert das Spiel zwischen Schatten und Licht, die sich zu einer Dämmerung vermischen.

»Du wolltest mich sprechen?« Michios warme Stimme lässt mich erschaudern und ich blicke hoch. Oh Gott, wie habe ich ihn vermisst! Und dabei haben wir uns nur ein paar Tage nicht gesehen.

Er steht direkt vor mir und sieht bezaubernd aus. Seine goldene Glanzjacke ist halboffen. Darunter trägt er einen schwarzen Pullover und eine schwarze Hose, genau wie ich …

Ein paar seiner dunkelblonden Strähnen fallen ihm lässig ins Gesicht. Seine dunklen Augen sind atemberaubend. Sie starren mich überrascht an.

»Was ist?«, frage ich etwas unsicher. Warum starrt er mich so an?

»Deine Haare … Was ist passiert?«

»Ich wollte etwas Neues«, winke ich ab und klopfe auf den rechten Platz neben mir. »Setz dich, Michio.« Er muss nicht wissen, dass ich wegen ihm durchgedreht bin.

Er setzt sich nicht auf die Bank, stattdessen geht er in die Hocke und legt seine Hände auf meine Knie. Meine Haut kribbelt unter seiner Berührung und ich halte für einen kurzen Augenblick die Luft an. Seine Anwesenheit bringt mich komplett durcheinander.

»Michio, ich muss dir etwas sagen«, fange ich unsicher an und mein Herz klopft wie verrückt dabei.

Er legt seinen Zeigefinger auf meinen Mund. »Bevor du etwas sagst, möchte ich mich zuerst bei dir entschuldigen.«

Ich senke meinen Blick, um seinen hypnotisierenden Augen zu entfliehen. Dieser Mann macht mich so bedürftig und schwach.

»Es tut mir leid, wenn ich dir Kummer bereitet habe, Prinzessin«, sagt er leise. »Ich habe mich egoistisch benommen und dich als Heilmittel missbraucht. Dabei wollte ich eigentlich nur Layla vergessen.«

Ich wünschte, ich wäre die Frau, die ihn heilen könnte. Aber das bin ich wohl nicht.

»Ich bin also nicht das richtige Heilmittel«, erkenne ich betrübt und er nickt.

»Ist es vielleicht Denise?«, frage ich und mein Herz zieht sich bei diesem Gedanken schmerzhaft zusammen.

Er schüttelt den Kopf. »Sie ist auch nicht das richtige Heilmittel.«

»Also ist Layla die Einzige, die für dich infrage kommt«, stelle ich fest und sein Schweigen bestätigt meine Vermutung.

»Du musst um sie kämpfen, Michio. Reise ihr doch einfach nach! Was hast du schon zu verlieren?« Ich schaue ihm erneut in die Augen. Sie sind betörend wie die Dunkelheit. Wie kann ein Mann nur so gut aussehen?

Der Vollmond über uns kommt immer mehr zum Vorschein. Der Abend ist still und in diesem Park ist keine Menschenseele zu sehen. Nur wir beide.

»Das habe ich auch vor.« Ein mildes Lächeln huscht über sein Gesicht und seine süßen Grübchen werden sichtbar.

Ich kann meinen Blick einfach nicht von seinen weichen Gesichtszügen abwenden. Er ist so unwiderstehlich. So perfekt. So hübsch.

»Was wolltest du mir sagen?«, fragt er schließlich und legt seinen Kopf leicht schief.

Mein Puls steigt und ich versuche, mich zu sammeln. Ich habe solche Angst vor seiner Reaktion.

»Michio … ich bin schwanger«, kommen die erhitzten Worte aus meinem Mund. Besorgt blicke ich ihn an.

»Tatsächlich?«, seine Augen weiten sich vor Überraschung und leuchten freudig auf. Behutsam legt er seine Hand auf meinen Bauch.

Seine Reaktion überrascht mich so dermaßen, dass ich nur regungslos dasitze und sogar vergesse zu atmen. OH WOW! Er ist so verständnisvoll und lieb.

Dann rückt er etwas näher und legt seinen Kopf an meinen Bauch. Als er wieder zu mir nach oben blickt, lächelt er. Und ich schmelze unter seiner Liebe dahin.

»Es wird ein Mädchen«, flüstert er mit warmer Stimme. »Sie wird so mutig und stark sein wie ihre Mama.«

Mir kommen Tränen, so gerührt bin ich.

Ich liebe ihn so abgöttisch.

Zärtlich streicht er mir über die Wange und wischt die Tränen weg. »Sei unbesorgt, Prinzessin«, sagt er leise, »ich werde dich nicht mit dieser Situation alleine lassen. Ich werde immer für euch da sein. Wir beide wissen, wie es ist, ungewünscht und ungeliebt zu sein. Und wir beide werden es besser machen.«

Ich nicke stumm.

»Für unsere Tochter«, fügt Michio nach einer Weile hinzu. »Ich habe mir schon immer eine kleine Tochter gewünscht.«

Oh mein Gott. Es ist so herzergreifend. Ich habe das Gefühl, im siebten Himmel zu schweben.

»Du bist auf gar keinen Fall der böse Drache«, flüstere ich. »Du hast so ein großes Herz. Schade, dass du es nicht selbst sehen kannst.«

Seine Nähe ist eine Droge, von der ich einfach nicht loskommen kann. Wie kann ein Mann nur so anziehend und unwiderstehlich sein? Wie kommt es eigentlich, dass er früher nicht beliebt war? Es ist kaum vorstellbar, so heiß und unwiderstehlich, wie er ist.

»Michio … gibt es noch eine Chance für uns beide?«, hoffnungsvoll blicke ich in seine wunderschönen warmen Augen.

Verflucht! Ich hätte das nicht fragen sollen! Wie war das doch noch mal gleich? Seine Liebe ist Gift für mich. Zu viel davon und es könnte lebensgefährlich werden. Aber ich bin so was von bereit, mich weiterhin zu vergiften!

Er neigt seinen Kopf zur Seite und blinzelt bedächtig. »Tut mir leid, Prinzessin. Wir haben es versucht. Wenn du ehrlich zu dir selbst bist, dann wird dir bewusst, dass es keine Liebe war, sondern nur Abhängigkeit.«

Ich schlucke schwer. Dann ist es wohl für immer aus und mir bleibt nichts anderes übrig, als das Ende unserer Beziehung zu akzeptieren.

»Soll ich dir etwas Verrücktes erzählen?« Michios Mundwinkel verziehen sich und sein verführerisches Lächeln huscht über sein Gesicht. »Ich habe letzte Nacht geträumt, dass ich Vater werde. Und heute erfahre ich von deiner Schwangerschaft.«

»Tatsächlich verrückt«, erwidere ich sein Lächeln. »Es wird bestimmt ein Mädchen – so wie du es dir wünschst.«

Seine Augen leuchten glücklich auf. »Jetzt wo du schwanger bist, musst du besser auf dich aufpassen. Nicht mehr rauchen und keinen Alkohol mehr zu dir nehmen. Versprich mir das.«

»Natürlich, Michio. Das weiß ich doch. Denkst du, ich

würde jemals unser Kind gefährden? Niemals … dafür liebe ich das ungeborene Kind jetzt schon unendlich.«

»Nimmst du auch genug Vitamine zu dir?«, hakt er besorgt nach. »Ich habe in meiner Wohnung noch eine Kiste Obst liegen.«

»Du machst dir zu viele Gedanken«, besänftige ich ihn.

Doch er hört mir nicht mehr zu, sondern steht auf. »Bleibe kurz hier, ja? Ich werde etwas Obst für dich einpacken. Bin gleich da.«

»Michio! Das ist wirklich nicht notwendig«, rufe ich ihm hinterher, doch er ist bereits unterwegs.

Ich bleibe auf der Bank sitzen und seufze verträumt.

Er wird der beste Vater der Welt.

Der Vollmond beleuchtet den winterlichen Abendhimmel und wirft einen Teil seiner Lichtquelle auf die Erde zurück. Die Luft ist trocken und angenehm. Die Schatten der kahlen Bäume um mich herum werden nun vollständig von der Dunkelheit verschlungen.

Dieser Abend ist zauberhaft. Michio hat einen Hauch Zauber hinterlassen.

Langsam erhebe ich mich und gehe in dem Park auf und ab, während ich auf ihn warte.

Auf einmal höre ich, wie es hinter mir raschelt. Es klingt verrückt, aber mein Körper verspannt sich ruckartig.

Es sind bestimmt nur irgendwelche Tiere, versuche ich mich zu beruhigen. Zur Sicherheit lasse ich meinen Kopf trotzdem kreisen, um mich zu vergewissern, dass auch keiner da ist, der es möglicherweise auf mich abgesehen hat.

Die Schwangerschaft nimmt mich ganz schön mit. Ich habe schon Wahnvorstellungen. Dabei bin ich doch sonst so taff und mutig.

Es raschelt erneut und meine Nackenhaare sträuben sich. So langsam werde ich unruhig. Mein Herz klopft bis zum Hals.

Hier ist niemand, spottet eine Stimme in meinem Kopf.

Ich schaue mich noch einmal um. Wann kommt denn endlich Michio? Und Melton hatte eigentlich auch noch vor, hier aufzutauchen. Mein bedürftiges und ängstliches Ich ist in diesem Augenblick froh darüber.

Tapp, tapp, tapp … höre ich die geschmeidigen, langsamen Schritte, die sich mir nähern, und ich erstarre vor Angst und Sorge.

»Was für eine rührende Liebesgeschichte!«, ertönt eine gehässige bekannte Stimme in der Dunkelheit und mein Herz hämmert wie verrückt. »Ich habe zwar nicht alles mitbekommen, aber genug, um zu wissen, dass Michio und du ein Kind erwartet!«

Mein Puls rast und ich lausche, wie sich jemand näher an mich heranschleicht. Und dann erkenne ich SIE in der Dunkelheit.

Denise.

»Was willst du?«, ich versuche lässig zu klingen, aber meine Stimme versagt und klingt jämmerlich.

»Du hast dich nicht an unsere Abmachung gehalten.« Ihr harter Ton gefällt mir gar nicht. Sie macht noch ein paar Schritte auf mich zu und bleibt dann etwa drei Meter vor mir stehen. Ihre Augen funkeln mich angriffslustig an.

»Welche Abmachung?« Verdammt, warum zittere ich so? Was ist nur los mit mir?

»Sich von Michio fernzuhalten!«, giftet sie mich an.

»Du warst also diejenige, die mir Drohbriefe geschickt hat! Und du warst es, die mich mit dem Messer angegriffen hat!«, decke ich auf und mir wird schwindelig vor Angst.

Sie hatte damals ein Messer. Das bedeutet, sie könnte wieder bewaffnet sein.

Schützend lege ich meine Hände um den Bauch.

»Ja, das war alles ich! Aber du hast mich ja nicht ernst genommen!« Kampflustig geht sie noch zwei Schritte auf mich zu.

»Michio gehört dir nicht«, meine Stimme klingt heiser, obwohl ich versuche, ruhig zu bleiben und nicht die Fassung zu verlieren. »Er ist frei und kann selbst entscheiden, mit wem er seine Zeit verbringen möchte.«

»Ich kann ihn aber nicht teilen«, entgegnet sie beschwörend. »Und ich kann ihn nicht vergessen.«

Oh mein Gott. Sie scheint so richtig besessen von ihm zu sein!

Denise bewegt sich noch ein paar Schritte auf mich zu. Mein Herz hämmert wie verrückt.

»Er ist giftig. Doch sein Gift ist berauschend. Und ich kann einfach nicht genug davon bekommen«, haucht sie verträumt.

WHAT THE FUCK ?!

Sie spricht MEINE Gedanken aus. Verdammt! Sie ist genauso durchgeknallt wie ich!

Wir *beide* drehen wegen Michio durch!

Kapitel 30

Warum kann ICH nicht deine Prinzessin sein?

Hör mal, Denise«, beginne ich vorsichtig, »ich weiß, wie du dich fühlst. Michio ist etwas Besonderes und seine Aufmerksamkeit macht süchtig.«

»DU WEIßT GAR NICHTS!«, unterbricht sie mich kreischend. Ihr Gesicht ist rot angelaufen und sie schäumt vor Wut. »Du hast ihn mir weggeschnappt! Ich war jeden verdammten Tag im Host Club! Ich habe Schulden gemacht, um nur für ein paar lächerliche Stunden Michio nahe sein zu können! Ich habe sogar irgendeine verfluchte Layla für ihn spielen müssen, die ich noch nie zuvor gesehen habe! Trotz allem war ich ihm einfach nie gut genug! Und das alles nur wegen DIR! Du bist die Einzige, mit der er sich immer privat trifft!«

Was erzählt sie da eigentlich? Sie musste für ihn Layla spielen? Oh Gott, mein Gehirn kommt einfach nicht mit.

Denise wühlt in ihrer Tasche herum und ich befürchte, dass sie nach einem Messer sucht. Mein Magen verkrampft sich vor Sorge. Schützend umklammere ich meinen Bauch. Bitte nicht …

»Michio hat die Beziehung mit mir beendet«, versuche ich sie zu besänftigen. Meine Stimme bebt und ich habe das Gefühl, es dreht sich alles.

»LÜG MICH NICHT AN!«, kreischt sie wütend. »Du Schlampe hast ihn mir weggeschnappt!«

»Aber … ich sage die Wahrheit«, stammele ich und

habe das Gefühl, als könnte mein Herz jederzeit aus meiner Brust herausspringen. *Was hat sie vor?*

Und dann werde ich bleich, als ich sehe, wie sie eine Pistole aus der Tasche herauszieht und diese auf mich richtet.

»Denise, bitte nicht«, flüstere ich verzweifelt. Ich habe keine Angst um mein eigenes Leben. Hatte ich noch nie …

Ich fürchte mich um das Leben meiner Tochter, die ich von Michio erwarte. Oh Gott, bitte nicht. Es bilden sich Schweißperlen auf meiner Stirn. Mir ist heiß und kalt zugleich.

Sie bewegt sich noch einen Schritt auf mich zu. Ihre Augen funkeln mich bösartig an, ihre rechte Hand ist ausgestreckt und die Waffe auf mich gerichtet.

»Warte«, flehe ich sie an, »ich kann dich wirklich verstehen, Denise. Glaub mir … Mir geht es nicht anders. Michio … er kann die Frauen verrückt machen.«

Ich werfe ihr ein mildes Lächeln zu. »Aber deshalb darfst du dir dein eigenes Leben nicht versauen! Wenn du jetzt abdrückst … dann wirst du höchstwahrscheinlich dein ganzes Leben in der Gefängniszelle verbringen. Und das möchtest du doch bestimmt nicht …«

»Was faselst du eigentlich für einen Scheiß?«, fährt sie mich an. »Denkst du wirklich, dass es mir etwas ausmachen würde? Ohne ihn sehe ich keinen Sinn mehr, weiterzuleben!«

FUCK! Was hat Michio nur mit ihr gemacht? Sie ist verrückt. Nicht ganz bei Sinnen. Genau wie ich.

»Michio liebt mich nicht«, versuche ich sie davon zu

überzeugen. Meine Stimme zittert und heiße Tränen fließen meine Wangen entlang. »Du kannst ihn haben. Michio gehört dir.«

»Versuchst du mich gerade für dumm zu verkaufen?!« Sie lacht. Es ist ein bösartiges und höhnisches Lachen, das mir durch Mark und Bein geht. Mich überkommt eine Gänsehaut.

»Aber das stimmt!« Mein Körper ist verkrampft und ich kann kaum noch meine Beine spüren.

»Verabschiede dich von deinem Leben! Und von dem Leben deines Kindes!« Ich sehe die Entschlossenheit in ihrem Blick, als sie lächelnd die Waffe auf meine Brust richtet.

Benommen taumele ich nach hinten, mein Kopf dreht sich. Unter Tränen streiche ich mir das letzte Mal liebevoll über den Bauch.

Tut mir leid, dass ich so eine schlechte Mama bin und dich nicht beschützen konnte. Wahrscheinlich werden wir uns nicht einmal im Himmel begegnen, weil mich die Hölle erwartet.

Auf Wiedersehen, meine Kleine.

Das sind meine letzten Gedanken, als ich plötzlich ausrutsche und nach hinten stolpere. Ich gleite unsanft auf die feuchte Erde und keuche erschrocken auf.

Bevor ich etwas begreife, richtet Denise ihre Waffe auf mich und macht noch einen Schritt auf mich zu.

»Und TSCHAU!«, sind ihre Worte, als ihre Finger den Abzug berühren.

Mir bleibt die Luft weg, ich versuche, zu Atem zu kommen. Hoffnungslos.

Schreie. Ich höre Schreie.

»IVORY! Verdammt, NEIN!«

Ich schließe meine Augen und höre, wie ein Knall die Luft zerreißt.

Jemand brüllt.

Befinde ich mich schon in der Hölle? Bin ich tot?

Als ich vorsichtig meine Augen öffne, sehe ich immer noch Denise auf dem gleichen Platz stehen. Sie hält die Waffe fest entschlossen mit ihren beiden Händen.

Ich versuche zu begreifen, was gerade passiert ist und warum ich noch am Leben bin. Dabei habe ich doch einen Knall gehört. Auf wen hat sie denn geschossen, wenn ich doch unverletzt bin?

Und dann sehe ich Melton etwa einen Meter vor mir liegen.

Mein Herz stockt.

OH MEIN GOTT. Bitte nicht.

»Nein«, murmele ich und krabble auf allen Vieren auf ihn zu.

»Bleib, wo du bist! Rühr dich ja nicht vom Fleck!«, zischt Denise und die Pistole schwenkt in meine Richtung.

»Was hast du getan?«, flüstere ich unter Tränen. »Hast du ihn erschossen?«

Ich höre ein leises Stöhnen und erkenne unter meinem Tränenschleier, wie sich Melton bewegt.

»Melton«, schluchze ich. »Es ist alles meine Schuld.«

Melton. Mein Retter.

Mein Schutzengel. Mein Held.

Das überlebe ich nicht.

Er hat es nicht verdient, meinetwegen zu sterben.

»Alles gut, Baby«, krächzt er und versucht sich aufzurappeln, doch es gelingt ihm nicht. Die dunkelrote Lache unter ihm wird immer größer.

»Oh Gott, Melton«, bringe ich mühsam hervor. Mein Herz zieht sich schmerzhaft zusammen. Das verkrafte ich nicht.

»Fuck! Mein Oberschenkel«, flucht er und verzieht schmerzvoll sein Gesicht.

Ich atme erleichtert aus. Gott sei Dank hat die Kugel nur seinen Oberschenkel getroffen.

»Wer auch immer dieser Mann hier ist, er hat sich eingemischt und wird dafür auch direkt in die Hölle befördert!« Denises kalte Stimme reißt mich in die Realität zurück. »Dort könnt ihr von mir aus eure nette Unterhaltung fortsetzen!«

»Nur blöd, dass er in den Himmel kommt«, keuche ich atemlos. »Lass bitte Melton aus dem Spiel! Er ist ein guter Mensch. Du kannst mich dafür erschießen!«

Ihre Waffe schwenkt zwischen Melton und mir hin und her. »Ich werde euch beide erledigen.«

Sie meint es ernst. Das erkenne ich an ihrem Gesichtsausdruck. Verdammt!

»Melton ist unschuldig! Er hat dir nichts getan!«, versuche ich sie davon abzubringen.

»Er hat sich eingemischt«, lacht sie höhnisch. Ihre Augen funkeln mich bösartig an. »Aber keine Sorge, meine Liebe. *Du* bist zuerst dran!«

Aus dem Augenwinkel erkenne ich, wie Meltons Versuche, sich zu erheben, scheitern.

»Keine Bewegung!«, droht Denise und richtet ihre Waffe diesmal auf ihn.

»Ich weiß zwar nicht, was du für Probleme hast«, keucht Melton unter Schmerzen. »Aber Ivory ist schwanger. Lass sie gehen. Es sei denn, du bist herzlos …«

Denise legt ihren Kopf leicht schief und lächelt. »Wie süß. Ein netter Versuch. Aber leider erfolglos.«

Ihre Pistole schwenkt zwischen Melton und mir hin und her. »Na?«, fragt sie, »wer von euch beiden Hübschen möchte denn zuerst in die Hölle?«

Melton bewegt sich krabbelnd auf Denise zu. Verflucht! Was hat er vor?

»Wie schön, ein Freiwilliger!« Sie richtet ihre Waffe auf ihn und drückt ab. Ein ohrenbetäubender Knall durchfährt den gesamten Park. Die Kugel trifft Meltons Schulter und er sackt auf den Boden.

»Neeeeiin!«, schreie ich unter Tränen.

»Denise? Was hast du getan?« Es ist Michios Stimme. Er klingt fassungslos.

Besorgt schaue ich auf und entdecke ihn ganz in unserer Nähe. Sein Mund ist halb offen und seine Augen weit aufgerissen. In seiner rechten Hand hält er eine Tüte mit Obst, die er fallen lässt. Die Äpfel und Orangen verteilen sich auf der Erde und kullern durcheinander.

Stumm flehe ich ihn an, zu verschwinden.

Doch er kommt direkt auf uns zu.

»Michio.« Denises Stimme bricht und sie scheint mit den Tränen zu kämpfen. Auf einmal sieht sie so zerbrechlich aus. Und gebrochen. Sie liebt ihn wirklich. Ihr

Attentat auf mich geschieht aus reiner Verzweiflung. Das Verrückte dabei ist, ich kann sie sogar verstehen.

»Du hast gerade auf meinen Bruder geschossen!« Blitzschnell ist Michio bei uns. Er steht nicht weit entfernt vor Denise und schaut sie entsetzt an. »Wie konntest du es wagen?«

»Michio«, presst Melton hervor. »Du musst Ivory beschützen.«

»Schone deine Kräfte und halt die Klappe, Bruder!«, gibt Michio zurück. »Ich weiß, was zu tun ist.«

»Ist es wahr, dass ihr beide ein Kind erwartet?«, Denises Stimme zittert und sie deutet mit der Pistole auf mich.

»Ja.« Michio bleibt locker. »Gib mir deine Waffe, Denise.«

Doch sie schüttelt den Kopf. »Nur, wenn du uns beiden eine Chance gibst.«

»Gib mir sofort deine Waffe, Denise!«, fordert er sie noch einmal auf.

»Hast du Gefühle für mich?« Ihre Augen leuchten hoffnungsvoll, als sie diese Frage stellt. »Liebst du mich, Michio? Sei bitte ehrlich.«

»Nein.«

Sie schluckt angestrengt. »Hattest du denn überhaupt Gefühle für mich?«

»Nein«, entgegnet er knapp.

»Also hast du mir alles nur vorgespielt …«

»Du hast dafür bezahlt, dass ich mit dir flirte und dir schöne Augen mache. Was erwartest du also von mir? Du wusstest von Anfang an, dass ich ein Escort-Boy bin.«

Denise schüttelt langsam ihren Kopf. Die Grenze zwischen Liebe und Hass ist fließend und ich befürchte, sie schwebt gerade dazwischen.

»Was hat sie, was ich nicht habe?« Sie richtet ihre Pistole wieder nach unten auf mich. »Warum kann *ich* nicht deine Prinzessin sein?«

»Das wagst du nicht«, droht Michio mit zusammengepressten Zähnen. »Sie ist schwanger, Denise! Das wagst du nicht …«

»Und ob ich es wage«, ihre Augen funkeln berechnend. »Verabschiede dich von deiner Prinzessin und deinem Kind!« Ihre zitternden Finger sind am Abzug bereit, während sie die Waffe weiterhin auf mich nach unten richtet.

Auf Wiedersehen, Michio. Die Zeit mit dir war schön.

»Du verdammte Psychotante!«, höre ich Melton brüllen. Mit seiner letzten Kraft rafft er sich auf und humpelt auf Denise zu. Ich habe ihn noch nie so wütend erlebt. So wütend und gleichzeitig so verzweifelt.

Ein letztes Lächeln huscht über meine Lippen.

Auf Wiedersehen, Melton. Pass bitte gut auf Gina auf.

Dann drückt Denise ab.

Wie in Zeitlupe nehme ich wahr, wie sich Michio schützend vor mich wirft. Und gleichzeitig erkenne ich, wie Melton ihr die Waffe aus der Hand reißt.

Der ohrenbetäubende Knall verhallt allmählich und dann wird es still.

Die Stille ist beängstigend.

Mein Gehirn ist wie ausgeschaltet.

Mein Herz stockt.

Als ich einigermaßen wieder bei Sinnen bin, wird mir klar, was gerade passiert ist.

Nein. Nein. Nein.

Bitte nicht …

»Michio«, wispere ich mit erstickter Stimme und krabbele auf allen Vieren auf ihn zu. Er liegt regungslos auf dem feuchten, kalten Boden, gurgelt und seine Hand tastet nach der Wunde an seinem Bauch. Verzweifelt öffne ich seine Jacke und erstarre vor Schreck.

OH GOTT! So viel Blut!

»Was hast du getan?«, fährt Melton die erschrockene Denise an. »Du verdammte Irre!«

»Ich wollte nicht … das wollte ich nicht … ich wollte nicht Michio treffen«, stammelt sie und sackt verzweifelt auf die Knie.

Melton ist der Einzige, der einen kühlen Kopf bewahrt, sein Handy aus der Hosentasche nimmt und den Krankenwagen anruft.

Aber das alles nehme ich gar nicht richtig wahr. Ich bekomme kaum noch Luft. Ich ersticke! Das hier ist mein schlimmster Albtraum!

»Oh Gott, Michio«, flüstere ich durch Tränen. »Nein … Du darfst nicht sterben.«

Ich bette seinen Kopf auf meinen Schoß und streiche ihm behutsam durch die Haare. »Michio, bitte sieh mich an.«

Seine Augen werden schwer und fallen zu.

»Michio! Mach die Augen wieder auf!«, flehe ich ihn hysterisch an.

Mit zitternden Händen streichele ich sein Gesicht. Immer und immer wieder. »Du darfst mich nicht verlassen! Hörst du? Du darfst *uns* nicht verlassen!«

Sein Körper ist schlaff und er atmet flach und mühsam. Sein Gesicht wird immer blasser.

»Du darfst nicht sterben«, wiederhole ich erneut unter Tränen.

Mühevoll öffnet er die Augen. Er japst und will etwas sagen.

»Nicht«, schluchze ich und drücke meine Lippen auf seine. »Wage es ja nicht, uns zu verlassen, hörst du?«

»Prinzessin, pass gut … auf unsere … Tochter auf«, kommen die Wortfetzen mühsam aus seinem Mund.

Ich lege erneut meine Lippen auf seine, um ihn zum Schweigen zu bringen.

»Michio, bitte nicht …«, flehe ich ihn hysterisch an.

Doch seine Atemzüge werden immer flacher und seine Lippen sind inzwischen trocken und blau angelaufen.

Dann verliert er den Kampf. Sein Körper zuckt und seine Augenlider fallen zu.

»NEIN!!«, schreie ich verzweifelt und meine heißen Tränen fallen tropfenweise auf sein Gesicht. »Neeeiiin! Du darfst mich nicht verlassen!«

Ich bin wie betäubt. Mein Herz schlägt langsamer.

»Ich liebe dich, Michio. Ich liebe dich so sehr«, flüstere ich mit bebender Stimme und küsse immer wieder sein durchnässtes, blasses Gesicht. »Bitte verlass mich nicht. Du hast mir versprochen, dass du mich mit unserem Kind nicht alleine lässt …«

Doch meine Worte erreichen ihn nicht mehr.

Ich verliere ihn.

Kapitel 31

Alle drehen durch wegen Michio. Dabei wollte er nur dich, Layla.

Während die Ärzte hinter verschlossenen Türen auf der Intensivstation ihr Bestes geben, um Michio am Leben zu erhalten, sitze ich regungslos auf dem harten Stuhl im Gang und warte.

Michio ist schon seit mehreren Stunden da drin und mit jeder Minute, die vergeht, wird mein letzter Hoffnungsschimmer immer geringer und der Schmerz in meinem Herzen größer.

Seit ich mich in diesem Krankenhaus befinde, habe ich kein einziges Wort gesprochen.

George und Alice waren da, sind aber nach ein paar Stunden wieder gegangen. Alice hat geweint und George hat versucht, uns beide zu beruhigen. Seine tröstenden Worte sind an mir wirkungslos vorbeigegangen.

Ich weiß noch nicht einmal, wer sie überhaupt darüber informiert hat, dass Michio in Lebensgefahr schwebt.

Ich weiß überhaupt nichts.

Ich bin taub. Taub und stumm.

Das Einzige, was ich spüre, ist mein pochendes, schmerzendes Herz.

Irgendwann kommt Gina vorbei. Sie drückt mich kurz und lässt sich neben mir auf den Stuhl fallen. Ihr Gesicht wirkt müde und blass.

»Melton hat mir davon erzählt«, sagt sie leise. »Es ist so schrecklich, was passiert ist.«

»Warst du schon bei ihm?« Meine Worte klingen dumpf.

Sie nickt. »Melton geht es gut. Er wurde eine Etage tiefer verlegt. Zimmer 202.«

Die Türen zu dem OP-Saal werden geöffnet und ein Mann im weißen Kittel verlässt den Raum. Ich springe sofort auf und stürme auf ihn zu.

»Herr Doktor! Kommt Michio wieder auf die Beine?« Meine Stimme zittert und nicht nur die. Mein ganzer Körper ist am Zittern. Und ich weiß nicht, ob ich stark genug bin, um die Antwort zu verkraften.

»Wir tun unser Bestes, um ihn am Leben zu erhalten. Durch die Schusswunde am Bauch wurden einige innere Organe verletzt. Außerdem hat er eine große Menge an Blut verloren. Wir werden ihm die nächsten Stunden über Transfusionen Blut zuführen. Sein jetziger Zustand ist allerdings immer noch lebensbedrohlich.«

Mein Magen zieht sich schmerzhaft zusammen und ich habe Schwierigkeiten, diese Information aufzunehmen, geschweige denn zu akzeptieren.

Gina steht direkt hinter mir und legt ihren Arm schützend um meinen Körper, um mich festzuhalten.

Michio schwebt immer noch in Lebensgefahr …

Bei diesem Gedanken wird mir schwarz vor Augen. Ich schwanke.

»Oh Gott, Ivory«, flüstert Gina, »wir sollten uns lieber hinsetzen.«

Sie führt mich zu den Plastikstühlen, die in dem Durchgang verteilt sind, und hilft mir dabei, mich niederzulassen. Ich habe das Gefühl, als würde sich der ganze Raum drehen.

»Sie sollten vielleicht lieber nach Hause fahren«, rät mir der Arzt. Doch ich weigere mich.

»Ich werde warten«, flüstere ich stur. Er nickt und geht eilig davon.

Sobald der Arzt außer Sichtweite ist, wende ich meinen Kopf zu Gina und wispere mit meiner gebrochenen Stimme: »Ich werde hier auf Michio warten. Ich werde *immer* auf ihn warten. Von mir aus werde ich mein ganzes Leben auf ihn warten. Ich gehe nirgendwohin, bis ich ihn lebendig vor mir sehe.«

Ginas Unterlippe bebt und sie bricht in Tränen aus. »Es ist alles so schrecklich! Meine Güte, warum muss das alles passiert sein? Ich leide so mit dir, Schatz!«

»Falls … falls er es nicht schaffen sollte, werde ich seinen Tod niemals akzeptieren«, ergänze ich gebrochen unter Tränen. »Ich werde hier sitzen bleiben. Für immer. Und … auf ihn warten.«

»Oh Gott, bitte sag das nicht, Ivy«, schluchzt sie und nimmt mich in die Arme. »Du machst mir Angst!«

Sie drückt mich, weint und redet auf mich ein – doch meine Ohren sind wie betäubt. Ich höre einfach nichts mehr. Ich sehe nur, wie sie ihren Mund bewegt. Regungslos sitze ich einfach nur da und starre ins Leere.

Ohne ihn ist mein ganzes Leben sinnlos.

Anscheinend bin auf den Stühlen mitten im Gang kurz eingenickt, ohne es gemerkt zu haben. Mein Gesicht ist durchnässt von Tränen und als ich meine wunden Augen aufschlage, wird mir wieder bewusst, was für seelische Qualen mich erwarten.

Am liebsten möchte ich wieder einschlafen und nicht mehr wach werden. Mein Herz zieht sich schmerzhaft zusammen und ich habe solche Angst, was mich als Nächstes erwartet.

Michio …

Lebt er noch?

Vage nehme ich das Vibrieren meines Handys in der Manteltasche wahr. Mein Blick fällt auf die roten Blutspuren an meinem weißen Mantel, als ich das Telefongerät heraushole. Das Blut von Michio …

Meine Hand zittert, als ich drangehe, ohne nachzusehen, wer mich gerade anruft.

»Ivory«, Laylas atemlose Stimme am anderen Ende der Leitung klingt völlig aufgelöst. »Ich hoffe, ich habe dich nicht aufgeweckt … Ich hatte einen Albtraum … und ich kann Michio nicht erreichen … Geht es ihm gut?«

Ich schweige.

»Geht es Michio gut?«, schreit sie panisch in den Hörer und ich schrecke auf, komme endlich wieder zu mir, zurück in die Realität.

»Hat es dir George nicht gesagt?«

»Oh mein Gott! Ivory, was meinst du damit?!« Sie klingt hysterisch. So kenne ich Layla gar nicht. »Was sollte mir George sagen?«

Ich schweige wieder einmal.

»Was sollte mir George verdammt noch mal sagen?!«, kreischt sie verzweifelt.

»Michio befindet sich gerade auf der Intensivstation, im Krankenhaus. Er schwebt in Lebensgefahr.«

Die Leitung wird unterbrochen. Sie hat aufgelegt.

Mir wird schwarz vor Augen. Ich schließe erneut meine Augenlider und falle, falle, falle … in die tiefste Hölle, die es gibt.

***

Als ich wieder zu mir komme, ist es bereits Nachmittag. Wie lange habe ich hier eigentlich geschlafen? Um meinen Körper ist eine hellblaue Decke gewickelt, was mich etwas verwirrt.

Vorsichtig erhebe ich mich. Mein Nacken ist verspannt und jeder einzelne Muskel tut weh. Aber die körperlichen Schmerzen sind absolut kein Vergleich zu meinen seelischen Qualen. Es kann sich niemand vorstellen, was ich gerade durchmache.

Ich schiebe die Decke zur Seite und schrecke zurück, als ich merke, wer neben mir sitzt.

Layla.

Sie war es also, die mich zugedeckt hat.

Ihre Augen sind gerötet und ihr sonst so hübsches Gesicht wirkt blass. Ihre glänzenden Haare sind heute stumpf und durcheinander.

»Wie lange bist du schon hier?«, frage ich mit beschlagener Stimme.

»Ich habe mich sofort auf den Weg gemacht, nachdem du mir erzählt hast, dass …«, weiter spricht sie nicht. Ich lege tröstlich meine Hand auf ihre. Layla zittert und sieht ziemlich mitgenommen aus. Genau wie ich. Ihre Augen sind geschwollen. Sie wird wahrscheinlich den ganzen Flug über nur geweint haben.

»Der Arzt war hier, als du noch geschlafen hast«, beginnt sie leise. »Er hat mir mitgeteilt, dass sich Michios Zustand stabilisiert hat. Es geht ihm besser, Ivory. Gott sei Dank.«

Ich atme erleichtert auf und vor Glück laufen Tränen über meine Wangen. Laylas Körper bebt, auch sie scheint zu weinen.

»Ich könnte es nicht verkraften, ihn zu verlieren«, schluchzt sie bitterlich. »Ich liebe ihn so sehr.«

»Ich liebe ihn auch«, entgegne ich leise. »Alle lieben Michio. So sehr, dass diese Liebe in eine kranke und gefährliche Richtung geht …«

»George hat mir erzählt, was vorgefallen ist, nachdem ich ihn angerufen und dazu aufgefordert habe.« Ihre braunen Augen schauen mich traurig an. Sie wischt sich mit dem Handrücken die Tränen aus dem Gesicht.

»Woher weiß er eigentlich, was passiert ist? Er war doch gar nicht dabei gewesen.« Ich blinzele mehrmals und versuche, es zu begreifen.

»Deine Freundin hat ihm davon erzählt. Sie war der Meinung, George müsste es erfahren, weil er so etwas wie ein Ersatzvater für Michio ist.«

Gina also. Na, sie hat Nerven! War sie etwa deshalb sogar im Host Club? Ich runzele die Stirn.

»Und woher wusste es Alice?« Schließlich war sie auch hier in dem Krankenhaus mit George zusammen.

Layla zuckt die Schultern. »Vielleicht kennen sich die beiden. Was weiß ich.«

»Könnte möglich sein.« Darauf bin ich nicht gekommen.

»Was ist eigentlich mit deinen Haaren passiert?«, fragt Layla nach einer Weile leise.

Ich lächele sie vage an. »Alle drehen durch wegen Michio … Erst ich, dann Denise. Aber er will nur dich, Layla.«

Ihre Augen werden feucht und sie senkt traurig den Kopf.

»Meinst du nicht, dass endlich die Zeit gekommen ist, um all deinen Versteckspielen ein Ende zu bereiten, Layla?«, frage ich. »Hast du es nicht langsam satt?«

»Ich bin müde, ständig davonlaufen zu müssen«, gibt sie mit gedämpfter, zittriger Stimme zu.

»Und weshalb dann der ganze Aufwand?«, möchte ich wissen.

»Ich hatte Angst.«

»Wovor?«

»Vor diesen unfassbar starken Gefühlen, die ich Michio gegenüber empfinde.«

»Du bist ein Feigling«, ich schüttele fassungslos meinen Kopf. »Während andere Frauen mit allen Mitteln um Michio kämpfen, läufst *du* davon.«

Sie sagt nichts, sondern starrt gedankenverloren auf den Boden.

»Wie kommt es eigentlich, dass Michio in seiner Schulzeit unbeliebt war?«, unterbreche ich die Stille. Diese Frage brennt mir schon lange auf der Zunge.

»Kaum vorstellbar, nicht?«, sie hebt den Kopf und schaut mich lächelnd an. »Ich habe es ehrlich gesagt auch nie verstanden. Für mich war Michio schon immer heiß gewesen. Vielleicht lag es einfach nur daran, dass er schon immer ein Einzelgänger war. Er wollte keine Freunde haben, weil es ihm schwerfällt, anderen Menschen zu vertrauen. Ich war seine einzige Bezugsperson.«

»Die einzige Auserwählte«, erkenne ich wehmütig. »Du musst dich ganz schön geehrt fühlen.«

Sie wirft mir ein gequältes Lächeln zu. »Michio ist der einzige Mann, den ich je geliebt habe und immer lieben werde.«

Die Worte könnten auch von mir stammen …

»Dann laufe nicht mehr davon, Layla.«

»Mache ich nicht mehr«, sagt sie leise.

Kapitel 32

Mein Herz wird immer für dich schlagen.

Seit einer Woche liegt Michio nun da und ich weiche nicht von seiner Seite. Auch Layla weigert sich, zu gehen. Ab und zu schauen George und Alice nach ihm, aber auch Melton und Gina kommen immer wieder vorbei.

Melton geht es schon viel besser. Er hat eine Gehstütze bekommen, die er aber kaum nutzt. Dieser Sturkopf ist viel zu stolz, um irgendeine Art von Schwäche zu zeigen!

Auch seine linke Schulter ist immer noch nicht ganz verheilt und er trägt einen Gilchrist-Verband zum Fixieren seines linken Schultergelenks und Oberarms.

Gina und Melton zwingen mich zu essen und ich weiß, dass sie es nur gut meinen. Also esse ich. Für meine Tochter.

Aber sobald sich etwas in meinem Magen befindet, überkommt mich Übelkeit und ich renne auf die Toilette, um alles wieder hinauszubefördern.

Layla weiß nichts von meiner Schwangerschaft. Sie glaubt, dass mir der Stress auf den Magen schlägt. Das kann natürlich auch gut möglich sein.

Denise befindet sich zurzeit in Untersuchungshaft. Das Gerichtsverfahren gegen sie wurde bereits eingeleitet. Das hat Melton mir zumindest mitgeteilt.

Die Ermittlungen laufen auf Hochtouren und auch ich wurde bereits von der Polizei verhört. Ich musste unzählige Fragen beantworten, an die ich mich nicht einmal mehr erinnern kann.

Ich bin kraftlos. Müde. Am Ende.

Gestern hat der Arzt das Beatmungsgerät entfernt und nun kann ich Michio besser erkennen. Sein Gesicht ist immer noch blass und seine Lippen sind trocken. Er sieht so zerbrechlich aus und trotz allem immer noch wunderschön und bezaubernd.

Layla sitzt neben ihm und weint die ganze Zeit. Ich habe keine Tränen mehr, doch der Schmerz in meiner Brust ist unvorstellbar groß.

Es klingt vielleicht selbstsüchtig, aber am liebsten hätte ich Michio für mich alleine. Es passt mir nicht, dass Layla ebenfalls nicht von seiner Seite weicht.

Sie nimmt der Krankenschwester sogar Aufgaben ab, indem sie Michio wäscht, rasiert und ihm seine Kleidung wechselt. Jeden Morgen säubert sie behutsam sein Gesicht, seine Hände, seine Arme und seine Wunde am Bauch.

Und meine Eifersucht zerfrisst mich gänzlich dabei.

»Ich wusste nicht, dass er sich selbst verletzt«, sagt sie bedrückt, während sie zärtlich an seinen Brand- und Schnittwunden am Arm entlangfährt.

Deinetwegen, liegt es mir auf der Zunge. Doch es ist nicht der richtige Moment, um sich darüber zu streiten. Also schweige ich einfach nur.

»Wach auf, Michio«, fordert Layla sanft. Dann wirft sie mir einen traurigen Blick zu. »Warum wacht er nicht auf, Ivy?«

»Ich weiß es nicht«, flüstere ich deprimiert.

Schon eine ganze Woche habe ich nicht in seine dunklen, warmen Augen geblickt und diese Erkenntnis ist vernichtend. Schon eine ganze Woche habe ich seine weiche Stimme nicht mehr gehört.

»Er fehlt mir so«, schluchzt Layla. Tränen fließen an ihren Wangen entlang.

»Michio ist ein Kämpfer, er wird es schaffen«, sage ich und möchte gerne selbst den Worten glauben, die ich gerade ausgesprochen habe.

Layla wischt die Tränen aus dem Gesicht und steht auf. »Du hast recht, Ivory. Ich darf nicht an ihm zweifeln. Michio wird es schaffen.«

Sie nimmt ihren Mantel aus dem Schrank und schlüpft hinein.

»Was wird das, Layla?«, frage ich etwas verwirrt.

»Ich werde für Michio sein Lieblingsessen holen. Kommst du mit?«

Ich schüttle den Kopf. »Warte doch lieber, bis du dir sicher bist, dass er …«

»Nein, Ivy«, sie legt ihre Hand auf die linke Brust. »Er wird heute schon wach, das spüre ich. Und ich möchte ihn mit seinem Lieblingsessen überraschen.«

»Darf er denn überhaupt sofort etwas essen?«, möchte ich wissen, doch Layla hört mir nicht mehr richtig zu, sondern öffnet die Tür und verlässt das Zimmer.

Ich bleibe alleine da und setze mich zu ihm auf die Bettkante. Michio sieht so friedlich aus und seine Atemzüge sind ruhig.

Wenn ich nicht wüsste, wo ich mich gerade befinde, könnte ich einfach nur denken, dass er schläft. Doch all diese Apparate und Kabel erinnern mich immer wieder daran, wie ernst die Lage ist, und bei diesen Gedanken zieht sich mein Herz schmerzhaft zusammen.

Behutsam streiche ich ihm über seine Wange, küsse ihn auf den Mund, atme seinen Geruch ein. Lausche seinem Herzschlag.

»Ich kann ohne dich nicht leben«, flüstere ich.

Dann lasse ich meinen Kopf auf das Bett sinken und weine.

»Das ist alles nur meine Schuld. Es tut mir so leid, Michio.«

Plötzlich spüre ich, wie sich die Decke bewegt. Ich halte inne und frage mich, ob das alles nur Einbildung war. Oder Wunschdenken.

Doch wieder merke ich, wie sich ein Bein unter dem dünnen Stoff regt. Dann nehme ich ein unterdrücktes Stöhnen war. Mein Herz klopft schneller. Mein Puls rast.

Ich bleibe bewegungslos da liegen und traue mich nicht, einen Blick auf Michio zu werfen. Zu viel Angst habe ich vor der Enttäuschung, dass es alles nur Halluzinationen sind.

Und dann passiert etwas Unerwartetes, seine Hand wandert über meinen Rücken, während er mich hält.

Ganz langsam hebe ich meinen Kopf an und blicke in sein Gesicht. Durch die Tränen sehe ich alles nur verschwommen und doch erkenne ich, wie seine Lider zucken.

Mein Herz rast vor Freude.

»Layla?«, murmelt er mit einer heiseren, brüchigen Stimme.

Für einen kurzen Moment erlebe ich eine Enttäuschung.

Aber dann raffe ich mich wieder auf. Michio ist endlich wach und das ist das Einzige, was wirklich zählt! Auch wenn seine ersten Worte an Layla gerichtet waren.

»Ich bin's, Ivory«, kläre ich ihn leise auf. »Aber Layla ist auch hier. Sie wird jeden Augenblick da sein, Michio.«

»Prinzessin«, flüstert er und dann nickt er wieder ein.

Das hier ist der glücklichste Tag in meinem GANZEN VERDAMMTEN Leben!

Die Tür geht auf und Layla kommt mit ihrem Einkauf zurück. Sie stellt die Tüte auf dem kleinen Tisch ab, der sich in der Ecke des Raumes befindet, schlüpft anschließend aus ihrem Mantel und hängt ihn wieder in dem Schrank auf.

»Layla«, beginne ich, während sie die Lebensmittel aus der Tüte herausholt und sie ordentlich auf dem Tisch verteilt. Sie hat für Matcha-Tee, Kekse, Honig und Joghurt gesorgt.

»Etwas Leichtes für den Anfang«, erklärt sie lächelnd.

»Michio war kurz wach, als du weg warst«, falle ich ihr ins Wort und sie hält inne, bevor sie sich zu mir umdreht und mich mit glasigen Augen anstarrt.

»Oh mein Gott«, wispert sie atemlos, »ich bin so glücklich …«

Sie stolpert benommen auf ihn zu, kniet sich neben das Bett und küsst ihn auf die Wange. »Michio, ich hatte solche Angst!« Tränen laufen ihr über das Gesicht. »Du darfst mir nie wieder solche Angst einjagen, hörst du?«

Er stöhnt, seine Hand regt sich. Dann schlägt er seine Augenlider auf. Oh mein Gott, wie habe ich diese Augen vermisst! Niemand hat so schöne und warme Augen wie Michio.

Er schaut Layla mit einem trüben Schlafzimmerblick an.

»Mein Herz wird immer für dich schlagen«, murmelt er mit rauer Stimme, »das weißt du doch, Layla.«

Sie legt ihren Kopf an seine Brust und schluchzt bitterlich. »Ich liebe dich so sehr, Michio.«

Ich drehe mich um und bin gerade dabei, den Raum zu verlassen, als Michio plötzlich sagt: »Bleib hier, Prinzessin.«

Mit Tränen im Gesicht schaue ich ihn an. Michio wirft mir ein mildes Lächeln zu. Seine Grübchen sind zum Dahinschmelzen. Wie sehr haben mir diese Grübchen gefehlt!

»Wie geht es unserer kleinen Tochter?«, fragt er. »Isst du auch genug?«

Layla schaut verwundert auf und blickt zwischen uns hin und her. Tja, jetzt ist sie wohl auch verwirrt, was? Innerlich muss ich grinsen. Sie weiß immer noch nichts von meiner Schwangerschaft.

Und dann lächle ich. Es ist ein glückliches und strahlendes Lächeln.

»Dem Baby geht es gut.«

Ich erkenne eine leichte Enttäuschung in Laylas Blick.

Du bist zu spät, Layla. Du hast dir einfach zu viel Zeit gelassen, um zu erkennen, dass du nicht mehr davonlaufen musst.

Jetzt erwarte ich ein Kind von ihm und das bedeutet, dass ich immer präsent in seinem Leben bleiben werde.

Und vielleicht wirst du endlich mal begreifen, wie ich mich all die Zeit gefühlt habe, als du in Michios Leben immer präsent warst.

Es klopft an der Tür, Gina und Melton strecken ihre Köpfe durch den Türspalt und betreten den Raum.

»Er ist wach«, flüstere ich ihnen glücklich zu.

»Juhuuu!«, kreischt Gina, stürmt auf Michio zu und umarmt ihn. Er zuckt vor Lärm und Schmerz zusammen.

»Psst… nicht so laut«, mahnt Layla. »Er ist noch nicht ganz fit.«

Auch Melton bewegt sich mit schnellen Schritten auf Michio zu. Neben dem Bett bleibt er dann stehen. »Bruder, ich bin so froh, zu sehen, dass es dir gut geht.« Seine Worte klingen aufrichtig und glücklich.

»Halt die Klappe und hör auf zu schleimen!«, grinst Michio.

»Hiermit begraben wir unsere Auseinandersetzungen«, sagt Melton entschieden. »Im Ernst, du bist ein Held! Ich bin froh, dich als Bruder zu haben.«

»Halbbruder«, verbessert ihn Michio neckisch.

»Du Trottel! Sei nicht so stolz und reich mir deine Hand!«

»Komm her, Bruder!«

Gina und ich werfen uns zufriedene Blicke zu: *Gott sei Dank haben die beiden das Kriegsbeil begraben!*

Kapitel 33

Dieser Typ scheint noch arroganter als Michio zu sein.

9 Monate später

Mein halbes Leben habe ich mit vielen Ängsten und Unsicherheiten verbracht. Ich hatte Angst vor Zurückweisungen und Ablehnungen. Ich hatte mit Verlustängsten zu kämpfen. Ich fürchtete mich, den Ansprüchen nicht zu genügen oder in der Masse unterzugehen.

Nach monatelanger Therapie habe ich gelernt, endlich loszulassen und den Verlauf der Dinge so anzunehmen, wie sie sind.

Noch bin ich nicht ganz so weit, um zu behaupten, dass ich vollständig geheilt bin – aber ich befinde mich immerhin auf dem guten Weg dahin.

Ich bin auf dem guten Weg, meine traumatischen Erlebnisse aufzuarbeiten und meine innere Freiheit zu erlangen. Und das alles tu ich für meine Tochter.

Während meiner gesamten Schwangerschaft hat sich Michio rührend um mich gekümmert. Er hat mich vollgefüttert mit gesundem, selbstgekochtem Essen. Auch Layla hat täglich für mich gebacken. Nun bin ich rund wie ein Ball und ich weiß echt nicht, wie lange es dauern wird, bis ich mein altes Gewicht wieder erreiche. Aber auch das spielt für mich mittlerweile keine Rolle mehr. Das Einzige, was für mich zählt, ist, dass ich meiner Mutterrolle gerecht werden kann. Und das werde ich. Ich werde versuchen, eine gute Mama für meine Tochter zu sein.

Während ich gerade im Krankenhauszimmer in den Wehen liege, vor Schmerzen und Qualen schreie und mein Gesicht dabei verziehe, ist Layla zusammen mit der Hebamme hier, um mir beizustehen. Sie bestand darauf und ich hatte keine Möglichkeit, ihr den Wunsch abzuschlagen.

Layla ist wirklich ein Engel. Ich verstehe, warum Michio sie so sehr liebt. Die beiden sind ein perfektes Team. Das Traumpaar. Es ist schwer, nicht neidisch auf die beiden zu sein. Ihre Liebe ist wie die aus den Hollywood-Filmen.

Ne, im Ernst! Einfach nur filmreif!

Ihr fragt euch bestimmt, was mit Gina und Melton ist. Tja, die beiden haben vor Kurzem geheiratet. Still und heimlich, am Meer. Erst später haben sie uns davon erzählt. Jetzt ist Gina schwanger und erwartet Zwillinge. Es werden Jungs, laut Ultraschall.

Ach, und nicht zu vergessen George und Alice. Die beiden leben jetzt übrigens zusammen. Fragt mich nicht, wie es dazu gekommen ist.

George hat den Host Club nach dem schrecklichen Vorfall aufgegeben und führt jetzt zusammen mit Alice den *Tea Time* Laden.

Denise befindet sich in einer geschlossenen Psychiatrie unter strenger Aufsicht.

Und ich? Ich arbeite bei Melton am Empfang im *James Hotel*. Kaum zu glauben, wo ich doch früher seinen Arbeitsplatz immer gemieden habe.

***

»Mein Gott, wie süß«, flüstert Michio ehrfürchtig und wiegt das Baby sanft in seinen Armen. Seine Augen glänzen vor Freude und er strahlt über das ganze Gesicht.

Er ist sofort als Erster in das Krankenhauszimmer gestürmt, um das Baby zu sehen.

Was soll ich sagen? Michios sechster Sinn hat ihn nicht getäuscht und es ist tatsächlich ein Mädchen. Eine Tochter, so wie er es sich gewünscht hat.

»Ich bin so glücklich«, liebevoll küsst er unser Baby auf die Wange. »Sie hat so eine weiche Haut. Sie ist bezaubernd. So wundervoll. Sie ist die schönste Blume von allen.«

Er kommt nicht mehr aus dem Staunen heraus. Auch Layla strahlt. »Ich möchte die Kleine auch halten. Gib sie mir auch zu halten, Michio.«

Doch er weigert sich. »Du warst doch schon bei der Geburt dabei.«

»Na und? Eigentlich wäre es deine Aufgabe gewesen, Ivory beizustehen«, protestiert sie empört.

Michios Pupillen weiten sich und er schüttelt vehement den Kopf. »Bloß nicht!«

»Das ist aber ziemlich feige von dir«, wirft sie ihm vor.

Er beugt sich rüber und küsst Layla auf die Lippen.

»Ach komm schon, Michio. Ich möchte die Kleine noch einmal halten«, klagt Layla.

»Nicht bevor ich einen passenden Namen für sie ausgesucht habe.«

»Wieso du? Vielleicht hat Ivory auch schon einen Vornamen für sie parat.« Sie wirft mir einen fragenden Blick zu, doch ich winke lächelnd ab.

»Michio kann entscheiden. Ich vertraue auf seinen guten Geschmack.«

Er grinst zufrieden. »Danke, Ivory.«

Dann neigt er nachdenklich seinen Kopf zur Seite und blinzelt bedächtig. »Sie ist so ruhig, wunderschön und zart wie eine Blume. Ich werde sie Viola nennen, wie Veilchen.«

Seine Augen leuchten vor Stolz, als er zu mir rüberschaut. »Ja, sie wird Viola heißen«, sagt er entschieden.

»Ein schöner Name«, flüstere ich glücklich.

Die Tür wird aufgerissen und Melton und Gina stürmen hinein.

»Glückwunsch zu der Geburt eurer Tochter!«, rufen sie glücklich. Gina drängt sich in den Raum, ihr Bauch ist inzwischen groß und sie hält rosa Luftballons in der Hand, die mit Helium gefüllt sind. Melton folgt dicht hinter ihr, seine Hände sind vollgepackt mit Geschenken. Typisch Melton, er beschenkt eben alle gerne!

»Psst ...«, macht Layla und legt ihren Zeigefinger auf die Lippen. »Nicht so laut! Die Kleine schläft gerade!«

Melton stellt mehrere eingepackte Kartons auf den Boden ab und Layla runzelt die Stirn. »Was ist das alles?«

»Na Geschenke für das Baby, was sonst!«, lacht Melton und drückt mich zur Begrüßung.

»Ich freue mich so für dich«, Gina drängt sich vor und umarmt mich auch, so gut es eben mit dem dicken Bauch geht.

»Ich will die Kleine halten!«, wendet sie sich dann Michio zu.

»Ich bin als Nächstes an der Reihe«, protestiert Layla.

Aber Michio ignoriert die Aufforderungen und wiegt unser Baby weiterhin sanft in seinen Armen. Ich habe ihn noch nie so glücklich gesehen.

»Wann hast du eigentlich vor, Layla auch zu schwängern?«, zieht Melton seinen Bruder auf und Layla errötet leicht.

Michio wirft ihr einen vielsagenden Blick zu und küsst sie auf die Wange. »Hab ich schon. Nicht wahr, meine Schöne?«

»Dann sind wir ja beide schwanger!«, flippt Gina aus und überwältigt Layla mit ihrer stürmischen Umarmung. »Mit dem Unterschied, dass ich Zwillinge erwarte! Ich kann mich übrigens kaum noch bewegen, so dick wie mein Bauch mittlerweile ist!«

»In welcher Schwangerschaftswoche bist du schon, Layla?«, frage ich neugierig.

Sie lächelt verlegen. »In der siebzehnten. Eigentlich wollten wir es eine Weile für uns behalten.« Sie wirft Michio einen vorwurfsvollen Blick zu.

»Also fünfter Schwangerschaftsmonat«, rechnet Melton aus.

»Nie im Leben!«, schüttele ich den Kopf. »Wo ist dein Bauch? Ich sehe absolut nichts.«

»Wird noch wachsen und ich kann es kaum erwarten, meine wunderschöne Frau mit dem runden Bauch zu erleben«, sagt Michio verträumt und reicht unser Baby an Layla weiter.

»Ist sie süß!«, flüstert Layla und gibt ihr einen Kuss. »Ich freue mich so darauf, auch Mama zu werden.«

»Wisst ihr schon, ob es ein Junge oder Mädchen wird?«, fragt Gina neugierig.

Laylas Blick gilt vollständig Viola, während sie ihr vorsichtig über das Gesicht streichelt. »Wir lassen uns überraschen.«

»Wird bestimmt ein Mädchen«, schätzt Michio beschwörend.

»Was sonst!«, entgegnet Melton schnippisch. »Du kannst ja nur Mädchen zeugen! Hast wahrscheinlich nur X-Chromosomen.«

»Neidisch?« Michio mustert ihn mit leicht geneigtem Kopf und hochgezogenen Brauen.

»Ach, Gott, hört nun auf!«, Gina verdreht die Augen. »Ihr seid wie Hund und Katze!«

Ich werfe mich müde auf das Bett und schließe für einen kurzen Augenblick die Augen. Die Geburt hat mich ganz schön mitgenommen. Ich hätte echt nicht gedacht, dass es so qualvoll werden könnte!

Ein Klopfen unterbricht die kurze Stille und unsere neugierigen Blicke wandern zu der Tür.

»Na, ihr Mäuse? Alles klar bei euch?«

Nelio steht mit einem riesigen Blumenstrauß und grinst uns alle an.

»Was machst du denn hier?« Michio wirft ihm einen grimmigen Blick zu.

Nelio ignoriert es und kommt direkt auf mich zu. »Dieser Blumenstrauß ist für dich. Ich gratuliere dir zur Geburt deiner Tochter!«

»Danke«, entgegne ich überrascht. Ihn habe ich hier nun wirklich nicht erwartet. Nelio legt die Blumen auf das Bett.

Melton runzelt verwirrt die Stirn. »Wer ist das?«

»Ist das dein Neuer? NELIO?« Gina fällt wortwörtlich die Kinnlade herunter.

Ich schüttle empört den Kopf. »Nein! Wir sind nicht zusammen!«

»Noch nicht …«, korrigiert mich Nelio und zwinkert mir zu. »Warte nur ab, in ein paar Wochen habe ich dich geknackt!«

»Ganz schön unverschämt«, murmelt Melton mit dunkler Stimme. »Dieser Typ scheint ja noch arroganter und frecher als Michio zu sein.«

»Er hat auch im Host Club gearbeitet«, klärt ihn Gina flüsternd auf.

»George scheint wohl ein Faible für merkwürdige Männer zu haben!«, kritisiert Melton. »Stehen Frauen wirklich auf solche Arschlöcher?«

»Na ja, der Host Club lief echt gut«, gibt Gina zu.

Und wir brechen alle in schallendes Gelächter aus. Viola öffnet ihre Augen und quengelt vor sich hin.

»Jetzt habt ihr sie geweckt!«, schimpft Layla und wiegt die Kleine zurück in den Schlaf.

Mein Leben ist perfekt.

Michios Gedanken

Deine Augen sind verbunden, während ich dich über die Straße führe.

»Ist es noch weit?«, fragst du. Warum so ungeduldig, meine Schöne?

»Wir sind gleich da«, flüstere ich dir zu.

Vor einem leeren Gebäude bleibe ich dann stehen, meine Arme sind um deinen Körper geschlungen. Mein

Gesicht ist in deinem Haar vergraben, während ich deinen vertrauten Duft einatme. Du riechst süß, nach Kokos und Vanille, so wie immer.

»Meine Überraschung wird dich umhauen, Layla. Versprochen«, raune ich dir ins Ohr und löse behutsam die Binde von deinen Augen.

Du schlägst die Lider auf und lässt staunend den Blick von Gebäude zu Gebäude schweifen.

»Schöne Gegend«, sagst du und hast wohl immer noch keinen blassen Schimmer, was wir hier wollen.

»Direkt vor dir, meine Schöne«, weise ich dich darauf hin.

Und dann siehst du es auch. Das moderne Bauwerk mit den riesigen Fenstern, die mit goldenem Rahmen versehen sind. Die Außenwände sind in pastellblauen Tönen gestrichen. Und vor der einladend wirkenden Glastür sind Zitrusbäume eingepflanzt.

Aber das Beste von allem ist die neon-pinke Leuchtschrift mit deinem Namen: LAYLA.

»Oh mein Gott, Michio!«, wisperst du überwältigt, drehst dich zu mir um und schaust mich mit glasigen Augen an.

»Das wird unser Restaurant sein, Layla. Die Inneneinrichtung ist zwar noch nicht fertig, aber …«

Du legst deine Lippen auf meine und bringst mich zum Schweigen.

Ich liebe es, dich zu küssen, Layla! Deine Lippen sind unglaublich weich und schmecken süßer als Honig. Wir beide müssen noch so viel nachholen!

»Danke, Michio«, flüsterst du gerührt und deine Augen strahlen mich glücklich an.

Ich streiche dir behutsam über die Wange. »Wir können in dem Restaurant auch vegetarische Gerichte anbieten, wenn du magst.«

»Das wäre toll. Und wir werden alle einladen: Ivory mit Viola, Melton, Gina, George, Alice und auch Nelio.«

Ich nicke lächelnd. »Das werden wir machen, Layla. Aber zuerst werde ich dich zurück nach Hause bringen und dich anbeten.«

»Anbeten?«, hauchst du atemlos und schmiegst dich an meine Brust.

»Dich lieben, Layla«, bestätige ich, »die ganze Nacht. Nie wieder lasse ich dich gehen.«

Ich freue mich auf das Leben mit dir und unserer Tochter, die du in deinem Bauch trägst.

Du bist meine Sonne, Layla. Dank dir bin ich wieder glücklich.

THE END

EPILOG

Liebe Leserinnen und Leser,

Hier ist der Abschluss und damit auch der letzte Teil der Geschichte von Ivory, Michio, Melton, Gina und Layla.

Stundenlang saß ich vor dem PC und habe geschrieben. Tausend Gedanken und Emotionen gingen mir durch den Kopf.

Ich hoffe sehr, dass euch das Ende der Geschichte gefällt und ihr genauso große Fans von Michio und Layla seid wie ich. :)

Ein ganz besonderes Dankeschön geht an die Leserinnen und Leser, die sich zusätzlich Mühe geben, eine Rezension auf Amazon zu schreiben. Ich danke euch von Herzen. Eure Bewertungen bedeuten mir sehr viel!

Danke, danke, danke fürs Lesen!!!
Love you <3
Eure Michiru